## Sobre o autor

CHARLES BUKOWSKI nasceu a 16 de agosto de 1920 em Andernach, Alemanha, filho de um soldado americano e de uma jovem alemã. Aos três anos de idade, foi levado aos Estados Unidos pelos pais. Criou-se em meio à pobreza de Los Angeles, cidade onde morou por cinquenta anos, escrevendo e embriagando-se. Publicou seu primeiro conto em 1944, aos 24 anos de idade, e somente aos 35 começou a publicar poesias. Foi internado diversas vezes com crises de hemorragia e outras disfunções geradas pelo abuso do álcool e do cigarro. Durante a sua vida, ganhou certa notoriedade com contos publicados pelos jornais alternativos *Open City* e *Nola Express*, mas precisou buscar outros meios de sustento: trabalhou quatorze anos nos Correios. Casou, teve uma filha e se separou. É considerado o último escritor "maldito" da literatura norte-americana, uma espécie de autor beat honorário, embora nunca tenha se associado com outros representantes beats, como Jack Kerouac e Allen Ginsberg.

Sua literatura é de caráter extremamente autobiográfico, e nela abundam temas e personagens marginais, como prostitutas, sexo, alcoolismo, ressacas, corridas de cavalos, pessoas miseráveis e experiências escatológicas. De estilo extremamente livre e imediatista, na obra de Bukowski não transparecem demasiadas preocupações estruturais. Dotado de um senso de humor ferino, autoirônico e cáustico, ele foi comparado a Henry Miller, Louis-Ferdinand Céline e Ernest Hemingway.

Ao longo de sua vida, publicou mais de 45 livros de poesia e prosa. São seis c
(1971), *Factótum* (1975),
(1982), *Hollywood* (1989)
**L&PM** POCKET. Em su

livros de contos e histórias: *Notas de um velho safado* (1969), *Erections, Ejaculations, Exhibitions, and General Tales of Ordinary Madness* (1972; publicado em dois volumes em 1983 sob os títulos de *Tales of Ordinary Madness* e *The Most Beautiful Woman in Town*, lançados pela L&PM Editores como *Fabulário geral do delírio cotidiano* e *Crônica de um amor louco*), *Ao sul de lugar nenhum* (1973; L&PM, 2008), *Bring Me Your Love* (1983), *Numa fria* (1983; L&PM, 2003), *There's No Business* (1984) e *Miscelânea Septuagenária* (1990, L&PM, 2014). Seus livros de poesias são mais de trinta, entre os quais *Flower, Fist and Bestial Wail* (1960), *Queimando na água, afogando-se na chama* (1974, L&PM, 2015), *O amor é um cão dos diabos* (1977; L&PM, 2007), *You Get So Alone at Times that It Just Makes Sense* (1996), sendo que a maioria permanece inédita no Brasil. Várias antologias, como *Textos autobiográficos* (1993; L&PM, 2009), além de livros de poemas, cartas e histórias reunindo sua obra foram publicados postumamente, tais quais *O capitão saiu para o almoço e os marinheiros tomaram conta do navio* (1998; L&PM, 2003), *As pessoas parecem flores finalmente* (2007; L&PM, 2015) e *Pedaços de um caderno manchado de vinho* (2008; L&PM, 2010).

Bukowski morreu de pneumonia, decorrente de um tratamento de leucemia, na cidade de San Pedro, Califórnia, no dia 9 de março de 1994, aos 73 anos de idade, pouco depois de terminar *Pulp*.

# CHARLES BUKOWSKI

# MISCELÂNEA SEPTUAGENÁRIA

## contos & poemas

*Tradução de* Pedro Gonzaga

www.lpm.com.br

Coleção **L&PM** POCKET, vol. 1212

Texto de acordo com a nova ortografia.
Título original: *Septuagenarian Stew: Stories & Poems*

Este livro foi publicado em formato 16x23 cm em 2014
Primeira edição na Coleção **L&PM** POCKET: abril de 2016

*Tradução*: Pedro Gonzaga
*Capa*: Ivan Pinheiro Machado. *Foto*: Charles Bukowski
*Preparação:* Marianne Scholze
*Revisão*: Simone Diefenbach

CIP-Brasil. Catalogação na publicação
Sindicato Nacional dos Editores de Livros, RJ.

---

B949m

Bukowski, Charles, 1920-1994
   Miscelânea septuagenária: contos e poemas / Charles Bukowski; tradução Pedro Gonzaga. – Porto Alegre, RS: L&PM, 2016.
   448 p. ; 18 cm.   (Coleção L&PM POCKET, v. 1212)

   Tradução de: *Septuagenarian Stew: Stories & Poems*
   ISBN 978-85-254-3402-9

   1. Poesia americana. I. Gonzaga, Pedro. II. Título.

16-31190            CDD: 811
                   CDU: 821.111(73)-1

---

Copyright © 1990 by Charles Bukowski

Todos os direitos desta edição reservados a L&PM Editores
Rua Comendador Coruja, 314, loja 9 – Floresta – 90220-180
Porto Alegre – RS – Brasil / Fone: 51.3225.5777 – Fax: 51.3221.5380

PEDIDOS & DEPTO. COMERCIAL: vendas@lpm.com.br
FALE CONOSCO: info@lpm.com.br
www.lpm.com.br

Impresso na Gráfica e Editora Pallotti, Santa Maria, RS, Brasil
Outono de 2016

## Apresentação

## "nem tudo são garrafas vazias... há a arte"

Charles Bukowski é um daqueles autores cuja vida e obra às vezes se parecem e até se confundem. Tendo se tornado conhecido como escritor nas décadas de 1960 e 1970 versando sobre temas como alcoolismo, autodestruição, a vida dos marginalizados, a falta de perspectiva, o ignóbil e o patético que permeiam a existência humana, a transitoriedade de tudo, não deixou de causar impacto quando, em 1990, ele chegou à idade de 70 anos – contrariando todas as expectativas.

Foi para comemorar tal marca que publicou, no mesmo ano, *Septuagenarian Stew*, com poemas e contos até então inéditos. Este volume é publicado agora no Brasil pela primeira vez, disponibilizando, assim, novo material do autor.

Além de seus temas perenes, abundam aqui textos sobre escrever, sobre a vida de escritor profissional, sobre o ato criativo. Em seu estilo direto, econômico, irônico, recheado com diálogos magistrais, Bukowski mais uma vez surpreende seus leitores: nem tudo são garrafas vazias, sexo sórdido, ausência de comunicação e desesperança: há a arte – e Bukowski o afirma com a sabedoria e o humor ferino característicos dos septuagenários.

*Os Editores*

*Para Neeli Cherkovski*

# Sumário

trapos, garrafas, sacos ..................................................11
bondes..............................................................................15
os críticos de cinema ......................................................24
O FILHO DO SATÃ .......................................................29
voando pelo espaço..........................................................39
o incêndio do sonho........................................................43
câncer...............................................................................51
o resumo...........................................................................55
A VIDA DE UM VAGABUNDO ...................................59
as garotas e os pássaros ...................................................79
meu melhor amigo...........................................................81
se você deixar que eles o matem, eles o farão............85
às vezes é mais fácil matar outra pessoa......................89
UM DIA...........................................................................93
conversa.........................................................................106
poema para cães perdidos............................................113
devemos.........................................................................116
A VINGANÇA DOS DESGRAÇADOS ....................118
o grande relaxado.........................................................129
este bêbado no banco de bar ao lado ........................130
bocejo............................................................................133
eliminando as patentes ................................................136
AÇÃO ............................................................................138
tênis vermelho..............................................................158
corrida noturna de quarto de milha, Hollywood
    Park ..........................................................................162
o estalo de um milagre................................................165
às vezes você fica um pouco louco............................168

O JÓQUEI ..................................................................172
a guilhotina..............................................................180
um anjo e um imbecil...............................................183
sou conhecido .........................................................185
gosto dos seus livros................................................187
lugar nenhum..........................................................189
CAMUS ....................................................................191
demais......................................................................197
o inferno é um lugar solitário..................................200
não do mesmo molde ..............................................203
palavra final ............................................................206
Jeffers ......................................................................208
FAMA ......................................................................211
meu amigo, Howie...................................................221
ruína.........................................................................223
até o último dia ou noite de sua vida ......................225
ASAS SEM LIMITES ..............................................227
postal........................................................................236
o mais forte dos estranhos .......................................240
causa e efeito ...........................................................244
UMA NOITE RUIM .................................................245
o lutador ..................................................................256
no rebote..................................................................257
dor estúpida.............................................................259
sopra um vento fresco, selvagem.............................261
o caminho completo em direção à cova .................263
TRAGA-ME SEU AMOR ........................................264
subindo a escada .....................................................271
o Rapto de Nossa Senhora.......................................274
esta profissão tão delicada ......................................276
OS ESCRITORES ....................................................279
para a senhora que odeia isto .................................287
companhia ...............................................................290
BLOQUEADO..........................................................291

| | |
|---|---|
| a boa e velha máquina | 300 |
| bêbado com Buda | 303 |
| Ruivo | 305 |
| CHEGA DE CANÇÕES DE AMOR | 307 |
| tentando apenas arrumar um servicinho | 314 |
| festa de aniversário | 320 |
| sempre | 322 |
| ELIMINAÇÃO | 323 |
| sim | 329 |
| dias e noites | 330 |
| as massas | 334 |
| meu pai | 335 |
| .191 | 337 |
| ferradura | 347 |
| um amigo | 350 |
| ouro em seus olhos | 353 |
| meu parceiro | 355 |
| SOZINHO NO TOPO | 357 |
| a última pessoa | 364 |
| engraçado, não? | 367 |
| o último lugar para se esconder | 369 |
| COMPRE-ME UNS AMENDOINS E UMA BARRA DE CEREAL | 379 |
| envelhecendo | 388 |
| um pouco de jardinagem | 392 |
| no Sizzler | 394 |
| imortal bebedor de vinho | 396 |
| Paris | 398 |
| O VENCEDOR | 399 |
| anemia perniciosa | 407 |
| o atendente | 409 |
| as enfermeiras | 411 |
| AUSÊNCIA DE NEGÓCIOS | 413 |
| celebrando isto | 421 |

buraco ..................................................................423
o último trago ......................................................425
SUFICIENTEMENTE LOUCO ............................427
cansado depois do pôr do sol ................................441
veloz e lento..........................................................442
Sorte......................................................................443

## **trapos, garrafas, sacos**

lembro
na minha infância o som
de:
"TRAPOS! GARRAFAS! SACOS!"

"TRAPOS! GARRAFAS! SACOS!"

foi durante a
Depressão
e você podia ouvir as
vozes
muito antes de avistar a
velha carroça
e o
velho
pangaré.

então você ouvia os
cascos
*clop, clop, clop...*

e então você avistava
o cavalo e a
carroça

e isso sempre parecia ocorrer
no dia
mais quente do
verão:

"TRAPOS! GARRAFAS! SACOS!"

oh
aquele cavalo estava tão

cansado...
fios de saliva
branca
babando
sempre que o freio se enterrava
em sua
boca

ele puxava uma carga
intolerável
de
trapos, garrafas, sacos

vi seus olhos
imensos
em agonia

suas costelas
expostas

as moscas gordas
circulavam e pousavam sobre
falhas em seu
couro.

às vezes
um de nossos pais
gritava:
"*Ei! Por que você não
alimenta esse cavalo, seu
merda?!*"

a resposta do homem era
sempre a
mesma:
"TRAPOS! GARRAFAS! SACOS!"

o homem era
inacreditavelmente
sujo, barba por
fazer, vestindo um chapéu
de feltro manchado e
roto

ele
se sentava sobre
uma enorme pilha de
sacos

e
vez ou
outra
quando o cavalo parecia
vacilar
um passo

esse homem
sentava-lhe
o longo chicote...

o som era como o
disparo de um rifle

uma falange de moscas
se erguia
e o cavalo se
lançava para frente
renovado

os cascos resvalando e
escorregando no asfalto
quente

e então
tudo o que podíamos
ver
era a parte de trás da
carroça
e
o enorme monte de
trapos e garrafas
cobertos por
sacos
marrons

e
mais uma vez
a voz:
"TRAPOS! GARRAFAS! SACOS!"

ele foi
o primeiro homem
que tive vontade de
matar

e
desde então
não houve
mais nenhum.

## **bondes**

Frank e eu tínhamos doze ou treze
e era o tempo da depressão,
pouco a fazer
exceto pegar uma carona para a praia e
voltar
naquele verão em particular.
naquele outono e inverno em particular
andávamos pendurados em
bondes.

uma passagem, se bem me lembro
custava 7 centavos
e você podia fazer duas baldeações,
o que de fato permite dar uma volta pela
cidade.

Frank e eu parecemos seguir
nesses bondes
uma eternidade – bem melhor do que ficar em
casa.

sempre seguia com Frank.
era um cara cheio de coragem.
andava por toda parte
perguntando às pessoas:
"vai usar seu passe?"
conseguia muitos dessa
maneira
e íamos para todos os
lugares.
muitas vezes mal sabíamos
onde estávamos.

tínhamos alguns problemas:
"não dá para fazer a baldeação
da linha W para a J, são zonas
diferentes, é preciso pagar por um
novo bilhete!"

"mas o condutor da linha W
disse que estava tudo bem."

"certo, garotos, apenas desta
vez."

outros problemas:
"os passes não funcionam.
o limite de tempo
expirou!"

"ah, é? onde isso está
escrito?"

"vê aquele furo feito
ali? Marca o número
2. isso significa que qualquer horário depois
das duas é tarde
demais."

"tudo bem, vamos descer..."

descíamos na próxima parada
e Frank puxava alguns outros
passes do
bolso.
ele encontrou um palito de dentes na
rua e começou a fazer um
furo em um dos passes,
depois em outro.

"o que está fazendo?",
perguntei.

"estou alterando a validade",
ele disse.

"mas assim serão dois
furos..."

"e daí?"

embarcamos no próximo bonde.

"ei", disse o condutor,
"esses negócios foram furados duas
vezes."

"e daí?", disse Frank, "não ponha a culpa
em nós."

voltamos e pegamos nossos
lugares.

no ano passado estivéramos
encantados com a igreja
Católica mas
aquilo logo se revelou uma
chatice.
agora eram os bondes.

então já sabíamos sobre as garotas
mas também sabíamos
que pobres como nossas famílias
eram
e pobres como nós mesmos
éramos
tudo isso teria de esperar
ainda um pouco.

seguir nos bondes à noite
era o melhor
raramente tínhamos a chance de fazer
isso
exceto quando nossos pais
iam ao cinema na
mesma noite
o que era raro
mas isso aconteceu umas poucas
vezes.

o carro da linha W era o melhor.
poucas pessoas o tomavam à
noite
e os condutores realmente
aceleravam, tinham todos
o pé pesado.
os sinais não fechavam
por longos períodos
ou talvez estivessem
sincronizados
e o negócio ficava bem selvagem
às vezes,
a escuridão absoluta lá
fora, o velho W
rasgando aqueles trilhos,
o som das rodas,
esquentando,
lançando faíscas,
o condutor totalmente
maluco,
tocando a campainha,
com o pedal do pé,
BLIM BLOM BLIM BLOM BLIM BLOM!
sentávamos na parte aberta

o vento a nos cortar
fundo,
"ELE VAI MATAR A GENTE!", gritaria
o Frank
e eu riria.

e então ouviríamos o
mesmo em casa
sempre:

"onde diabos você estava?"

"dando uma volta."

"uma volta?"

"isso."

isso os confundia.
sabiam que não tínhamos grana
e ainda assim sumíamos
de vista
por várias horas a cada vez.

nosso romance com os bondes
chegou ao fim, contudo.
foi tudo muito
triste.

meu pai me tinha feito
ficar em casa para trabalhar
no quintal
e Frank havia ido
sozinho.
trabalhei o dia inteiro
com meu pai
sentado à janela

os olhos em mim.
o dia finalmente
terminou
e eu sobrevivi ao
jantar
e fui para o meu
quarto.

por volta das 20h
escutei meu pai gritar:
"HENRY, VENHA AQUI!"

caminhei até a sala
e ali estava a mãe de
Frank junto à porta, ela
chorava.

"Frank ainda não voltou para casa",
disse meu pai, "onde ele
está?"

"não sei onde ele
está."

"é claro que sabe."

"não, não sei."

"quero que você vá
encontrar o Frank e não quero ver
você por aqui até que o
traga de volta!"

cruzei a porta e passei
pela mãe de Frank,
que continuava chorando.

subi colina acima, depois
desci três quadras
até o final da linha do
bonde W.
terminava em nossa
vizinhança.

sentei no banco e
esperei.

vi um bonde W se aproximar.
encostou e os passageiros
foram saindo.
nada do Frank.

sentei e esperei pelo próximo
W.
as pessoas desceram.
Frank não estava entre
elas.

sentei e esperei mais um
pouco.
o próximo W chegou.

o último a descer foi
Frank.

parecia bastante
cansado.

levantei.
"EI, FRANK!"

ele me viu e se
aproximou.

"Deus, que noite! Fiquei
horas e horas dando voltas!
devem ter alertado
todos os condutores!"

"do que está falando?"

"tentei retornar tomando
o W, eles não aceitavam
nenhum dos meus passes, eles
conheciam todos os meus truques
e eu não tinha nenhum
dinheiro!"

"o que você fez?"

"entrei em pânico.
depois de ter sido barrado
5 vezes eu apenas pulei
em um dos carros
e corri até um assento
nos fundos e me sentei
e fingi um ataque
de coreia.
deste jeito!"

Frank começou a me mostrar.
ele se encolhia todo,
a cabeça rolava,
os olhos esbugalhados,
baba escorria de seus
lábios.

"você é bom, Frank.
muito bom!"

"ele me deixou ir."

"Frank, sua mãe
apareceu lá em casa, ela
estava chorando, você está
lascado."

"eu sei, meu pai vai
me dar uma bica na
bunda."

"não consegue inventar
uma história?"

"não, nada irá
funcionar, acabarei levando
uma bica na bunda.
vamos, hora de voltar para
casa..."

seguimos pela primeira
rua.

"bem", eu disse, "suponho
que esse seja o fim dos
bondes.
precisamos encontrar alguma coisa
nova."

"garotas", disse Frank.

"garotas?" aquilo parecia um movimento
ousado demais.

"foi tudo o que
restou", disse Frank.

caminhamos por ali
sob a luz da lua
pensando sobre
aquilo.

## **os críticos de cinema**

minha mãe sempre disse achar que
este francês era uma
graça
com o
chapéu de palha e a
bengala
que
dançava enquanto
cantava.

e meu pai sempre dizia: "por deus,
não!"

e eles iam juntos ao
cinema para
vê-lo.

o francês fazia muitos filmes de modo
que havia muitas discussões
sobre ele

mas as discussões sempre seguiam
o mesmo caminho:

minha mãe dizia: "ah, ele é uma
*graça!*"
e meu pai seguia
com: "por deus, não!"

certa noite meu pai
persistiu em
levar o negócio
adiante:

"tudo bem, você gosta dele
só porque acha que ele é uma
*graça*?"

"não, não! porque ele é uma graça
*e*
um verdadeiro
*cavalheiro*!"

"um *cavalheiro*?"

"claro!"

"que bobagem é
essa
que está
tentando me
aplicar?"

eles nunca
resolveram essa
discussão

ela
se resolveu
sozinha:

o francês
morreu.

minha mãe ficou muito
triste
por
alguns meses

então
ela descobriu
outro:

ele não cantava ou
dançava em seus
filmes
mas
*atuava*
e tinha
longas sobrancelhas
arqueadas
e um nariz que lembrava
uma
fina
e pequena
machadinha.

além disso,
era
francês.

"tudo bem", meu
pai perguntou,
"e que tal
*este*
aí?"

minha mãe levou
um longo tempo
pensando, então
disse:

"são seus *sentimentos*
profundos..."

"sentimentos, hein?"

"sim, ele revela tanta
dor..."

"e
os *outros* homens? também
não têm *eles* suas dores e seus
sentimentos?"

"não, não como
ele..."

"ah, por
deus..."

os filmes eram sobre
tudo
que meu pai e minha mãe
enfrentavam
naqueles dias da
Depressão
então as discussões
sobre eles eram muito
importantes.

meu pai gostava de um
camarada chamado
Wallace Beery
que sempre parecia ter
alguma
coisa
escorrendo do
nariz
que ele limpava
com uma das
mãos.

"que homem
*nojento*!", dizia minha
mãe.

"ele não é um
farsante", dizia meu
pai...

quanto a mim,
gosto de filmes sobre a Primeira Guerra
Mundial
em que os
pilotos de combate
estão sempre apaixonados pela
mesma
loira aguada
e todos eles sempre
se embebedam no
bar
antes
de decolar...

como família
eu
minha mãe
meu pai
nada
tínhamos
em comum
dentro ou fora
dos filmes

e
as coisas nunca
deixaram de ser
assim

e
agora
é tarde
demais.

# **O FILHO DO SATÃ**

Eu tinha onze anos e meus dois amigos, Hass e Morgan, doze, e era verão, não tínhamos aula, e nos sentamos no gramado, ao sol, atrás da garagem do meu pai, fumando cigarros.

– Droga! – eu disse.

Eu estava sentado sob uma árvore. Morgan e Hass estavam sentados de costas para a garagem.

– O que foi? – perguntou Morgan.

– Temos que pegar aquele filho da puta – eu disse. – Ele é uma vergonha para a vizinhança!

– Quem? – perguntou Hass.

– O Simpson – eu disse.

– É mesmo – disse Hass –, ele tem sardas demais. Isso me irrita.

– Não é isso – eu disse.

– Não? – disse Morgan.

– Não. Aquele filho da puta disse que comeu uma garota debaixo da minha casa semana passada. É uma baita mentira! – eu disse.

– Sem dúvida! – disse Hass.

– Ele nem sabe trepar – disse Morgan.

– O que ele sabe é mentir – eu disse.

– Mentirosos não servem pra nada – disse Hass, soprando um arco de fumaça no ar.

– Eu não gosto de ouvir esse tipo de baboseira de um cara que tem sardas – disse Morgan.

– Bem, então talvez a gente tenha que pegar ele – sugeri.

– Por que não? – perguntou Hass.

– Vamos pegar ele – disse Morgan.

Cruzamos a calçada da casa de Simpson e lá estava ele, jogando bola contra a parede da garagem.

– Ei – eu disse –, olhem só quem está *brincando* sozinho!

Simpson pegou a bola num salto e se voltou em nossa direção.

– Olá, companheiros!

Nós o cercamos.

– Andou comendo alguma garota embaixo de alguma casa nesses últimos dias? – perguntou Morgan.

– Não!

– Como não? – perguntou Hass.

– Ah, sei lá.

– Eu não acredito que você tenha comido alguém a não ser *você mesmo*! – eu disse.

– Eu vou entrar agora – disse Simpson. – Minha mãe me pediu para lavar a louça.

– Sua mãe mete a louça na boceta? – disse Morgan.

Nós rimos. Chegamos mais perto de Simpson. De súbito, eu meti um soco na barriga dele. Ele se curvou para a frente, segurando o estômago. Ficou desse jeito durante meio minuto, depois se endireitou.

– Meu pai vai chegar a qualquer momento – ele nos disse.

– Ah, é? Seu pai também come menininhas debaixo das casas? – perguntei.

– Não.

Nós rimos.

Simpson não disse nada.

– Olhem pra essas sardas – disse Morgan. – Toda vez que ele come uma menininha embaixo de uma casa, nasce uma sarda nova.

Simpson não disse nada. Parecia cada vez mais assustado.

– Eu tenho uma irmã – disse Hass. – Quem me garante que você não vai tentar comer a minha irmã embaixo de uma casa?

– Eu nunca faria isso, Hass, dou a minha palavra a você!

– Ah, é?

– Sim, de verdade!

– Bem, isso é pra você não *mudar de ideia*!

Hass meteu um soco na barriga de Simpson. Simpson se curvou de novo. Hass se abaixou, pegou um punhado de terra e enfiou na gola da camiseta de Simpson. Simpson se endireitou. Seus olhos estavam cheios de lágrimas. Um veadinho.

– Deixem eu ir, companheiros, *por favor*!

– Ir pra onde? – perguntei. – Quer se esconder debaixo da saia da sua mãe para ver a louça sair da boceta dela?

– Você nunca comeu ninguém – disse Morgan –, você não *tem* nem pau! Você mija pelas *orelhas*!

– Se um dia eu pegar você olhando pra minha irmã – disse Hass –, vai levar uma surra tão grande que vai virar uma sarda *gigante*.

– Deixem-me ir, por favor!

Senti vontade de deixá-lo ir. Talvez ele não tivesse comido ninguém. Talvez só estivesse sonhando acordado. Mas eu era o jovem líder. Não podia mostrar nenhuma compaixão.

– Você vem conosco, Simpson.

– Não!

– Não, o *caralho*! Você vem conosco! *Agora, ande*!

Caminhei ao redor dele e lhe dei um chute na bunda, bem forte. Ele gritou.

– CALE A BOCA! – eu gritei. – CALE A BOCA OU VAI SER PIOR! AGORA, ANDE!

Nós o conduzimos até a calçada, cruzamos o gramado até a calçada da minha casa e seguimos para o meu quintal.

– Agora se endireite! – eu disse. – Solte as mãos! Vamos organizar um tribunal improvisado!

Eu me virei para Morgan e Hass e perguntei:

– Todos aqueles que acham que este homem é culpado de mentir que comeu uma menininha debaixo da minha casa devem dizer "culpado".

– Culpado – disse Hass.

– Culpado – disse Morgan.

– Culpado – eu disse.

Eu me virei para o prisioneiro.

– Simpson, você é considerado culpado!

As lágrimas agora escorriam de seus olhos.

– Mas eu não fiz nada – resmungou.

– É disso que você é culpado – disse Hass. – De mentir!

– Mas vocês mentem o tempo todo!

– Não sobre trepar – disse Morgan.

– É sobre isso que vocês mais mentem. Foi com vocês que eu aprendi!

– Sargento – eu me virei para Hass –, amordace o prisioneiro. Estou cansado de suas mentiras de merda!

– Sim, senhor!

Hass correu até o varal. Encontrou um lenço e um pano de prato. Seguramos Simpson enquanto o outro lhe enfiava o lenço na boca, amarrando-o com o pano de prato. Simpson emitiu um som abafado e mudou de cor.

– Você acha que ele consegue respirar? – perguntou Morgan.

– Ele pode respirar pelo nariz – eu disse.

– Pois é – concordou Hass.

– O que a gente vai fazer agora? – perguntou Morgan.

– O prisioneiro é culpado, não é? – perguntei.
– Sim.
– Bem, como juiz, eu o sentencio a ser enforcado até a morte!

Simpson fez uns barulhos por baixo de sua mordaça. Seus olhos nos encaravam, implorando. Eu corri até a garagem e peguei a corda. Havia uma cuidadosamente enrolada, pendurada em um grande gancho na parede. Eu não fazia a menor ideia de por que meu pai tinha aquela corda. Até onde eu sabia, ele nunca a havia usado. Agora ela teria uma utilidade.

Saí da garagem de posse da corda.

Simpson começou a correr. Hass estava bem atrás dele. Ele pulou em cima de Simpson e o derrubou no chão. Virou-lhe o corpo e começou a dar socos na cara dele. Eu corri até eles e bati forte com a ponta da corda no rosto de Hass. Ele parou com os socos. Olhou para mim.

– Seu filho da puta, vou dar uma surra em você!
– Como juiz, meu veredicto foi que esse homem seria *enforcado*. E assim será! SOLTEM O PRISIONEIRO!
– Seu filho da puta, eu vou dar uma boa surra em você!
– *Primeiro* vamos enforcar o prisioneiro! *Depois* resolveremos nossas desavenças.
– Resolveremos mesmo – disse Hass.
– Levante-se, prisioneiro! – eu disse.

Hass se moveu rapidamente e Simpson se ergueu. Seu nariz estava sangrando e havia manchado a parte da frente de sua camiseta. Seu sangue era de um vermelho muito vivo. Mas Simpson parecia resignado. Não estava mais chorando. Seus olhos, porém, revelavam traços de pavor, algo terrível de se ver.

– Me dê um cigarro – eu disse para Morgan.

Ele pôs um na minha boca.

– Acenda – eu disse.

Morgan acendeu o cigarro e eu dei uma tragada, então, segurando o cigarro entre meus lábios, exalei a fumaça pelo nariz enquanto fazia um laço na ponta da corda.

– Levem o prisioneiro para a varanda! – ordenei.

Havia uma varanda nos fundos da casa. Sobre a varanda, havia um telhadinho. Eu lancei a corda sobre uma trave e então puxei o laço para baixo, em frente à cabeça de Simpson. Eu não queria ir além com aquilo. Achava que Simpson já havia sofrido o suficiente, mas eu era o líder e teria de brigar com Hass depois, assim não podia demonstrar nenhum sinal de fraqueza.

– Talvez a gente não devesse fazer isso – disse Morgan.

– O homem é *culpado*! – gritei.

– Isso mesmo! – gritou Hass. – Ele deve ser *enforcado*!

– Olhem, ele se mijou todo – disse Morgan.

De fato, havia uma mancha escura na parte da frente das calças de Simpson, e ela estava aumentando.

– Covarde – eu disse.

Coloquei o laço sobre a cabeça de Simpson. Dei um puxão na corda e levantei Simpson até a ponta dos seus pés. Então, peguei a outra ponta da corda e amarrei numa torneira no lado da casa. Dei um nó bem apertado na corda e gritei:

– Vamos dar o fora daqui!

Olhamos para o Simpson, que se equilibrava na ponta dos pés. Ele estava girando um pouco, devagar, parecia já estar morto.

Comecei a correr. Morgan e Hass correram também. Corremos até a calçada e então Morgan e Hass foram embora, cada um para a sua casa. Dei-me conta de que eu não tinha para onde ir. Hass, eu pensei, ou você se esqueceu da briga ou não queria brigar.

Fiquei parado na calçada por alguns instantes, então corri de volta ao pátio. Simpson ainda estava girando. Um pouco, devagar. Tínhamos nos esquecido de amarrar suas mãos. Ele estava com as mãos erguidas, tentando aliviar a pressão no pescoço, mas não estava conseguindo. Corri até a torneira, desatei a corda e a deixei correr. Simpson se chocou contra o piso da varanda, depois tropeçou e caiu no gramado.

Ele estava de bruços. Virei seu corpo e tirei a mordaça. Ele estava mal. Tinha o aspecto de quem poderia morrer a qualquer momento. Me debrucei sobre ele.

– Ouça bem, seu filho da puta, não morra, eu não queria te matar, de verdade. Se você morrer, vai ser triste. Mas se *não* morrer e contar isso para *alguém*, aí você não me *escapa*. *Entendeu*?

Simpson não respondeu. Apenas me olhou. Ele estava péssimo. Seu rosto estava roxo e ele tinha marcas de corda no pescoço.

Eu me levantei. Olhei-o por alguns instantes. Ele não se movia. A coisa estava feia. Fiquei tonto. Depois me recompus. Respirei fundo e caminhei até a calçada. Era cerca de quatro da tarde. Comecei a caminhar. Caminhei até a avenida e segui caminhando. Eu estava pensativo. Sentia que minha vida tinha se acabado. Simpson sempre gostara de andar sozinho. Talvez fosse solitário. Nunca se misturava com a gente ou com os outros garotos. Ele era estranho nesse sentido. Talvez fosse isso o que nos incomodava nele. Mesmo assim, ele tinha algo de bom. Eu sentia que havia feito algo muito ruim e, ao mesmo tempo, sentia que não. Na maior parte do tempo eu tinha um sentimento vago, que estava centrado no meu estômago. Caminhava e caminhava. Caminhava até a autoestrada e volta. Meus sapatos machucavam muito meus pés. Meus pais sempre me compravam sapatos vagabundos. Pareciam bons por mais ou menos uma semana, então o couro rachava e os pregos começavam a atravessar a sola. Eu seguia caminhando mesmo assim.

Quando voltei para casa já era quase noite. Caminhei vagarosamente pela calçada em direção ao quintal. Simpson não estava lá. Nem a corda. Talvez ele estivesse morto. Talvez ele estivesse em outro lugar. Olhei em volta.

Vi o rosto do meu pai pela porta de tela.

– Venha aqui – ele falou.

Subi as escadas da varanda e passei por ele.

– A sua mãe ainda não chegou. Melhor assim. Vá para o quarto. Eu quero ter uma conversinha com você.

Avancei até o quarto, sentei na cama e olhei para os meus sapatos vagabundos. Meu pai era um homem grande, mais de um metro e oitenta de altura. Ele tinha uma cabeça grande e olhos que pareciam pendurados sob suas sobrancelhas bagunçadas. Seus lábios eram grossos e suas orelhas, grandes. Era másculo sem precisar fazer esforço algum.

– Por onde você andava? – ele perguntou.

– Por aí, caminhando.

– Caminhando? Por quê?

– Gosto de caminhar.

– Desde quando?

– Desde hoje.

Fez-se um longo silêncio. Então ele falou de novo.

– O que aconteceu no nosso quintal hoje à tarde?

– Ele está morto?

– Quem?

– Eu disse pra ele não contar. Se ele contou, é porque não está morto.

– Não, ele não está morto. E os pais dele iam chamar a polícia. Eu tive que conversar um longo tempo com eles para os convencer a não fazer isso. Se eles tivessem chamado a polícia, sua mãe teria ficado arrasada! Está entendendo?

Não respondi.

– Sua mãe teria ficado arrasada! Você entende isso?

Não respondi.

– Tive que pagar para que ficassem calados. E, além disso, vou ter que pagar as despesas médicas. Você vai levar a surra da sua vida! Eu vou lhe dar um corretivo! Não vou criar um filho incapaz de viver em sociedade!

Ele ficou de pé junto à porta, parado. Eu olhei para os seus olhos debaixo daquelas sobrancelhas, para aquele corpo enorme.

– Chame a polícia – eu disse. – Não quero nada com você. Prefiro a polícia.

Ele se aproximou de mim devagar.

– A polícia não entende gente como você.

Eu levantei da cama e cerrei os punhos.

– Vamos lá – eu disse –, vou lutar com você!

Com um rápido movimento, ele estava em cima de mim. Foi como se um raio de luz me cegasse, uma pancada tão forte que nem cheguei a sentir. Eu estava no chão. Levantei-me.

– É melhor você me matar – eu disse –, porque quando eu crescer vou matar você!

A pancada que veio a seguir me fez rolar para debaixo da cama. Parecia um bom lugar para estar. Olhei para as molas. Eu nunca tinha visto nada mais agradável e maravilhoso do que aquelas molas em cima de mim. Então eu ri. Foi um riso apavorado, mas eu ri, e ri porque me veio o pensamento de que talvez o Simpson tivesse *de fato* comido uma garota debaixo da minha casa.

– De que diabos você está rindo? – gritou meu pai.
– Você é mesmo o *Filho do Satã*, você não é *meu* filho!

Eu vi sua enorme mão tatear por debaixo da cama, procurando por mim. Quando se aproximou, agarrei a sua mão com as minhas e a mordi com toda a força. Ouvi um gemido feroz e a mão se recolheu. Senti o gosto de sangue e de carne em minha boca, cuspi. Então eu soube que, apesar de Simpson estar vivo, eu poderia estar morto dentro de poucos instantes.

– Muito bem – ouvi meu pai dizer em voz baixa –, agora você pediu e, por Deus, você vai levar.

Eu esperei. E, enquanto esperava, ouvia apenas alguns sons estranhos. Ouvia os pássaros, o som dos carros que passavam, ouvia até mesmo o som do meu coração batendo forte, o som do sangue correndo em minhas veias. Eu ouvia a respiração do meu pai, e me arrastei até o exato centro da cama e esperei pelo que viria em seguida.

## **voando pelo espaço**

na época do ensino médio eu
estava saindo de uma
fase afrescalhada
e me desenvolvendo em
outra
direção.

dava para sentir o negócio
acontecendo.
eu não tinha controle
sobre ele.

eu começava a
caminhar diferente
falar
diferente.

em algum lugar dentro
de mim
uma estranha
confiança
se erguia.

as outras pessoas apenas não
pareciam
valer muita coisa
para mim.

eu circulava
com esse
leve ar de desprezo
no rosto...

um dia na aula de educação
física
o treinador pôs
os rapazes
a fazer
saltos em
distância.

as distâncias dos
saltos
eram
medidas e
registradas.

o treinador se voltou
para mim:
"vamos lá, Chinaski..."

"caralho, não estou
a fim."

"o que há de errado?"

"estou de
ressaca."

"não me venha com
essa!
comece a se mexer e
salte!
estou
mandando!"

"porra", eu disse.

tomei distância,
comecei a correr,

cheguei à linha
e decolei

quando ganhei
altura
decidi
ficar por
ali
apenas
para não
perder a
viagem.

então
aterrissei e
toquei a
serragem.

estenderam
a fita
métrica.

"não posso acreditar
nisso!", disse o
treinador. "Chinaski,
você já saltou
antes?"

"não."

"você ficou a poucos
centímetros
do recorde da
escola!"

"sério? você se importa
se eu for pro chuveiro agora?"

"claro, vá
em frente."

me afastei
devagar,
como se tivesse
coisas mais
importantes
em mente.

dava para sentir
a turma inteira
e o treinador
olhando para mim.

então
parei
mexi nas partes
e enfiei
a mão
no rabo e
cocei.

depois disso,
desapareci em direção
ao chuveiro
sentindo a
surpresa
e a confusão
às minhas
costas.

# o incêndio do sonho

a velha Biblioteca Pública de L. A. pegou
fogo
aquela biblioteca do centro
e com ela se foi
uma grande parte da minha
juventude.

estava sentado num daqueles bancos de
pedra com meu amigo
Carequinha quando ele
perguntou:
"você vai se alistar na
brigada
Abraham Lincoln?"

"claro", eu lhe
disse.

mas percebendo que eu não era nem
um intelectual nem um político
idealista
recuei na questão
mais
tarde.

eu era um *leitor*
então
indo de seção em
seção: literatura, filosofia,
religião, até medicina
e geologia.

desde cedo
decidira ser um escritor
pensei que esse seria o caminho mais fácil
para
escapar
e os grandes figurões do romance não me
    pareciam
páreo muito
duro
eu tinha maiores dificuldades com
Hegel e Kant.

o que me incomodava
em
todos eles
é que levavam um tempo enorme
para finalmente dizer
alguma coisa vivaz e/
ou
interessante.
pensava então ter algo a dizer
mais do que todos
eles.

eu estava para descobri duas
coisas:
a) a maioria dos editores pensava que tudo que fosse
chato tinha algo a ver com assuntos
profundos.
b) que levaria décadas de
vida e escrita
até que eu fosse capaz de
colocar no papel
uma frase que fosse

ao menos próxima
daquilo que eu realmente queria
dizer.

enquanto isso
enquanto outros jovens corriam atrás de
mulheres
eu corria atrás dos velhos
livros.
eu era um bibliófilo, quem sabe um
sujeito
desencantado
e isso
e o mundo
me moldaram.

eu vivia numa cabana de madeira
atrás de uma pensão
a US$ 3,50 por
semana
sentindo-me como um
Chatterton
enfiado dentro de algo do
Thomas
Wolfe.

meus maiores problemas eram
selos, envelopes, papéis
e
vinho,
com o mundo à beira
da Segunda Guerra Mundial.
eu ainda não tinha sido
desconcertado pelas
mulheres, eu era virgem

e escrevia de 3 a
5 contos por semana
e todos eram
rejeitados
por *The New Yorker, Harper's,
The Atlantic Monthly.*
eu tinha lido em algum lugar que
Ford Madox Ford costumava usar
como papel higiênico os pareceres
dos trabalhos rejeitados
mas eu não tinha
um banheiro de modo que os enfiava
numa gaveta
e quando não havia mais espaço nenhum
e eu mal conseguia
abri-la
eu retirava todos os pareceres
e os jogava fora
junto com os
contos.

enquanto isso
a velha Biblioteca Pública de L. A. seguia sendo
minha casa
e a casa de muitos outros
vagabundos.
discretamente usávamos os
banheiros
e os únicos entre nós que deviam
ser
evitados eram aqueles que
pegavam no sono nas mesas da
biblioteca –
ninguém ronca como um
vagabundo

exceto alguém que é casado
com você.

bem, eu não era *propriamente* um
vagabundo. eu *tinha* um cartão da biblioteca
e eu ia e voltava com os livros
uma
enorme
*quantidade* deles
sempre levando o máximo
limite
permitido:
Aldous Huxley, D. H. Lawrence,
e. e. cummings, Conrad Aiken, Fiódor
Dos, Dos Passos, Turguêniev, Górki,
H. D., Freddie Nietzsche, Art
Schopenhauer,
Steinbeck,
Hemingway,
e assim por
diante...

sempre esperava que a bibliotecária
dissesse: "você tem um gosto e tanto, meu
jovem..."

mas a puta velha e acabada
não sabia nem quem ela
era
o que dirá de
mim.

mas aquelas estantes eram
tremendamente encantadoras: permitiam-me
descobrir
os primeiros poetas chineses

como Du Fu e Li
Bai
que podiam dizer mais em uma
linha do que a maioria em
trinta ou
cem.
Sherwood Anderson deve
tê-los
lido
também.

eu também levava os Cantos
pra lá e pra cá
e Ezra me ajudou
a fortalecer meus braços, se não
meu cérebro.

aquele lugar fantástico
a Biblioteca Pública de L. A.
era um lar para uma pessoa que tinha tido
um
lar dos
infernos
CÓRREGOS AMPLOS DEMAIS PARA SALTAR
LONGE DESSE INSENSATO MUNDO
CONTRAPONTO
O CORAÇÃO É UM CAÇADOR SOLITÁRIO

James Thurber
John Fante
Rabelais
Maupassant

alguns não funcionavam para
mim: Shakespeare, G. B. Shaw,
Tolstói, Robert Frost, F. Scott
Fitzgerald

Upton Sinclair funcionava melhor para
mim
que Sinclair Lewis
e eu considerava Gogol e
Dreiser completos
idiotas

mas tais juízos são produto
mais da maneira
como um homem é forçado a viver do que de
sua razão.

a velha Biblioteca Pública de L. A.
é bem provável que tenha evitado que eu me
tornasse um
suicida
um ladrão
de bancos
um
espancador
de mulheres
um carniceiro ou um
policial motorizado
e ainda que algumas dessas possibilidades
não sejam más
foi
graças
à minha sorte
e meu destino
que aquela biblioteca estava
lá quando eu era
jovem e procurava me
*agarrar* a
alguma coisa
quando parecia não haver quase

nada ao meu
redor.

e quando eu abri o
jornal
e soube do incêndio
que havia
destruído a
biblioteca e boa parte de
seu interior

eu disse à minha
mulher: "eu costumava passar
meu tempo
lá..."

O OFICIAL PRUSSIANO
O JOVEM AUDAZ NO TRAPÉZIO VOADOR
TER E NÃO TER

VOCÊ NÃO PODE RETORNAR PARA CASA.

## **câncer**

encontrei seu quarto ao fim de uma
escadaria.
ela estava sozinha.
"olá, Henry", ela disse, e depois,
"você sabe, eu odeio este quarto, ele não
tem janelas."

eu sofria de uma terrível ressaca.
o cheiro era insuportável,
sentia que estava prestes a
vomitar.

"eles me operaram há dois dias",
ela disse. "me senti melhor no dia
seguinte, mas agora está tudo igual a antes, talvez
até
pior."

"sinto muito, mãe."

"sabe, você estava certo, seu pai
é um homem terrível."

pobre mulher. um marido brutal e
um filho alcoólatra.

"com licença, mãe, eu volto
logo..."

o cheiro havia me impregnado,
meu estômago pulava.

saí do quarto
e desci metade do lance de escadas,
me sentei ali
agarrado ao corrimão,
respirando o ar
puro.

a pobre mulher.

segui respirando e
mantendo o controle para não
vomitar.

me levantei e voltei a subir os
degraus em direção ao quarto.

"ele tinha me mandado para um
hospício, você
sabia?"

"sim. eu informei a eles
que tinham pegado a pessoa
errada."

"você parece enjoado, Henry, está tudo bem
com você?"

"estou enjoado, mãe. volto
para ver você
amanhã."

"tudo bem, Henry..."
fiquei de pé, fechei a porta, em seguida
desci a escada.

ganhei a rua, cheguei a um
roseiral.

soltei tudo sobre o
roseiral.

pobre e desgraçada mulher...

no dia seguinte cheguei com
flores.
subi a escada até a
porta.
havia uma guirlanda na
porta.
tentei abrir a porta de qualquer maneira.
estava trancada.

desci os degraus
cruzei o roseiral
e cheguei à rua
onde meu carro estava
estacionado.

duas garotinhas
entre 6 e 7 anos
voltavam da escola para casa.

"desculpem-me, senhoritas, mas vocês
gostariam de ganhar umas flores?"

elas pararam e me
encararam.
"tome", estiquei o buquê à mais alta
das garotas. "agora, vocês

dividam, por favor, dê para sua amiguinha
a metade delas."

"obrigada", disse a mais
alta, "elas são
lindas."

"sim, são mesmo", disse a
outra, "muito, muito
obrigada."

elas desceram a rua
e eu entrei no meu carro,
dei a partida e
dirigi de volta para o meu
canto.

## **o resumo**

nas manhãs de segunda-feira no hotel, enjoados, nenhuma
renda à vista, e famintos, famintos há meses, a
próxima garrafa era tudo a que nos aferrávamos, era
o ápice, era Deus.

eu arrumava um emprego por um ou dois ou até mesmo três ou quatro
dias
mas chegaria a manhã em que não conseguiria ir
ao trabalho
e vez ou outra me pagavam os dias ali na hora
mas na maior parte do tempo havia uma terrível espera,
tínhamos que enrolar o gerente do hotel, aquele mesmo
gerente que telefonava para nossos quartos duas ou três vezes à
noite
pedindo que *por favor* parássemos
a cantoria os palavrões os gritos os sons
de coisas quebrando

mas as manhãs de segunda-feira sempre pareciam ser nosso tempo
nossa folga
e por volta das 11h30 eu me levantava e descia e
olhava nas lixeiras e apanhava os *dois* jornais
dominicais
e os trazia de volta comigo
e então os líamos juntos
na cama: as curiosidades, as notícias do mundo, as
seções de viagem e variedades, tudo menos

os classificados, a seção de
empregos...
creio que encorajávamos um ao outro –
ela afetava não dar bola
para nada e eu seguia pelo mesmo
caminho.

depois dos jornais matutinos batíamos perna pela rua,
ah, que par!: ela tossindo em torno do
cigarro, eu com o cabelo desgrenhado, perdido em
    alguma
vastidão
interior ou exterior.

encontrávamos portas: havia a Russa Louca, às vezes
a sorte estava com ela; havia também Lily Banguela
que vivia com uma modelo em fim de carreira que de
    quando
em quando arrumava um trampo – por vezes eram
    boas parceiras
de bebida; ou havia Eddie, o advogado
cassado.

sempre havia bebida em algum lugar; sempre alguém
com sorte, e assim como íamos atrás deles
eles vinham atrás de nós
eles nos encontravam
e o que quer que tivéssemos para beber dividíamos
com eles.

e sempre havia histórias, principalmente sobre
entrar e sair da prisão ou sobre aqueles que tinham
morrido: "lembram aquele cara com uma marca de
    queimadura no
rosto que sempre sentava no banco perto da entrada
e fumava aqueles mata-ratos? bem, ele se..."

sentados calmamente falando em algum lugar, de hábito
nessas manhãs de segunda-feira:
"Marty esteve
fora por três dias e noites seguidos e quando abriu a
porta lá estava Edna sentada na cadeira, dura feito
pedra, devia estar morta há uns dois
dias..."

não sei, me parecia um tempo bem decente, o sol
brilhava constante e forte e firme e
as noites eram melhores, escuras e interessantes noites
porque então as bebidas estavam no comando e
o mundo quase parecia um lugar
aceitável.

ainda assim, é curioso, me lembro bem das segundas,
era quando os outros começavam suas semanas de
trabalho, aferrados ao sonho da indústria, uma indústria
que os cuspiria fora
quando não fossem mais
necessários.

nós mesmos já tínhamos nos cuspido fora, incapazes de
acreditar em nada daquilo, tínhamos nos livrado das
    ameaças
dos sombrios soberanos, estávamos bem próximos da
liberdade, éramos milionários das segundas-feiras e
jamais poderíamos perder
isso.

sentados naquelas peças minúsculas
rindo, falando, engasgando, bebendo, nós
os ferrados
ali –
quase perfeitos, quase sábios mas
não de todo, isso teria estragado

tudo – quase mais loucos do que os que haviam
nos criado –
fizemos o que
fizemos.

# A VIDA DE UM VAGABUNDO

Harry acordou em sua cama, de ressaca. Uma ressaca violenta.

– Merda – ele disse em voz baixa.

Havia uma pequena pia no quarto.

Harry se levantou, aliviou-se na pia, abriu a torneira e deixou a água correr para lavá-la, depois enfiou a cabeça ali e bebeu um pouco de água. Em seguida, espirrou água no rosto e se secou com uma parte da camiseta que estava vestindo.

O ano era 1943.

Harry juntou algumas roupas do chão e começou a se vestir devagar. A veneziana estava fechada e tudo estava escuro, a não ser pelos raios de sol que entravam pelos furos da cortina. Havia duas janelas. O apê era de primeira.

Ele percorreu o corredor até o banheiro, trancou a porta e se sentou. Era incrível que ainda conseguisse evacuar. Não comia há dias.

Jesus, ele pensou, as pessoas têm intestino, boca, pulmões, orelhas, umbigo, órgão sexual e... cabelo, poros, língua, às vezes dentes, e todas as outras partes... unhas, cílios, dedos, joelhos, estômago...

Havia algo tão *aborrecedor* nisso tudo. Como é que ninguém reclamava?

Harry terminou com o áspero papel higiênico da pensão. Você pode apostar que as senhorias se limpavam com coisa melhor. Todas aquelas senhoras religiosas, viúvas há séculos.

Ele vestiu as calças, puxou a descarga e saiu de lá, desceu as escadas da pensão e alcançou a rua.

Eram onze da manhã. Caminhou para o sul. A ressaca era brutal, mas ele não ligava. Isso lhe dizia que estivera em outro lugar, um lugar bom. Durante a caminhada, encontrou meio cigarro no bolso da camisa. Ele parou, olhou para a ponta amassada e manchada, achou um fósforo e tentou acender. A chama não pegou. Seguiu tentando. Depois do quarto fósforo, que queimou seus dedos, conseguiu dar uma tragada. Ele se engasgou, depois tossiu. Sentiu o estômago revirar.

Um carro avançou velozmente em sua direção. Dentro dele estavam quatro rapazes.

– EI, SEU VELHO DE MERDA! VÊ SE MORRE! – gritou um deles para Harry.

Os outros riram. Depois eles se foram.

O cigarro de Harry ainda estava aceso. Ele deu outra tragada. Uma espiral de fumaça azul subiu. Ele gostava daquela espiral de fumaça azul.

Caminhou sob o sol cálido pensando, "eu estou caminhando e fumando um cigarro".

Harry caminhou até chegar ao parque em frente à biblioteca. Continuava tragando o cigarro. Sentiu o calor da ponta queimando e jogou, com relutância, o cigarro fora. Entrou no parque e andou até encontrar um lugar entre uma estátua e alguns arbustos. A estátua era de Beethoven. E Beethoven estava caminhando, a cabeça baixa, as mãos para trás, certamente pensando em alguma coisa.

Harry se deitou e se estendeu no gramado. A grama aparada lhe dava coceira. Estava pontiaguda, afiada, mas tinha um cheiro delicioso e limpo. O cheiro da paz.

Pequenos insetos começaram a andar sobre seu rosto, formando círculos irregulares, cruzando o caminho uns dos outros, mas nunca se encontrando.

Eram apenas partículas, mas as partículas estavam procurando alguma coisa.

Harry olhou para o céu através das partículas. O céu estava azul, e isso era horrível. Harry continuou olhando para o céu, tentando sentir alguma coisa. Mas Harry não sentia nada. Nenhuma sensação de eternidade. Nem de Deus. Nem mesmo do Diabo. Mas era preciso encontrar Deus primeiro se quisesse encontrar o Diabo. Eles vinham nessa ordem.

Harry não gostava de pensamentos graves. Pensamentos graves podiam levar a erros graves.

Pensou um pouco sobre o suicídio... sem fazer disso um grande drama. Da mesma maneira como a maioria dos homens pensaria sobre comprar um par de sapatos novos. O maior problema do suicídio era a hipótese de que ele pudesse levar a algo pior. O que ele realmente precisava era de uma garrafa de cerveja bem gelada, o rótulo úmido, e com aquelas gotas geladas tão lindas na superfície do vidro.

Harry cochilou... e foi acordado pelo som de vozes. As vozes eram de meninas muito jovens, colegiais. Elas estavam rindo, gracejando.

– *Ooooh, olhem!*
– *Ele está dormindo!*
– *Vamos acordar ele?*

Harry piscou os olhos à luz do sol, espiando as meninas através das pálpebras semicerradas. Não sabia ao certo quantas eram, mas pôde ver seus vestidos coloridos: amarelos e vermelhos e azuis e verdes.

– *Olhem! Ele é lindo!*

Elas riram, gargalharam, saíram correndo.

Harry voltou a fechar os olhos.

O que tinha sido aquilo?

Nunca antes lhe acontecera algo tão agradável e delicioso. Elas o tinham chamado de "lindo". Quanta gentileza!

Mas elas não voltariam.

Ele se levantou e caminhou até o final do parque. Lá estava a avenida. Achou um banco de praça e se sentou. Havia outro mendigo no banco ao lado. Ele era bem mais velho que Harry. O mendigo tinha um ar soturno, sombrio, amargo, que fazia Harry se lembrar do pai.

Não, pensou Harry. Estou sendo muito duro.

O mendigo olhou na direção de Harry. O mendigo tinha olhos pequenos e inexpressivos.

Harry lançou-lhe um sorriso tímido. O mendigo virou o rosto.

Então um barulho veio da avenida. Motores. Era um comboio militar. Uma longa faixa de caminhões cheios de soldados. Os soldados estavam apertados como sardinhas, transbordavam, penduravam-se do lado de fora dos caminhões. O mundo estava em guerra.

O comboio se movia lentamente. Os soldados avistaram Harry sentado no banco de praça. Então começou o barulho. Era uma mistura de assobios, vaias e xingamentos. Eles gritavam com Harry.

– EI, SEU FILHO DA PUTA!

– PREGUIÇOSO!

À medida que cada caminhão do comboio passava, o próximo continuava:

– TIRE A SUA BUNDA DESSE BANCO!

– VEADO DE MERDA!

– COVARDE!

Era um comboio muito longo e muito lento.

– VENHA SE JUNTAR A NÓS!

– VAMOS ENSINAR VOCÊ A LUTAR, SEU PUTÃO!

Os rostos eram brancos e pardos e negros, flores de ódio.

Então o velho mendigo se levantou do seu banco de praça e gritou para o comboio:

– EU PEGO ELE PARA VOCÊS, RAPAZES! LUTEI NA PRIMEIRA GUERRA!

Os que estavam nos caminhões que passavam riram e abanaram os braços:

– PEGUE ELE, VOVÔ!

– FAÇA ELE VER A LUZ!

Então o comboio se foi.

Eles haviam jogado coisas em Harry: latas de cerveja vazias, latas de refrigerante, laranjas, uma banana.

Harry se levantou, juntou a banana, sentou-se de novo, descascou a banana e a comeu. Estava divina. Depois ele encontrou uma laranja, descascou-a e a mastigou, engoliu a polpa e o suco. Encontrou outra laranja e a comeu também. Então achou um isqueiro que alguém havia jogado ou deixado cair. Girou a pederneira. Funcionava.

Andou empunhando o isqueiro até o mendigo, que estava sentado no banco.

– Ei, camarada, tem um cigarro?

Os pequenos olhos do mendigo se fixaram em Harry. Pareciam vazios, como se as pupilas tivessem sido removidas. O lábio inferior do mendigo tremeu.

– Você gosta do Hitler, *não é?* – ele disse em voz baixa.

– Olha, amigo – disse Harry –, por que você e eu não damos uma volta juntos? Podemos descolar uns cobres para tomar umas biritas.

O velho mendigo revirou os olhos. Por um instante Harry pôde ver apenas o branco de seus olhos injetados. Os olhos voltaram para o lugar. O mendigo olhou para ele.

– Com você... *Não!*

– OK – disse Harry –, até a vista...

O velho mendigo voltou a revirar os olhos e disse de novo, só que mais alto desta vez:

– COM VOCÊ... NÃO!

Harry saiu do parque caminhando devagar e subiu a rua em direção ao seu bar favorito. O bar estava sempre lá. Harry *atracava* no bar. Era seu único paraíso. Impiedoso e justo.

No caminho, Harry passou por um estacionamento vazio. Um bando de homens de meia-idade jogava *softball*. Eles estavam fora de forma. Eram, em sua maioria, barrigudos, baixinhos e bundudos, quase como mulheres. Eram todos amadores ou estavam velhos demais para os arremessos.

Harry parou para assistir ao jogo. Era um festival de eliminações, lançamentos ruins, rebatedores golpeados, erros, bolas mal rebatidas, mas eles seguiam jogando. Quase como um ritual, uma obrigação. E eles estavam com raiva. Era a única coisa em que eram bons. A energia de sua raiva domesticada.

Harry ficou assistindo. Tudo parecia um desperdício. Até mesmo a bola parecia triste, saltitando inutilmente de um lado para o outro.

– Olá, Harry, como é que você não está no bar?

Era McDuff, um sujeito velho e franzino, dando uma baforada em seu cachimbo. McDuff tinha uns 62 anos, sempre olhava para a frente, nunca diretamente *para* seu interlocutor, mas ele o via mesmo assim por detrás de seus óculos sem aro. E ele sempre vestia um terno preto com gravata azul. Chegava ao bar todos os dias por volta do meio-dia, tomava duas cervejas, depois ia embora. E você não conseguia odiá-lo nem gostar dele. Era como um calendário ou um porta-canetas.

– Estou a caminho – respondeu Harry.

– Eu acompanho você – disse McDuff.

Então Harry caminhou ao lado do velho e franzino McDuff enquanto o velho e franzino McDuff fumava seu cachimbo. McDuff sempre mantinha o cachimbo *aceso*. Era sua marca registrada. McDuff *era* o seu cachimbo. Por que não?

Caminhavam juntos, sem dizer nada. Não havia o que dizer. Pararam no semáforo, McDuff fumando seu cachimbo.

McDuff tinha poupado seu dinheiro. Nunca havia se casado. Morava num apartamento de dois cômodos e não fazia muita coisa. Bem, ele lia os jornais, mas sem muito interesse. Não era religioso. Mas não por falta de convicção. Simplesmente porque não havia se dado ao trabalho de pensar no assunto. Era como não ser Republicano por não saber o que é um Republicano. McDuff não era feliz nem infeliz. Vez que outra ficava um pouco inquieto, alguma coisa parecia incomodá-lo e por alguns instantes seus olhos se enchiam de terror. Mas logo aquilo passava... como uma mosca que pousa... e em seguida levanta voo à procura de terras mais promissoras.

Então eles chegaram ao bar. Entraram.

As pessoas de sempre.

McDuff e Harry se sentaram em seus bancos.

– Duas cervejas – proferiu o bom e velho McDuff ao dono do bar.

– Como vai, Harry? – perguntou um dos fregueses do bar.

– Tateando no escuro, tremendo e cagando – respondeu.

Sentiu pena do McDuff. Ninguém o havia cumprimentado. McDuff era como um mata-borrão sobre a mesa. Não suscitava nenhum sentimento neles. Notavam Harry porque ele era um vagabundo. Fazia com que se sentissem superiores. Eles precisavam disso. McDuff fazia com que se sentissem apenas mais insípidos e eles já eram insípidos.

Não aconteceu nada de mais. Todos se debruçaram sobre suas bebidas, observando-as. Poucos tinham imaginação o suficiente para simplesmente encher a cara.

Uma tarde banal de sábado.

McDuff partiu para sua segunda cerveja e foi gentil o bastante para pagar outra a Harry.

O cachimbo de McDuff estava fervendo por conta das seis horas de queima contínua.

Terminou sua segunda cerveja e foi embora, e Harry ficou lá com o resto do pessoal.

Era um sábado muito parado, mas Harry sabia que se aguentasse por mais algum tempo conseguiria se dar bem. Sábado à noite, é claro, era melhor para descolar umas bebidas. Mas não havia nenhum lugar para onde pudesse ir até que a hora chegasse. Harry estava se esquivando da senhoria. Ele pagava por semana e estava nove dias atrasado.

Entre uma bebida e outra, o ambiente mergulhava num marasmo mortal. Os fregueses só precisavam sentar e ficar em algum lugar. Pairava no ar uma solidão generalizada, um medo latente, e a necessidade de estarem juntos e de conversar um pouco, pois isso os acalmava. Tudo de que Harry precisava era alguma coisa para beber. Harry podia beber eternamente e ainda precisaria de mais, não havia bebida suficiente para satisfazê-lo. Mas os outros... eles apenas *sentavam*, falando de vez em quando sobre o que quer fosse.

A cerveja de Harry estava ficando choca. E a ideia não era terminá-la porque aí teria que comprar outra e ele não tinha dinheiro. Teria que esperar e ficar na expectativa. Como um profissional na mendicância de bebidas, Harry sabia a primeira regra: você nunca deve pedir uma. Sua sede era uma piada para os outros e qualquer pedido de sua parte lhes tirava o prazer de dar.

Harry deixou seus olhos passearem pelo bar. Havia quatro ou cinco clientes por ali. Poucos e só gente miúda. Um deles era Monk Hamilton. A maior afirmação de vitalidade para Monk era comer seis ovos no café da manhã. Todos os dias. Ele achava que isso lhe dava uma vantagem. Não era muito bom nesse negócio de pensar. Era um tipo imenso, quase tão largo quanto alto, de olhos pálidos, fixos e despreocupados, pescoço de carvalho, mãos grandes, peludas e nodosas.

Monk estava falando com o atendente do bar. Harry ficou olhando uma mosca que rastejava lentamente para dentro do cinzeiro molhado de cerveja à sua frente. A mosca caminhou por ali, por entre os tocos de cigarro, forçando caminho contra um cigarro empapado, depois soltou um zunido furioso, ergueu-se, então pareceu voar para trás, e para a esquerda, e depois se foi.

Monk era limpador de janelas. Seus olhos inexpressivos encontraram os de Harry. Seus lábios grossos se torceram num riso de superioridade. Ele pegou sua garrafa, andou, sentou-se no banco ao lado de Harry.

– O que você está fazendo, Harry?
– Esperando chover.
– Que tal uma cerveja?
– Esperando chover cerveja, Monk. Obrigado.

Monk pediu duas cervejas. Elas chegaram.

Harry gostava de beber sua cerveja direto do gargalo. Monk despejou um pouco da sua num copo.

– Harry, você está precisando de emprego?
– Não tenho pensado no assunto.
– Tudo que você precisa fazer é segurar a escada. Precisamos de um cara para a escada. Não paga tão bem quanto lá em cima, mas já é alguma coisa. O que você acha?

Monk estava fazendo uma piada. Pensava que Harry era imbecil demais para compreendê-la.

– Me dê um tempo para pensar no assunto, Monk.

Monk olhou em volta para os outros clientes, soltou seu sorriso superior de novo, piscou para eles, então voltou a olhar para Harry.

– Escute, tudo o que você tem que fazer é segurar a escada bem firme. Isso não é tão difícil, é?

– É mais fácil que muita coisa, Monk.

– Então você topa?

– Acho que não.

– Ah, vamos! Por que você não tenta?

– Eu não posso fazer isso, Monk.

Então todos se sentiram bem. Harry era o garoto deles. O esplêndido fracassado.

Harry olhou para todas aquelas garrafas atrás do bar. Todos aqueles bons momentos à espera, todas aquelas risadas, toda aquela loucura... uísque, vinho, gim, vodca e tantas outras delícias. E ainda assim todas aquelas garrafas ficavam lá paradas, em desuso. Era como uma vida esperando para ser vivida, uma vida que ninguém queria.

– Olhe – disse Monk –, vou cortar o cabelo.

Harry sentiu a tranquila solidez de Monk. Monk havia ganhado, em certo momento, alguma coisa. Ele se encaixava, como uma chave numa fechadura que abria para uma outra parte qualquer.

– Por que você não vem comigo enquanto eu corto o cabelo?

Harry não respondeu.

Monk chegou mais perto.

– Paramos pra tomar uma cerveja no caminho e eu pago outra pra você depois.

– Vamos lá...

Harry esvaziou a garrafa facilmente em sua ânsia, depois a largou.

Seguiu Monk para fora do bar. Caminharam juntos ao longo da rua. Harry sentiu-se como um cachorro seguindo seu dono. E Monk estava calmo, estava agindo, tudo se encaixava. Era o seu sábado de folga e ele ia cortar o cabelo.

Acharam um bar e pararam ali. Era muito mais agradável e limpo do que o bar em que Harry normalmente vadiava. Monk pediu as cervejas.

O modo como ele se comportava! Um homem *másculo*. E seguro de sua masculinidade. Nunca pensava na morte, pelo menos não na sua.

Enquanto estavam ali, lado a lado, Harry percebeu que havia cometido um erro: um trabalho em turno integral teria sido menos doloroso do que aquilo.

Monk tinha uma verruga no lado direito do rosto, uma verruga bem descontraída, uma verruga sem constrangimentos.

Harry ficou olhando Monk pegar sua garrafa e sugá-la. Era apenas algo que Monk *fazia*, como coçar o nariz. Ele não estava *ávido* pela bebida. Monk apenas ficava sentado com sua garrafa e estava tudo pago. E o tempo corria como a merda corre pelo rio.

Terminaram suas garrafas e Monk disse alguma coisa ao atendente do bar e o atendente do bar respondeu alguma coisa.

Então Harry seguiu Monk até o lado de fora. Seguiram juntos, Monk ia cortar o cabelo.

Caminharam até a barbearia e entraram. Não havia outros clientes. O barbeiro conhecia Monk. Enquanto Monk subia na cadeira, eles disseram algumas palavras um para o outro. O barbeiro o cobriu com o protetor e a cabeça de Monk pareceu enorme, a verruga firme na bochecha direita, e ele disse:

– Curto ao redor das orelhas e não tire muito em cima.

Harry, desesperado por outra bebida, pegou uma revista, virou algumas páginas e fingiu estar interessado.

Então ouviu Monk dizer ao barbeiro:

– A propósito, Paul, este é Harry. Harry, este é Paul. Paul e Harry e Monk.

Monk e Harry e Paul.

Harry, Monk, Paul.

– Olhe, Monk – disse Harry –, quem sabe eu vou lá pegar outra cerveja enquanto você corta o cabelo?

Monk olhou fixamente para Harry.

– Não, nós vamos tomar uma cerveja depois que eu terminar aqui.

Depois Monk olhou fixamente para o espelho.

– Não precisa tirar *tanto* ao redor das orelhas, Paul.

Enquanto o mundo girava, Paul ia cortando.

– Tem pescado alguma coisa, Monk?

– Nada, Paul.

– Não acredito nisso...

– Acredite, Paul.

– Não é o que tenho ouvido.

– Como...?

– Que nem quando a Betsy Ross fez a bandeira americana, 13 estrelas não teriam bastado para se enrolar no *seu* mastro!

– Ah, droga, Paul, você é *muito* engraçado!

Monk riu. Sua risada era como linóleo sendo cortado com uma faca sem fio. Ou talvez fosse um grito de morte.

Então ele parou de rir.

– Não tire *muito* em cima.

Harry largou a revista e olhou para o chão. A risada de linóleo havia se transformado num chão de linóleo. Verde e azul, com diamantes lilases. Um chão velho. Alguns pedaços tinham começado a descascar, revelando o soalho marrom-escuro que estava por baixo. Harry gostava de marrom-escuro.

Ele começou a contar: 3 cadeiras de barbeiro, 5 cadeiras de espera. 13 ou 14 revistas. Um barbeiro. Um cliente. Um... o quê?

Paul e Harry e Monk e o marrom-escuro.

Os carros passavam do lado de fora. Harry começou a contar, parou. Não brinque com a loucura, a loucura não brinca.

Mais fácil contar as bebidas nas mãos: nenhuma.

O tempo reverberava como um sino monótono.

Harry sentia seus pés, seus pés dentro dos sapatos, e seus dedos... nos pés, dentro dos sapatos.

Ele mexia os dedos dos pés. Sua vida completamente desperdiçada indo a lugar nenhum como uma lesma se arrastando em direção ao fogo.

Folhas cresciam sobre os troncos. Antílopes erguiam suas cabeças do pasto. Um açougueiro em Birmingham levantava seu cutelo. E Harry estava parado numa barbearia, na esperança de tomar uma cerveja.

Ele não tinha dignidade, era um vira-lata.

Aquilo seguiu, passou, continuou e continuou, e então terminou. O fim do teatro da cadeira do barbeiro. Paul girou Monk para que ele pudesse se ver no espelho atrás da cadeira.

Harry odiava barbearias. Aquele giro final na cadeira, aqueles espelhos, eram um momento de horror para ele.

Monk não se incomodava.

Ele se olhou. Estudou seu reflexo, rosto, cabelo, tudo. Parecia admirar o que via. Então, ele falou:

– Certo, Paul. Agora você poderia tirar um pouco do lado esquerdo? E está vendo esse pedacinho desalinhado? Temos que corrigir.

– Ah, sim, Monk... eu cuido disso...

O barbeiro girou Monk de volta e se concentrou no pequeno pedaço que estava desalinhado.

Harry observava a tesoura. Havia muito barulho, mas não muito corte.

Então Paul girou Monk de novo em direção ao espelho.

Monk se olhou.

Um leve sorriso se esboçou no canto direito de sua boca. Então o lado esquerdo de seu rosto se contorceu um pouco. Autoadoração com uma pequena pontada de dúvida.

– Está bem – ele disse –, agora você acertou.

Paul espanou Monk com uma pequena escova. Pedaços de cabelo morto flutuaram num mundo morto.

Monk revirou os bolsos atrás do valor do corte e da gorjeta.

A transação monetária fez tinir a tarde apática.

Então Harry e Monk caminharam pela rua juntos de volta ao bar.

– Não há nada como um corte de cabelo – disse Monk –, faz você se sentir um novo homem.

Monk sempre vestia camisas azul-claras, mangas arregaçadas para mostrar seus bíceps. Um cara e tanto. Tudo o que ele precisava agora era de uma fêmea para dobrar suas cuecas e camisetas de baixo, enrolar suas meias para colocá-las na gaveta da cômoda.

– Obrigado por me fazer companhia, Harry.

– Não por isso, Monk...

– Da próxima vez que eu for cortar o cabelo, quero que você venha comigo.

– Vamos ver, Monk...

Monk caminhava bem perto do meio-fio e era como um sonho. Um sonho amarelado. Simplesmente aconteceu. E Harry não sabia de onde tinha vindo o impulso. Mas cedeu a ele. Fingiu tropeçar e deu um encontrão em Monk. E Monk, como uma pesada lona de circo de carne, caiu em frente ao ônibus. Quando o motorista pisou no freio, ouviu-se uma pancada, não muito alta, mas uma pancada. E lá estava Monk, caído na sarjeta, corte de cabelo, verruga e tudo mais. E Harry olhou para baixo. Uma coisa estranhíssima: lá estava a carteira de Monk na sarjeta. Tinha saltado para fora do bolso traseiro por conta do impacto e lá estava ela. Só não se encontrava estendida no chão, mas erguida como uma pequena pirâmide.

Harry se agachou, pegou a carteira e a colocou no bolso. Parecia cálida, cheia de graça. Ave, Maria.

Então Harry se debruçou sobre Monk.

– Monk? Monk... você está bem?

Monk não respondeu. Mas Harry notou que ele estava respirando e não havia sangue. E, de repente, o rosto de Monk pareceu bonito e galante.

Ele está ferrado, pensou Harry, e eu estou ferrado. Nós dois estamos ferrados em sentidos diferentes. Não existe verdade, não existe nada real, não existe nada.

Mas algo existia. A multidão existia.

– Saiam de perto! – alguém disse. – Deixem ele respirar!

Harry saiu de perto. Saiu de perto e se misturou à multidão. Ninguém o deteve.

Ele estava caminhando para o sul. Ouviu a sirene da ambulância. Ela gritava, secundando o seu sentimento de culpa.

Então, rapidamente, a culpa desapareceu. Como uma antiga guerra já terminada. Era preciso seguir em frente. As coisas seguiam em frente. Como as pulgas e o melado para panquecas.

Harry se enfiou em um bar em que nunca havia reparado antes. Havia um atendente no balcão. Garrafas. Estava escuro ali. Pediu um uísque duplo, bebeu de um só gole. A carteira de Monk estava gorda e abundante. Sexta devia ter sido o dia do pagamento. Harry puxou uma nota, pediu outro uísque duplo. Tomou metade, fez uma pausa em reverência, depois secou o resto, e, pela primeira vez em muito tempo, sentiu-se de fato bem.

Depois naquela tarde, Harry foi até a Groton Steakhouse. Entrou e se sentou no balcão. Nunca antes tinha ido até lá. Um homem alto, magro, desinteressante, vestindo um chapéu de *chef* e um avental sujo, andou até ele e se curvou sobre o balcão. Estava com a barba por fazer e cheirava a inseticida. Olhou de soslaio para Harry.

– Veio aqui atrás de EMPREGO? – perguntou.

Por que diabos todo mundo está tentando me botar para trabalhar?, pensou Harry.

– Não – respondeu Harry.

– Temos uma vaga para lavador de pratos. Cinquenta centavos a hora e você pode agarrar a bunda da Rita de vez em quando.

A garçonete passou ao lado deles. Harry olhou para a bunda da mulher.

– Não, obrigado. Por ora, vou querer uma cerveja. De garrafa. Qualquer marca.

O *chef* chegou mais perto. Tinha longos pelos saindo das narinas, fortemente ameaçadores, como um pesadelo imprevisto.

– Ouça, seu merda, você tem dinheiro?

– Tenho – disse Harry.

O *chef* hesitou por alguns instantes, então saiu andando, abriu o refrigerador e puxou uma garrafa de cerveja. Tirou a tampa, voltou até onde estava Harry e colocou o líquido fermentado no balcão com uma pancada.

Harry deu um longo gole, pousou a garrafa suavemente.

O chef continuava a examiná-lo. Não conseguia matar a charada.

– Agora – disse Harry –, quero um filé alto, bem passado, com batatas fritas, e pegue leve na gordura. E me traga outra cerveja, agora.

O *chef* cresceu à sua frente como uma nuvem carregada, depois se afastou, foi até o refrigerador, repetiu a cena, o que incluía trazer a garrafa e colocá-la no balcão com um estrondo.

Em seguida o *chef* foi até a grelha, jogou um bife lá dentro.

Um glorioso manto de fumaça se ergueu. O *chef* encarava Harry por entre a fumaça.

Não faço ideia, pensou Harry, de por que ele não gosta de mim. Bem, talvez eu precise mesmo de um corte de cabelo (tire bastante de todos os lados, por favor) e fazer a barba, meu rosto está um pouco abatido, mas minhas roupas estão bem limpas. Gastas, mas limpas. Devo ser mais limpo do que o prefeito desta cidade de merda.

A garçonete chegou perto dele. Não era feia. Nenhuma maravilha, mas não estava mal. Seus cabelos empilhavam-se sobre a cabeça, meio bagunçados, pequenos cachos desciam soltos pelos lados. Bacana.

Ela se debruçou sobre o balcão.

– Você não pegou o trabalho de lavador de pratos?
– O salário é bom, mas não é meu ramo de negócio.
– E qual é o seu ramo de negócio?
– Sou arquiteto.
– Não me venha com essa merda – ela disse e se afastou.

Harry sabia que não era muito bom de papo. Descobriu que, quanto menos falava, melhor todos se sentiam.

Terminou as duas cervejas. Então chegaram o bife e as batatas fritas. O *chef* bateu o prato com força no balcão. O sujeito era bom nas pancadas.

Parecia um milagre para Harry. Ele avançou, cortando e mastigando. Fazia uns dois anos que não devorava um bife. À medida que comia, sentia uma força renovada invadir seu corpo. Quando não se come com frequência, o fato se torna um verdadeiro *acontecimento*.

Até mesmo seu cérebro sorria. E seu corpo parecia estar dizendo obrigado, obrigado, obrigado.

Então Harry terminou.

O *chef* ainda não deixara de encará-lo.

– Certo – disse Harry –, vou querer um repeteco.

– Vai querer a mesma comida?

– Aham.

O chef o olhou de modo ainda mais fixo. Afastou-se e lançou outro bife na grelha.

– E quero outra cerveja também, por favor. Agora.

– RITA! – gritou o *chef*. – VEJA MAIS UMA CER-VEJA PARA ELE!

Rita apareceu com a cerveja.

– Você bebe bastante cerveja – ela disse – para um arquiteto.

– Estou planejando erguer uma grande obra.

– Rá! Como se você conseguisse!

Harry se concentrou na cerveja. Depois levantou e foi até o banheiro masculino. Quando voltou, liquidou a bebida.

O *chef* voltou e bateu o prato de bife e fritas com força na frente de Harry.

– A vaga ainda está disponível, se você quiser.

Harry não respondeu. Avançou sobre o novo prato.

O *chef* seguiu até a grelha, de onde continuou a encarar Harry.

— Você ganha as *duas* refeições – disse o chef – *e* sai empregado.

Harry estava ocupado demais com o bife e com as batatas fritas para responder. Ainda estava com fome. Quando se está na vadiagem, e especialmente quando se é um bebum, pode-se ficar dias sem comer, muitas vezes não se tem nem mesmo vontade de comer, e então, zás, você é fulminado: surge uma fome insuportável. Você começa a pensar em comer qualquer coisa: ratos, borboletas, folhas, bilhetes de jogo, jornal, rolhas, o que aparecer pela frente.

Agora, debruçado sobre o segundo prato, a fome de Harry ainda estava lá. As batatas fritas eram lindas e gordurosas e amarelas e quentes, algo como a luz do sol, uma nutritiva e gloriosa luz solar que se podia mastigar. E o bife não era apenas uma fatia de alguma pobre criatura assassinada, era algo comovente, que alimentava o corpo e a alma e o coração, que fazia os olhos sorrirem, transformando o mundo em um lugar menos difícil de suportar. Ou de se viver. Naquele instante, a morte não era uma coisa que importava.

E então ele terminou o prato. Só havia restado o osso, que estava totalmente limpo. O *chef* ainda encarava Harry.

— Vou comer mais um – Harry disse ao chef. – Outro desses bifões com fritas e mais uma cerveja, por favor.

— VOCÊ NÃO VAI COMER MAIS UM! – gritou o chef. – VOCÊ VAI É PAGAR TUDO E DAR O FORA DAQUI!

Cruzou pela frente da grelha e parou na frente de Harry. Tinha um bloco de pedidos nas mãos. Rabiscou furiosamente uma soma. Depois jogou a conta no meio do prato sujo. Harry pegou a conta de cima do prato.

Havia um outro cliente no restaurante, um homem muito redondo e rosado, de cabeça grande e cabelos despenteados, tingidos de um castanho desmaiado. O homem consumira inúmeras xícaras de café enquanto lia o jornal da noite.

Harry se levantou, tirou algumas notas do bolso, separou duas e as colocou ao lado do prato.

Depois deu o fora dali.

O trânsito do início da noite estava começando a entupir a avenida de carros. O sol se punha atrás dele. Harry olhou para os motoristas dos carros. Pareciam infelizes. O mundo parecia infeliz. As pessoas estavam no escuro. As pessoas estavam apavoradas e decepcionadas. As pessoas estavam presas em armadilhas. As pessoas estavam na defensiva, nervosas. Sentiam que suas vidas estavam sendo desperdiçadas. E elas estavam certas.

Harry seguiu caminhando. Parou no semáforo. E, naquele momento, teve um sentimento muito estranho. Teve a impressão de que era a única pessoa viva no mundo todo.

Quando o sinal mudou para o verde, esqueceu-se de tudo. Atravessou a rua e seguiu em frente pela calçada oposta.

## as garotas e os pássaros

as garotas eram jovens
e percorriam as
ruas
mas raramente conseguiam
faturar, terminavam
no meu quarto
de hotel
3 ou 4
delas
sugando o
vinho,
os cabelos na cara,
os fios das meias
puxados,
xingando, contando
histórias...

de algum modo
eram
noites
pacíficas

mas de fato
elas me lembravam
de outros
tempos
de quando eu era
menino
e via os canários
de minha
avó

defecarem
sobre seu
alpiste
e dentro de sua
água
e os
canários eram
belos
e
conversavam
mas
nunca
cantavam.

# **meu melhor amigo**

arrastando uma mala de papelão
até a música marcial dos ratos de
pensão
fazia sempre muito calor ou um frio
filho da puta

e as jovens senhoras estavam apaixonadas
pelos guerreiros atrás de
grana
e eu arrastava aquela mala de papelão
através do Texas, Arizona, da Louisiana,
Geórgia, Flórida, Carolina do Sul

eu estava pirado
eu estava desregulado
incapaz de encarar o
óbvio
acabava mamado de
gim
sobre os colchões imundos de
lugar nenhum
transformando até os percevejos em
alcoólatras

fazia planos de me matar e
fracassava,
acabava em trabalhos
ínfimos e
tediosos
as horas como alvos móveis
esmigalhados por alguém que

não dava a mínima
por alguém
mais esperto do que eu.

não podia recorrer a Deus para
me
livrar
daquilo
mas
deus
eu esvaziava
garrafas

centenas e centenas de
garrafas
nas corredeiras dos rios de
lugar nenhum

e você pode dizer
o que quiser
sobre os malefícios da
bebida
mas sem
ela
jamais poderia
encarar
aqueles capatazes com seus
olhos de roedores e
suas testas
incapazes

aqueles trabalhadores
satisfeitos com
feriados e com o seguro
de vida

a verdadeira
escravidão humana
de homens que não
sabiam
que eram
escravos
que
realmente achavam
que eram eles os
escolhidos.

era a garrafa
e somente
a garrafa
e todas as
garrafas
que me resguardaram
de tudo aquilo.

a cada dia
sonhando com a noite
quando estaria de volta
em meu quarto
de pés
descalços
estendido na cama
no escuro
abrindo a tampinha da
garrafa
tomando o primeiro e bom
gole

deixando a podridão
a decadência
lentamente
desaparecerem

acendendo um
cigarro
enlevado pelas paredes
e pela luz da
lua
através da
janela
eu inalava o
jogo
sujo
e então
exalava-o
por completo
desse
jeito

então buscava outra
vez a
garrafa

não por
fraqueza
mas por
força:

tomando aquele grande
gole

voltando a garrafa para seu
lugar:

cada homem
vence
a adversidade
de um modo
diferente.

## se você deixar que eles o matem, eles o farão

Fletcher fodia minha paciência, não parava nunca de
 me dizer como ele era inteligente.
talvez eu nunca tivesse abandonado aquele emprego se
 não fosse por Fletcher.

o turno do Fletcher começava duas horas depois do
 meu e quando ele entrava
todos os caras começavam a escarnecer e gargalhar: "Ei,
 Hank, aí está
seu camarada Fletcher!"

era o mesmo noite após noite: ele era "inteligente", as
mulheres o "amavam" e ele podia realmente "mandar
 brasa".

enquanto isso eu vivia com uma mulher que era
 alcoólatra e infiel

quando as noites se transformaram em anos
Fletcher continuava lá. meu corpo inteiro se tornara
 uma massa de nervos,
não podia virar minha cabeça e se você me tocasse
subitamente
descargas de dor
como correntes de alta voltagem correriam através
de meu
corpo.

eu comia mal
dormia muito pouco, bebia
pesadamente, tendo
de suportar aquela vadia louca de uísque.

certa noite
(à medida que avançavam os anos)
Fletcher gritou no meu ouvido: "não ficarei aqui por muito mais
tempo! Sou INTELIGENTE pra caralho!"

mas outro ano se passou e Fletcher ainda estava lá
e a vadia de pôr no hospício não conseguia arranjar outro otário para
dar a ela casa, comida e
trago.

enquanto isso, dentro de cada ínfimo momento desse inferno
eu lutava uma pequena luta íntima que não levava a
nenhum lugar – mas como um homem com uma colher torta que tenta cavar um buraco numa parede de cimento eu sabia que isso era melhor que desistir:
a luta mantinha
meu coração vivo.

numa estranha manhã apenas me afastei daquela vadia, joguei minhas tralhas
no banco de trás do meu carro velho, dizendo a ela: "o lugar
é seu, espero que esse seu rabo tenha sorte", e então
parti dali.

depois preenchi o formulário na agência central dos correios
para sair daquele serviço
e não disse nada a ninguém, mas logo o prédio todo
sabia, uma centena de funcionários
mais a gerência e a
segurança

e por fim chegou a noite derradeira,
Fletcher sentado a meu lado,
quase em silêncio,
afinal.
mas
não totalmente:

"mas que diabos você fará, Hank, você é
velho..."

"darei um jeito..."

os demais empregados também achavam que eu estava
maluco
e ao cruzar aquela última porta naquela
última noite
deixando Fletcher e aquela centena
lá dentro
eu ainda tinha minhas pernas, meus dedos, meus olhos,
boa parte de meus órgãos
operando
e encontrei meu carro,
entrei, me afastei
dali...

quando cheguei a meu apartamento era
cedo da manhã
perto das
cinco
fiquei só de cuecas e
abri um meio litro de scotch
tomei o primeiro gole
puro
direto da garrafa, um generoso
e mágico
gole.

então tomei um drinque em homenagem ao Fletcher e
outro em homenagem à
vadia
aquela vadia com sua boca podre e
seu rabo podre
e então bebi em homenagem ao
velho,
este velho aqui,
que tinha finalmente descoberto
como ser
gentil consigo
mesmo.

# **às vezes é mais fácil matar
outra pessoa**

nunca fui um bom suicida, por vezes tentava dar uma
chance à ideia mas alguma coisa sempre
falhava:
na época em que eu vivia na Rua Kingsley e trabalhava
nos correios decidi tentar mais uma
vez:
virei seis latas de cerveja e então preparei o
lugar,
eu morava no 3º andar de um prédio e
era uma tarde agradável e ensolarada
e como um velho profissional do suicídio eu sabia o
 que fazer:
vedei as aberturas ao redor da porta, enfiei jornais
sob a porta, fechei todas as janelas, liguei o
forno e todas as bocas do fogão e ainda liguei o
aquecedor a gás.
Achei a última cerveja na geladeira, abri-a, fui
para a cama, sentei-me apoiado no travesseiro e trabalhei na
cerveja, terminei-a, então me
estendi, deitado de costas, fechei meus
olhos.
o silvo do gás que escapava não era desagradável; enquanto esperava não havia qualquer arre-
 pendimento, ainda
que considerasse que a morte pudesse ser pior do que
 a vida, fora isso
não havia quase pensamentos; o principal
era:
isto é muito estranho, não há nenhum
medo.

escutava o silvo e logo passei para outra
área: podia ainda ouvir o silvo mas tudo em mim,
em especial dentro de minha cabeça, cérebro, o que seja, estava
de uma escuridão fixa e
total, era uma escuridão nada
ameaçadora...
então aquele
abandono
e depois disso
nada; não tenho ideia de quanto aquilo
durou
mas
de súbito! me ergui, sentei na
cama: uma tira de aço se apertava ao redor de minha testa
pouco acima dos olhos
a tira de aço envolvia minha cabeça
apertando
apertando
muito.

tentei retirar a tira e puxá-la
então comecei a rir. Levantei-me
ainda rindo
abri as janelas
parei de rir
fechei os bicos
desliguei o forno
tudo, sentei de volta na beira
da cama, tive a pior dor de cabeça
da minha vida
e então
ela desapareceu
restando apenas um latejar nas
têmporas.

assim, sentei e pensei: "talvez esteja agora
com o cérebro danificado, bem, está
tudo certo".

decidi que o negócio era ir em busca de umas
cervejas.
já vestido, tudo o que eu tinha a fazer era
calçar meus
sapatos
o que fiz, retirei a fita e
os jornais da porta, saí
e ganhei a rua em direção à
loja de bebidas...

quando voltei e ao levar a chave
à fechadura
a velha senhora do outro lado abriu a
porta e perguntou: "escute, você não está sentindo cheiro de
*gás?*"

"*gás?* não, não sinto cheiro de
gás nenhum."

entrei e abri uma cerveja, me sentei
no sofá e deixei os bons e gelados sucos
descerem por minha garganta, então percebi um
velho charuto no cinzeiro, enfiei-o
na boca, peguei o isqueiro e
o acendi...

houve uma explosão, fez um pequeno
BUM! e se formou uma chama redonda
na frente do meu rosto, extremamente quente,
um círculo vigoroso e
vermelho

quase do tamanho de um balão de
criança, que depois
desapareceu.

senti cheiro de pelos queimados e meu rosto estava
quente à indecência, apanhei a latinha de cerveja
fui até o banheiro e me olhei no
espelho: meus cílios estavam quase que totalmente
queimados – uns poucos pelinhos
retorcidos
tinham sobrado e
minhas sobrancelhas já eram
e meu nariz não estava vermelho, mas
púrpura
e uma mecha de cabelo queimado
caía-me sobre a
face

e então comecei a rir outra
vez.

# UM DIA

Brock, o chefe de seção, estava sempre escarafunchando o cu com os dedos, usando a mão esquerda. Sofria de um caso grave de hemorroidas.

Tom percebeu isso ao longo do dia de trabalho.

Brock estivera na sua cola por meses. Aqueles olhos redondos e sem vida pareciam estar sempre à espreita de Tom. E então Tom acabou notando a mão esquerda, enfiada no cu, escarafunchando.

E Brock estava realmente na sua cola.

Tom executava seu trabalho tão bem quanto os outros. Talvez não mostrasse exatamente o mesmo entusiasmo dos demais, mas cumpria com suas obrigações.

Ainda assim, Brock não deixava de persegui-lo, fazendo comentários, despejando sugestões inúteis.

Brock era parente do dono da loja e um posto lhe fora arranjado: chefe de seção.

Naquele dia, Tom terminara de envolver o dispositivo de luz num pacote oblongo de um metro de comprimento e o depositara na pilha que estava atrás da sua mesa de trabalho. Voltou-se para pegar um novo conjunto na linha de montagem.

Brock estava parado à sua frente.

– Quero falar com você, Tom...

Brock era alto e magro. Seu corpo se inclinava para frente a partir da cintura. A cabeça estava sempre curvada, como se pendurada em seu pescoço longo e esguio. A boca ficava sempre aberta. Seu nariz era bastante proeminente, com narinas muito grandes. Os pés eram grandes e desajeitados. As calças ficavam frouxas em seu corpo magricelo.

– Tom, você não está fazendo seu trabalho.

– Estou mantendo a média de produção. Do que você está falando?

– Não acho que você esteja empacotando direito. É preciso usar mais fita. Tivemos alguns problemas de quebra de materiais e estamos querendo resolver isso.

– Por que vocês não colocam as iniciais de cada empacotador nas caixas? Assim, se houver algum estrago por causa de mau acondicionamento, vocês poderão chegar ao culpado.

– Quem deve pensar por aqui sou *eu*, Tom. Esse é o meu trabalho.

– Claro.

– Venha cá. Quero que você observe como o Roosevelt faz os pacotes.

Foram até a mesa do Roosevelt.

Roosevelt estava no trabalho havia treze anos.

Ficaram observando Roosevelt embalar os dispositivos de luz.

– Vê como ele faz? – perguntou Brock.

– Bem, sim...

– O que eu quero dizer é o seguinte: veja como ele faz o empacotamento... ele ergue e deixa cair lá dentro... é como tocar piano.

– Mas desse jeito ele não está *protegendo* o dispositivo...

– Claro que está. Ele o está *acomodando*, não consegue ver?

Tom discretamente inspirou e expirou.

– Tudo bem, Brock, está bem acomodado...

– Faça como ele...

Brock girou a mão na mão esquerda e a cravou lá dentro.

– A propósito, sua linha de montagem está atrasada...

— Claro. Você estava falando comigo.
— Isso é problema seu. Vai ter que recuperar agora.

Brock enfiou mais uma vez os dedos e depois se afastou.

Roosevelt ria em silêncio.
— *Acomode*, filho da puta!

Tom riu.
— Quanta merda será que um cara tem que aguentar apenas para se manter vivo?
— Muita — veio a resposta —, e nunca para...

Tom voltou para sua mesa e conseguiu recuperar o prejuízo. E quando Brock olhava para ele, empacotava com a técnica da "acomodação". E Brock sempre parecia estar de olho nele.

Por fim, chegou a hora do almoço, trinta minutos de intervalo. Mas para muitos dos trabalhadores a hora do almoço não significava fazer uma refeição, mas sim descer até a vila e entornar garrafas e mais garrafas de cerveja, preparando-se para enfrentar o turno da tarde.

Alguns dos caras as misturavam com anfetaminas. Outros com barbitúricos. Muitos com anfetaminas e barbitúricos, levando tudo goela abaixo com a cerveja.

Do lado de fora da fábrica, no estacionamento, havia mais gente, sentada no interior de carros velhos, reunida em diferentes grupos. Os mexicanos ficavam em um e os negros em outro, e, às vezes, ao contrário do que acontecia nos presídios, eles se misturavam. Não havia muitos brancos, apenas alguns sulistas, sempre silenciosos. Mas Tom gostava de toda a rapaziada.

O único problema no lugar era o Brock.

Durante aquele almoço, Tom estava em seu carro com Ramon.

Ramon abriu a mão e lhe mostrou um enorme comprimido amarelo. Parecia uma bala quebra-queixo.

– Ei, cara, experimente isto. Você vai ficar totalmente na paz. Quatro ou cinco horas parecem cinco minutos. E você vai se sentir FORTE, *nada* fará você cansar...

– Obrigado, Ramon, mas eu já estou na maior merda.

– Mas isso aqui é justamente para tirar você dessa merda, sacou?

Tom não respondeu.

– Beleza – disse Ramon –, eu já tinha tomado o meu, mas fico com o seu também!

Colocou o comprimido na boca, ergueu a garrafa de cerveja e tomou um bom gole. Tom ficou olhando aquele comprimido gigantesco, dava para vê-lo descer pela garganta de Ramon, até que enfim foi engolido.

Ramon se virou devagar na direção de Tom e sorriu:
– Veja, a porra do negócio nem chegou ao meu estômago e *já* estou me sentindo melhor!

Tom riu.

Ramon tomou mais um gole de cerveja, depois acendeu um cigarro. Para um homem que supostamente estava se sentindo superbem ele parecia um tanto sério.

– Sabe, cara, sou um homem de merda... não posso nem dizer que sou homem... Olha só, na noite passada tentei comer a minha esposa... Ela engordou uns vinte quilos neste ano... Preciso me embebedar para conseguir... Bombei e bombei, cara, e *nada*... O pior de tudo, fiquei com pena *dela*... Disse que era por causa do trabalho. E *era* por causa do trabalho, mas também não era. Ela levantou e ligou a tevê...

Ramon continuou:
– Cara, tudo mudou. Há um ou dois anos, tudo era divertido entre a gente, interessante, eu e a minha esposa...

Ríamos de qualquer coisa... Agora não há mais nada disso... O que a gente tinha se perdeu, não sei onde foi parar...

– Sei como é isso, Ramon...

Ramon se endireitou com rapidez, como se recebesse uma mensagem:

– Merda, cara, está na nossa hora!

– Vamos lá!

Tom retornava da linha de montagem com um dispositivo e Brock o esperava. Brock disse:

– Tudo bem, deixe isso aí. Venha comigo.

Seguiram até a linha de montagem.

E lá estava Ramon com seu pequeno avental marrom e seu bigodinho.

– Fique à esquerda dele – disse Brock.

Brock ergueu a mão e a maquinaria começou a funcionar. A esteira movia os dispositivos de um metro em direção a eles em um ritmo firme mas previsível.

Ramon tinha esse enorme rolo de papel à sua frente, uma bobina aparentemente interminável de pesado papel marrom. Surgiu o primeiro dispositivo de luz vindo da linha de montagem. Ele rasgou um pedaço de papel, abriu-o sobre a mesa e em seguida colocou o dispositivo de luz sobre ele. Dobrou o papel ao meio, prendendo-o com fita adesiva. Depois dobrou as pontas em triângulo, primeiro a esquerda, depois a direita, e então o dispositivo seguiu na direção de Tom.

Tom cortou um pedaço de fita adesiva e a fez deslizar com cuidado sobre o topo do dispositivo, onde o papel deveria ser selado. Então, com pedaços menores, terminou de fixar a dobra da esquerda e depois a da direita. Em seguida, ergueu o pesado dispositivo, deu meia-volta, seguiu por um corredor e o colocou direitinho num suporte de parede, onde aguardaria por um dos empacotadores. Por fim, retornou à mesa, onde outro dispositivo já vinha em sua direção.

Era o pior trabalho em toda a fábrica e todo mundo sabia disso.

– Agora você vai trabalhar com o Ramon, Tom...

Brock se afastou. Não havia necessidade alguma de vigiá-lo: se Tom não executasse a função com propriedade, a linha de montagem inteira pararia.

Ninguém aguentava muito tempo como segundo de Ramon.

– Sabia que você ia precisar do amarelão – disse Ramon com um sorriso.

Os dispositivos se moviam sem parar na direção deles. Tom cortava metros e mais metros de fita adesiva da máquina à sua frente. Era uma fita reluzente, grossa e pegajosa. Esforçava-se ao máximo para manter o acelerado ritmo de trabalho, mas, para acompanhar Ramon, algumas precauções tinham de ser eliminadas: a ponta cortante da máquina de fita adesiva acabava por provocar, ocasionalmente, cortes longos e profundos em suas mãos. Os cortes eram praticamente invisíveis e quase nunca sangravam, mas, ao olhar para os dedos e a palma, podia ver as linhas brilhantes e vermelhas na pele. Não havia nenhuma pausa. Os dispositivos pareciam se mover cada vez mais rápido e a cada momento se tornavam mais e mais pesados.

– Caralho – disse Tom –, vou ter que desistir. Acho que até dormir no banco da praça é melhor.

– Claro – falou Ramon –, claro, qualquer coisa é melhor do que essa merda...

Ramon trabalhava com um sorriso fixo e insano no rosto, negando a impossibilidade daquilo tudo. E então a maquinaria parou, como ocorria de vez em quando.

Que dádiva dos deuses foi aquilo!

Alguma parte havia enguiçado, superaquecido. Sem esses colapsos das máquinas, muitos dos trabalhadores não aguentariam. Durante essas pausas de dois ou três minutos, eles conseguiam reorganizar seus sentidos e suas almas. Quase.

Os mecânicos lutavam com energia para encontrar a causa da falha.

Tom espichou os olhos para as garotas mexicanas que trabalhavam na linha de montagem. Para ele, elas eram todas lindas. Desperdiçavam o seu tempo, entregavam-se a uma vida tola e marcada pela rotina do trabalho, mas ainda assim *mantinham* alguma coisa em si, alguma coisa não identificável. Boa parte delas usava pequenas fitas nos cabelos: azuis, amarelas, verdes, vermelhas... E faziam piadas entre elas e riam o tempo todo. Mostravam uma coragem enorme. Seus olhos conheciam alguma coisa da vida.

Os mecânicos, no entanto, eram bons, muito bons, e a maquinaria já voltava a funcionar. Os dispositivos de luz se moviam outra vez na direção de Tom e Ramon. Todos estavam de novo a soldo da Companhia Sunray.

E depois de certo tempo Tom ficou tão cansado que há muito já não se poderia mais chamar cansaço o que sentia, era como estar bêbado, era como estar enlouquecendo, era como estar bêbado e louco de uma só vez.

Ao aplicar mais um pedaço de fita adesiva em um dispositivo de luz, ele gritou:

– SUNRAY!

Talvez tivesse sido o tom, talvez o momento do grito. Seja como for, todos começaram a rir, as mexicanas, os empacotadores, os mecânicos, mesmo o velho que se ocupava de lubrificar e conferir a maquinaria, todos riam. Loucura total.

Brock se aproximou.

– O que está acontecendo? – perguntou.

Ele ficou em silêncio.

Os dispositivos iam e vinham; os trabalhadores permaneciam.

Então, de alguma maneira, como o despertar de um pesadelo, o dia terminou. Foram até o painel apanhar seus cartões, esperaram na fila para bater o relógio ponto.

Tom bateu o ponto, colocou o cartão de volta no painel e seguiu em direção a seu carro. Deu a partida e ganhou a rua, pensando: "Espero que ninguém atravesse o meu caminho, estou tão fraco que acho que não consigo nem pisar no freio".

Tom dirigia com a gasolina no vermelho. Estava cansado demais para parar num posto.

Deu um jeito de estacionar, chegou até a porta, abriu-a e entrou.

A primeira coisa que viu foi Helena, sua esposa. Vestia uma camisola suja e frouxa, estava estirada no sofá, a cabeça sobre um travesseiro. Sua boca estava aberta, ela roncava. Tinha uma boca bastante redonda e seu ronco era uma mistura de cuspida e engasgo, como se não pudesse se decidir entre cuspir o que lhe restava de vida ou engolir.

Era uma mulher infeliz. Sentia que sua vida era incompleta.

Uma garrafa de meio litro de gim estava sobre a mesa de centro. Três quartos tinham sido consumidos.

Os dois filhos de Tom, Rob e Bob, de cinco e sete anos, batiam uma bolinha de tênis contra a parede. Era a parede do lado sul da casa, a que não tinha nenhum móvel. A parede uma vez fora branca, mas agora trazia as marcas de sujeira das infinitas rebatidas das bolinhas de tênis.

Os garotos não prestaram nenhuma atenção à chegada do pai. Tinham parado de jogar a bolinha contra a parede. Discutiam agora.

– EU ELIMINEI VOCÊ!
– NÃO, TEM QUE SER QUATRO BOLAS!
– TRÊS, JÁ ESTÁ FORA!
– QUATRO!

– Ei, só um pouquinho – interveio Tom –, posso perguntar uma coisa para vocês?

Os dois pararam e o encararam quase ofendidos.

– É isso aí – disse Bob por fim. Ele era o garoto de sete anos.

– Como vocês conseguem jogar beisebol batendo uma bolinha de tênis contra a parede?

Olharam para Tom, mas logo o ignoraram.

– TRÊS, ESTÁ FORA!
– NÃO, SÓ NA BOLA QUATRO!

Tom seguiu até a cozinha. Havia uma panela branca no fogão. Uma fumaça negra se erguia de seu interior. Tom levantou a tampa. O fundo estava enegrecido, com batatas, cenouras e pedaços de carne, tudo queimado. Tom fechou a panela e desligou o fogo.

Avançou até a geladeira. Havia uma latinha de cerveja ali. Pegou e abriu, tomou um gole.

O som da bolinha de tênis contra a parede recomeçava.

Em seguida um outro som: Helena. Ela havia trombado em alguma coisa. E agora estava ali, de pé, na cozinha. Na mão direita segurava a garrafinha de gim.

– Você deve estar puto, não é?

– Só queria que você desse comida para as crianças...

– Você me deixa a porra de três dólares por dia. O que vou fazer com a porra de três dólares?

– Podia ao menos comprar papel higiênico. Toda vez que quero limpar o cu, olho em volta e só tem um rolo vazio ali.

– Ei, uma mulher também *tem* os seus problemas! COMO VOCÊ ACHA QUE EU VIVO? Todo dia você sai para o *mundo*, você sai e vê como é a vida lá fora! Eu tenho que ficar sentada *aqui*! Não sabe o que é ter de aguentar isso um dia depois do outro.

– Pois é, tem isso...

Helena tomou um gole de gim.

– Você sabe que eu amo você, Tommy, e que quando você está infeliz isso me machuca, machuca de verdade, aqui no peito.

– Tudo bem, Helena, vamos nos sentar aqui e manter a calma.

Tom foi até a mesa e se sentou. Helena trouxe a garrafa consigo e ocupou um lugar na frente dele. Olhou-o.

– Por Deus, o que houve com suas mãos?

– Trabalho novo. Tenho que descobrir uma maneira de proteger minhas mãos... Uma fita adesiva, luvas de borracha... alguma coisa...

Havia terminado sua latinha.

– Escute, Helena, tem mais desse gim por aí?

– Sim, acho que sim...

Observou-a seguir na direção do guarda-louça, esticar o braço e apanhar uma garrafa de meio litro. Colocou-a sobre a mesa e se sentou. Tom retirou o lacre e a tampa.

– Quantas destas você tem por aí?

– Algumas...

– Bom. Como se bebe este negócio? Puro?

– É...

Tom tomou um bom gole. Depois olhou para as mãos, abrindo e fechando as duas, observando as feridas vermelhas que se expandiam e se contraíam. Eram fascinantes.

Pegou a garrafa, despejou um pouco de gim sobre uma das palmas e em seguida esfregou uma mão na outra.

– Ai! Esta porra arde!

Helena tomou outro gole de sua garrafa.

– Tom, por que você não arranja outro trabalho?

– Outro trabalho? Onde? Tem uns cem caras querendo o *meu*...

Então Rob e Bob entraram correndo. Detiveram-se junto à mesa.

– Ei – disse Bob –, quando a gente vai *comer*?

Tom olhou para Helena.

– Acho que tenho algumas salsichas – ela disse.

– Salsichas de novo? – perguntou Rob. – *Salsichas* de novo? Odeio essas *salsichas*!

Tom olhou para o filho.

– Ei, camarada, pega leve...

– Bem – disse Bob –, então que tal um gole dessa bebidinha de merda aí?

– Seu miserável! – gritou Helena.

Estendeu o braço e mandou um tapa forte de mão aberta na orelha de Bob.

– Não bata nas crianças, Helena – disse Tom –, já tive o bastante disso quando era pequeno.

– Não me diga como educar meus filhos!

– São meus também...

Bob estava ali de pé, parado. Sua orelha estava muito vermelha.

– Então você quer uma bebidinha, não é? – perguntou Tom.

Bob não respondeu.

– Vem cá – disse Tom.

Bob se aproximou do pai. Tom lhe estendeu a garrafa.

– Vamos lá, beba. Beba a porra da sua bebida.

– Tom, o que você está *fazendo*? – perguntou Helena.

– Vamos lá... beba – disse Tom.

Bob ergueu a garrafa de meio litro, tomou um gole. Devolveu-a e ficou ali parado. De repente começou a empalidecer, até mesmo sua orelha vermelha começou a ficar branca. Tossiu.

– Esse negócio é HORRÍVEL! É como beber *perfume*! Por que vocês *bebem* isso?

– Porque a gente é idiota. Porque vocês têm uns pais idiotas. Agora vá para o quarto e leve o seu irmão junto com você...

– A gente pode ver tevê lá? – perguntou Rob.

– Tudo bem, mas andem de uma vez...

Os dois saíram.

– Só o que falta agora é você transformar os meus filhos em *bêbados*! – disse Helena.

– Espero apenas que eles tenham mais sorte do que a gente na vida.

Helena tomou um gole de sua garrafa. Secou-a.

Ela se levantou, tirou a panela queimada do fogo e jogou a comida no lixo.

– Para que fazer *tanto* barulho? Quem precisa dessa barulheira toda?! – disse Tom.

Helena parecia chorar.

– Tom, o que a gente vai *fazer*?

Ligou a água quente e despejou na panela.

– Fazer? – perguntou Tom. – Do que você está falando?

– Deste nosso modo de *vida*!

– Não há muito o que a gente *possa* fazer.

Helena raspou a comida grudada e despejou um pouco de sabão na panela, depois foi até o guarda-louça e sacou mais uma garrafa de meio litro de gim. Contornou a mesa e se sentou de frente para Tom, abrindo a garrafa.

– É preciso deixar a panela de molho por um tempo... Depois eu ponho as salsichas...

Tom bebia da sua garrafa, deixando a bebida assentar.

– Garota, você é uma bebum, uma gambá.

As lágrimas ainda estavam lá.

– Ah, sim, bem, *quem* você acha que me *deixou* assim? UMA CHANCE!

– Essa é fácil – respondeu Tom –, duas pessoas: você e eu.

Helena tomou o primeiro gole da nova garrafa. Com isso, de imediato, as lágrimas desapareceram. Riu de mansinho.

– Ei, tive uma ideia! Posso conseguir emprego como garçonete ou algo assim... Aí você poderia descansar um pouco, sabe... O que acha?

Tom estendeu sua mão por sobre a mesa e tomou uma das mãos de Helena.

– Você é uma boa garota, mas vamos deixar tudo como está.

Então as lágrimas voltaram a brotar. Helena era boa com as lágrimas, principalmente quando bebia gim.

– Tommy, você ainda me ama?

– Claro, baby, você é maravilhosa quando está bem.

– Eu também amo você, Tom, você sabe disso...

– Claro, garota, um brinde a isso!

Tom ergueu sua garrafa. Helena a dela.

Brindaram com os meios litros de gim em pleno ar, então cada um bebeu do seu.

No quarto, Rob e Bob mantinham a tevê ligada a todo o volume. Havia uma claque no programa e as pessoas da claque não paravam de gargalhar. Gargalhavam e gargalhavam e gargalhavam

e gargalhavam.

## **conversa**

escute, ele me disse, eu quis escapar das crueldades
que derrubam e matam a maior parte das pessoas nesta
    fortuidade con-
temporânea que chamamos de
existência.

me fale a respeito, eu
respondi.

bem, os cães do tempo estavam atrás de mim e a música
    era ruim
e a comida estava envenenada e as prisões
superlotadas.

sim?

sim, preciso encontrar um lugar, um lugar clandestino,
    um lugar com paredes
de quietude, um lugar sem comunicações, sem padres,
    sem prostitutas,
sem políticos, sem conferencistas de qualquer ordem...

sem mulheres?
perguntei.

sem, ele disse, se for possível...

então você tem um plano?
perguntei.

sim, e não, ele seguiu, sorvi incontáveis garrafas de cer-
    veja a lutar contra a constante

ameaça de acordar pela manhã
acorrentado a nenhum lugar
rezas e magia não podiam me ajudar

bebi trago o suficiente para matar doze saudáveis
cabeças de gado
mas segui acordado,
minha vida sem feitos em desperdiçados batimentos,
    sem chances para o coração, você
sabe.

nenhuma chance...

sim, esqueça isso ou enlouqueça, melhor terminar em
    algum hotel barato em alguma
cidade qualquer...

nada a lamentar nisso.

não, apenas uma geral e envolvente
fadiga.

há isso...

sim, então estou pendurado aqui,
uma voz estufada com
algodão, enquanto isso...

enquanto isso?

trabalhando métodos de deslizar a faca
de modo gentil e familiar...

...enquanto garotas adoráveis em vestidos de algodão
    sugam as raízes
de monstros...

você pegou o espírito, ele
disse, mas não me dê nenhum conselho,
por favor.

um conselho para os necessitados, sugeri, poderia ser a mais terrível
invenção de porcos sádicos chafurdando em seus próprios sucos
ordinários.

sim, ele disse, acrescentar conhecimento ao conhecimento é
insuficiente...

eis a razão, eu disse, para os curandeiros pagos raramente alcançarem o
paciente...

significando, disse ele, que o *paciente* poderia estar
certo e, com os diabos, propriamente certo naquilo que é denominado sua
"loucura".

quem, raios, pode saber?

ninguém, então me aferrei àquele quarto com o mero desejo de
beber e analisar o papel de parede a descolar e aquele tapete puído
pelos passos dos aprisionados que já tinham atravessado por
ali...

aquelas pessoas tristes e feitas para o escambo...

sim, quase chego a vê-las, uma por vez: uma velha com
um

xale cinzento ao redor do pescoço, um bêbado de
    meia-idade, um reprimido estuprador de criança
    com um longo nariz amarelo, um caolho, uma
    jovenzinha que
por vezes imaginava ser um cisne...

hummm...

quase posso vê-los, um por vez, cruzando o tapete, ou
abrindo e fechando as gavetas da cômoda.

horrível...

*era* horrível, limitado e nauseante, tão próximo de zero
    quanto pode ser
computado...
o que poderiam fazer?: nem sequer
gritar...
o que poderiam fazer?: a imensidade da existência: era
    como ser uma
barata de lugar nenhum... arrastando-se... fazendo o
    quê?
abrindo uma gaveta
buscando o quê? um
lenço, uma
arma, alguma coisa
útil...

quem diabos pode saber?

para mim, a humanidade falhou de modo mais grave
    do que eu
mas
fico triste por
eles... e também por mim, queria apenas um espaço
    para descansar,

uma pequena e cegante cachoeira de
imunidade temporária...

ela estava lá?

nada disso, aquele quarto me conectava com o detestável e
meu amor pelo detestável: eu era como a merda no encanamento,
seguindo o caminho de todos os dejetos...

você não é de dar risadas, não é,
companheiro?

ah, sim, eu rio, mas deixe-me seguir: falar sobre ficar maluco, alguém
se torna burro, vamos lá... é como uma capa protetora...
eu estava nesta cama e havia barras na guarda da cama e
eu tamborilava os dedos nas barras – a cama devia ter meio século
de idade... quantos corpos não teriam dormido sobre ela? quantos não teriam
morrido?
meus dedos toparam com chicletes endurecidos, estendi-me ali
sobre aquele colchão grumoso e descolei as bolas de chiclete
há muito mastigadas, era como se desfazer das agonizantes
indecências daquele espaço entre o nascimento daqueles corpos
e o que finalmente
fora feito deles...

um floco brincando com flocos...

sim, limpei a parte de trás de todas as barras da guarda, o chiclete se fora e *eles* se foram.

quão verdadeiro...

então notei a pintura, a pintura amarela, parte dela rachada, com
o cinza por baixo, e comecei a descascá-la, ficando com farelos brancos debaixo das unhas...

nada muito excitante...

bem, era um estado de sonho, uma maneira de ser, era o lugar perfeito,
fácil de levar, sem tais pausas nada pode continuar: um homem, uma mulher, uma pulga, um rato, um
cão...

bem, não sei nada disso...

então lá eu estava, arrancando chicletes e pinturas, eu era o herói de
um pai brutal e de uma mãe indiferente, eu era o resultado disso, neste
estranho quarto em lugar nenhum eu senti e cheirei e descasquei a morte dos
outros enquanto fazia os preparativos para a minha própria...

sim?

sim, mas enquanto isso havia certas conveniências com que se ocupar e
três ou quatro dias depois eu estava sentado de frente para uma mulher que se
vestia e falava com propriedade, indiferente à minha mais acabada
perfeição...

pensei que você tivesse desistido da
mulher...

ela possuía esta mesa maravilhosa, tão comprida, tão
 ampla, tão finamente decorada
e ela me sorriu e disse, "há lacunas nos seus
registros profissionais. o que andava fazendo
então?"

oh oh.

"no contexto de sua imaginação", disse a ela, "nada."

oh oh...

"vamos considerar seu pedido", ela me disse e eu respondi,
"considero-o já considerado."

e...?

retornei para aquele quarto, gostava daquele quarto
 apesar de ter
 apenas
dois dias mais de aluguel. os rios da imensidade correm
apenas em um sentido, correm em direção a você, não
 é a vida que lhe dá isso e
a morte
não pode tirá-lo...

isso é uma beleza, eu disse, mas agora deixe-me contar
 para você a minha
história.

oh oh, ele disse.

e então comecei...

## poema para cães perdidos

aquele sentimento bom e raro chega na hora mais estranha: certa vez, depois de dormir
em um banco de parque em uma cidade desconhecida acordei, minhas roupas
úmidas por um leve orvalho e me levantei e comecei a caminhar direto para leste
de cara para o sol nascente e dentro de mim havia uma alegria mansa que estava
apenas ali.

de outra feita, depois de pegar uma prostituta de rua, caminhamos lado a lado
sob a luz da lua às duas da manhã
em direção a meu quarto barato mas sem qualquer desejo de levá-la para a cama.
a alegria mansa vinha de simplesmente caminhar com ela por este universo
confuso – éramos companheiros, estranhos companheiros caminhando juntos,
sem dizer nada.
seu lenço púrpura e branco pendia da bolsa – voejando na escuridão
enquanto caminhávamos
e a música poderia vir da luz da lua.

então houve a vez
em que fui despejado por não pagar o aluguel e carreguei a
mala de minha mulher até a porta de um estranho e a vi desaparecer

lá dentro, fiquei ali um tempo, ouvi primeiro sua risada,
     depois a dele, então
parti.
eu caminhava sem rumo, eram dez horas de uma manhã
     quente, o
sol me cegava e a única consciência que eu tinha era a
     do som dos
meus sapatos na calçada. então
ouvi uma voz. "ei, velhão, você tem alguma coisa aí
     para nós?"
olhei, e escorados contra um muro estavam três men-
     digos de meia-idade, as faces vermelhas,
ridiculamente acabados e perdidos. "de quanto preci-
     sam para
chegar à garrafa?", perguntei. "24 centavos", um deles
falou. pus a mão no
bolso, peguei todas as moedas e estendi a ele. "puta que
     pariu, cara, muito
obrigado!", ele disse.
segui em frente, então senti vontade de um cigarro, vas-
     culhei os
bolsos, senti um papel, puxei:
uma nota de 5 dólares.

noutra vez a coisa veio quando lutava com um aten-
     dente do bar, Tommy (de novo), no
beco para entretenimento dos fregueses, eu tomava mi-
     nha surra
habitual, todas as garotas em suas calcinhas cavadas
     torcendo por seu garanhão
irlandês musculoso ("oh, Tommy, cague ele a pau, dê a
     ele uma lição!")
quando alguma coisa estalou em meu cérebro, meu cé-
     rebro disse  apenas,
"é hora de algo diferente", e dei um telefone em Tommy

bem no lado de sua cara e ele me deu aquela olhada:
*espere, isto*
*não está no roteiro*, e então disparei mais um e pude ver
o medo
se erguer nele como uma torrente, e
dei um jeito nele rapidamente e a seguir os fregueses o
ajudaram a entrar enquanto
me amaldiçoavam. O que me deu aquela alegria
aquela risada silenciosa que só ecoa dentro da gente foi
que fiz aquilo porque
há um limite para a resistência de qualquer homem.
caminhei para um bar estranho a uma quadra, me sentei e pedi uma cerveja.
"não servimos mendigos por aqui", falou-me o atendente. "não sou nenhum mendigo", eu
disse, "me traga essa cerveja." a cerveja
chegou, tomei um bom gole de saída e fiquei por ali.

bons e raros sentimentos chegam nos momentos mais
estranhos, como agora enquanto
conto a você tudo isso.

## **devemos**

devemos trazer
nossa própria luz
à
escuridão.

ninguém fará
isso
por nós.

enquanto os moleques
deslizam
ladeira
abaixo

enquanto o chapista
recebe seu último
pagamento

enquanto um cão persegue
outro cão

enquanto o mestre enxadrista
perde mais do que
o jogo

devemos trazer
nossa própria luz
à
escuridão.

ninguém fará
isso
por nós,

enquanto o solitário
telefona
para ninguém
em lugar nenhum

enquanto a grande fera
treme
em pesadelos

enquanto a última temporada
busca encontrar o
foco

ninguém
fará isso
por nós.

# A VINGANÇA DOS DESGRAÇADOS

O ronco era muito alto no albergue, como de costume. Tom não conseguia dormir. Devia haver umas sessenta camas ali, e todas estavam ocupadas. Os bêbados roncavam mais alto e a maioria dos abrigados estavam bêbados. Tom sentou-se na cama e observou a luz do luar que entrava pelas janelas e se estendia sobre os homens adormecidos. Enrolou um cigarro, acendeu-o. Olhou novamente para os homens. Que bando de safados feios e inúteis. Safados? Eles nem trepavam. As mulheres não queriam nada com eles. Ninguém queria nada com eles. Não valiam porra nenhuma, ha ha. E ele era um deles. Tirou a garrafa de sob o travesseiro e tomou um último gole. A última dose era sempre triste. Rolou a garrafa vazia para baixo da cama e olhou mais uma vez para os homens que roncavam. Eram a sobra do mundo, e não valia nem a pena requentar.

Tom olhou para seu amigo, Max, na cama ao lado. Max estava estirado, com os olhos abertos. Será que estava morto?

– Ei, Max!

– Ahn?

– Você não está dormindo.

– Não consigo. Você reparou? Muitos deles estão roncando no mesmo ritmo. Qual será a causa disso?

– Não sei, Max. Tem muita coisa que eu não entendo.

– Eu também, Tom. Acho que sou burro.

– Você acha? Se você tivesse certeza, não seria burro.

Max sentou na beira da cama.

– Tom, você acha que algum dia a gente vai sair da indigência?

– Só tem um jeito...
– É?
– É... *mortos*.

Max enrolou um cigarro, acendeu-o.

Max se sentiu mal. Sempre se sentia mal quando pensava sobre as coisas. O melhor a fazer era não pensar, deixar tudo de lado.

– Ouça, Max – disse Tom.
– Sim?
– Estive pensando...
– Pensar não é bom...
– Mas eu fico pensando em uma coisa.
– Você ainda tem alguma bebida?
– Não, desculpe. Mas ouça...
– Papo furado, não quero ouvir!

Max se estirou na cama novamente. Conversar não adiantava nada. Era perda de tempo.

– Vou falar mesmo assim, Max.
– Certo, foda-se, vá em frente...
– Você está vendo esses caras? Tem muitos deles, não é? Um monte de vagabundos, para onde quer que você olhe.
– Sim, eles embaralham minha visão...
– Então, Max, fico pensando em como podemos *utilizar* essa mão de obra. Ela está sendo desperdiçada.
– Ninguém mais quer esses vagabundos. O que *você* pode fazer com eles?

Tom se sentia um pouco excitado.

– O fato de que ninguém quer esses caras conta a nosso favor.
– É mesmo?
– Sim. Veja bem, eles não querem esses caras nas cadeias, porque teriam que fornecer abrigo e comida

a eles. E esses vagabundos não têm para onde ir nem nada a perder.

– E daí?

– Tenho pensado muito durante a noite. Tipo, se conseguíssemos juntá-los, que nem gado, podíamos usá-los de um modo útil. Tomar temporariamente o controle sobre certas situações.

– Você está maluco – disse Max.

Contudo, sentou-se na cama.

– Fale mais...

Tom riu.

– Bem, talvez eu esteja maluco, mas fico pensando nessa mão de obra desperdiçada. Fico aqui acordado, noite após noite, imaginando o que poderia fazer com ela...

Agora Max riu.

– Como o que, por exemplo?

Ninguém se incomodava com a conversa deles. Os roncos continuavam ecoando por todos os lados.

– Bem, eu tenho brincado com essa ideia na minha cabeça. Sim, talvez seja loucura. Seja como for...

– E então? – perguntou Max.

– Não ria. Talvez o vinho tenha afetado meu cérebro.

– Tentarei não rir.

Tom deu uma tragada no cigarro, soltou a fumaça.

– Bem, olha, me vem na mente uma visão de todos os vagabundos que conseguíssemos encontrar, caminhando pela Broadway, bem aqui em Los Angeles, uma multidão deles, caminhando juntos...

– Bem, e daí?...

– Bem, são muitos caras. Mais ou menos como a vingança dos desgraçados. Um desfile de rejeitados. É quase como uma espécie de filme. Posso ver as câmeras, as luzes, o diretor. A Marcha dos Derrotados. A Ressurreição dos Mortos! Imagine só!

– Eu acho – respondeu Max – que você deveria trocar o vinho do Porto por moscatel.
– Você acha mesmo?
– Tá. Tudo bem. Então temos esses vagabundos caminhando pela Broadway, digamos, ao meio-dia, e daí?
– Bem, nós conduziríamos os caras até a maior e mais luxuosa loja da cidade...
– Você está se referindo à *Bowarms*?
– Sim, Max. A Bowarms vende tudo: os melhores vinhos, as roupas mais finas, relógios, rádios, televisões, o que você quiser eles têm...
Neste momento, um velho que estava a algumas camas de distância se levantou, arregalou os olhos e gritou:
– DEUS É UMA NEGRA LÉSBICA DE 200 QUILOS!
E então caiu na cama de novo.
– Nós levamos ele? – perguntou Max.
– Claro. Ele é um dos melhores. Que cadeia iria querer um cara desses?
– Certo, entramos na Bowarms. E então?
– Visualize a cena. Vai ser só entrar e sair. Seremos muitos para que a equipe de segurança possa dar conta. Visualize: nós simplesmente pegamos tudo. Qualquer coisa que nossos corações desejarem. Podemos até mesmo pegar na bunda de uma vendedora. Qualquer porção do sonho que não temos mais, apenas pegamos, pegamos alguma coisa, pegamos qualquer coisa. E depois vamos embora.
– Tom, muita gente pode entrar pelo cano. Não vai ser um piquenique no país das maravilhas...
– Não, mas a vida que nós temos também não é! Isso vai permitir que sejamos enterrados, para sempre, sem nenhum protesto...
– Tom, meu amigo, acho que você tem alguma coisa. Agora, como a gente vai armar esse negócio?

– Muito bem, primeiro marcamos uma data e um local. Pois bem, você conhece uma dúzia de caras que possa recrutar?

– Acho que sim.

– Eu conheço uma dúzia também.

– E se alguém avisar a polícia?

– Pouco provável. De qualquer forma, o que temos a perder?

– Justo.

Era meio-dia.

Tom e Max caminhavam em frente à gangue de seus semelhantes. Estavam descendo a Broadway em Los Angeles. Havia mais de cinquenta vagabundos andando atrás de Tom e Max. Cinquenta ou mais vagabundos – piscando, cambaleando, sem saber ao certo o que estava acontecendo. Os cidadãos comuns que passavam pela rua estavam perplexos. Eles paravam, davam um passo para trás e assistiam. Alguns estavam assustados, alguns riam. Para outros aquilo parecia uma piada, ou alguma produção cinematográfica. A maquiagem estava perfeita: os atores pareciam vagabundos. Mas onde estavam as câmeras?

Tom e Max conduziam a marcha.

– Ouça, Max, eu só chamei oito. Quantos você chamou?

– Talvez nove.

– O que será que aconteceu?

– Eles devem ter chamado uns aos outros...

Seguiram caminhando. Era como um sonho louco que não podia ser detido. Na esquina da Sétima, a luz vermelha do semáforo acendeu. Tom e Max pararam e os vagabundos se amontoaram atrás deles, esperando. O cheiro de cuecas e meias sujas, bebida e mau hálito pairava no ar. O dirigível da Goodyear circulava desordenadamente sobre eles. A mistura de neblina e poluição pintava a rua de um tom azul-acinzentado.

Então o sinal voltou a ficar verde. Tom e Max foram em frente. Os vagabundos os seguiram.

– Embora eu tenha visualizado isso – disse Tom –, não acredito que esteja realmente acontecendo.

– Está acontecendo – disse Max.

Havia tantos vagabundos atrás deles que alguns deles ainda estavam atravessando a rua quando o sinal ficou vermelho de novo. Mas eles continuaram indo, interrompendo o tráfego, alguns deles agarrados a garrafas de vinho ou bebendo direto delas. Eles marchavam, mas não havia música de marcha. Apenas silêncio, exceto pelo chiado dos sapatos velhos no asfalto. Raramente alguém falava.

– Ei, para onde diabos estamos indo?
– Me dá um gole desse negócio!
– Vá se foder!

O sol ardia calidamente.

– Devemos ir adiante com isso? – Max perguntou.
– Eu ficaria muito decepcionado se desistíssemos agora – declarou Tom.

Então eles estavam em frente à Bowarms.

Tom e Max pararam por um instante.

Então, juntos, entraram na loja, empurrando as imponentes portas de vidro.

A multidão de vagabundos seguiu atrás deles em uma fila longa e desordenada. Eles caminharam por entre as suntuosas galerias. Os vendedores olhavam, sem entender o que estava acontecendo.

O Departamento Masculino ficava no primeiro andar.

– Agora – disse Tom –, temos que dar o exemplo.
– Sim – disse Max confuso.

– Vamos lá, Max!
– Sim...

Os vagabundos haviam parado e estavam observando. Tom hesitou por um momento, então foi até uma arara de casacos, puxou o primeiro da fila, um modelo de couro amarelo com gola de pele. Largou seu casaco velho no chão e vestiu o novo. Um vendedor chegou perto dele, um sujeito elegante, com um bigode bem aparado.

– Posso ajudá-lo, senhor?
– Sim, gostei deste casaco aqui e vou levar. Ponha na minha conta.
– American Express, senhor?
– Não, Chinese Express.
– E eu vou levar este aqui – disse Max, enquanto vestia um casaco de couro de jacaré com bolsos laterais, além de um capuz forrado de pele especial para dias frios.

Tom tirou um chapéu de uma das prateleiras, um modelo cossaco um tanto ridículo, porém charmoso.

– Este combina com o meu tom de pele. Vou levar também.

Depois dessa, os vagabundos começaram. Avançando, eles começaram a vestir casacos e chapéus, echarpes, capas de chuva, botas, suéteres, luvas, acessórios variados.

– Crédito ou débito, senhor? – indagou uma voz assustada.
– Debite no meu rabo, seu veado.

Ou, vindo de outro balcão:

– Este parece lhe servir bem, senhor.
– Tenho catorze dias para realizar a troca?
– É claro, senhor.
– Mas você pode estar morto em catorze dias.

Então um alarme começou a soar. Alguém havia se dado conta de que a loja estava sendo invadida. Os demais clientes, que até então assistiam pasmos, debandaram.

Três homens vestindo ternos malcortados vieram correndo. Eram homens corpulentos, com mais gordura do que músculo. Correram em direção aos vagabundos com o intuito de expulsá-los do local. Mas os vagabundos estavam em maior número. Eram como um enxame. Mas, enquanto eles avançavam, xingando e ameaçando, um dos guardas puxou o revólver. Um tiro foi disparado, mas foi um gesto estúpido e inútil e rapidamente os homens foram desarmados.

De repente, um vagabundo apareceu no topo da escadaria. Ele tinha uma arma. Estava bêbado. Ele nunca tinha usado uma arma antes. Mas gostou da sensação. Mirou e puxou o gatilho. A bala atingiu um manequim, atravessando o pescoço. A cabeça caiu no chão: a morte de um esquiador de Aspen.

A morte do objeto excitou os vagabundos. Houve um grande e alto viva. Eles se espalharam pela escadaria e por toda a loja. Gritavam como loucos. Por um momento, toda a frustração e sentimento de fracasso desapareceram. Seus olhos brilhavam e seus movimentos eram rápidos e certeiros. Era uma cena curiosa, estranha e feia.

Eles se moviam com rapidez por entre os andares e setores da loja.

Tom e Max já não lideravam. Eram arrastados pela multidão.

Balcões iam sendo tombados e vidros, quebrados. No balcão de cosméticos uma garota loira deu um berro, levantando os braços. A cena atraiu a atenção de um dos vagabundos mais jovens, que levantou o vestido dela e gritou: "UAU!"

Outro vagabundo chegou perto e agarrou a garota. Então outro veio correndo. Logo um bando deles se amontoava em volta dela, rasgando suas roupas. A coisa ficou feia de fato. Ainda assim, isso inspirou outros vagabundos, que começaram a correr atrás das vendedoras.

– Jesus amado – disse Tom.

Tom encontrou um balcão intacto. Subiu em cima dele e começou a gritar.

– NÃO! ISSO NÃO! PAREM! NÃO ERA ISSO QUE EU QUERIA!

Max ficou parado ao lado de Tom.

– Ah, merda – ele disse baixinho.

Os vagabundos não cederam. Cortinas eram arrancadas. Mesas, reviradas. Balcões de vidro seguiam sendo estraçalhados. Além disso, ouviam-se muitos gritos.

Alguma coisa se espatifou no chão, produzindo um ruído muito alto.

Então brilhou o fulgor de uma chama, mas os homens continuaram saqueando.

Tom desceu do balcão. Todo o episódio não havia durado mais que cinco minutos. Ele olhou para Max.

– Vamos dar o fora daqui!

Mais um sonho despedaçado, mais um cachorro morto na estrada, mais pesadelos saídos do lixo.

Tom começou a correr e Max o seguiu. Desceram pela escada rolante. Ao mesmo tempo em que eles desciam, a polícia subia pela escada rolante contígua. Tom e Max ainda vestiam seus casacos novos. Exceto pelos rostos vermelhos e mal barbeados, pareciam quase respeitáveis. No primeiro andar, misturaram-se à multidão. Havia policiais nas portas. Eles estavam deixando pessoas saírem, mas impedindo qualquer um de entrar.

Tom havia roubado um punhado de cigarros. Deu um a Max.

– Acende aí. Tente parecer respeitável.

Tom acendeu um cigarro para si também.

– Agora, vamos ver se conseguimos dar o fora daqui.

– Você acha que vamos conseguir enganá-los, Tom?

– Não sei. Tente parecer um corretor de imóveis ou um médico...

– Como eles são?

– Satisfeitos e estúpidos.

Eles se moveram em direção à saída. Não houve problema. Foram conduzidos para fora junto com alguns outros. Ouviram disparos dentro da loja. Olharam para o topo do prédio. Chamas eram visíveis em uma das janelas mais altas. Em seguida ouviram as sirenes dos bombeiros se aproximando.

Eles dobraram na direção sul e caminharam de volta para a periferia.

Naquela noite eles eram os mendigos mais bem-vestidos do albergue. Max havia roubado até um relógio. Seus ponteiros brilhavam no escuro. A noite estava apenas começando.

A casa estava cheia novamente, apesar do grande número de prisões feitas naquela tarde. Sempre havia um número suficiente de vagabundos para preencher as vagas.

Tom puxou dois cigarros, estendeu um a Max. Eles acenderam e fumaram em silêncio por algum tempo. Depois de alguns minutos, Tom falou.

– Ei, Max...

– Sim?

– Eu não queria que as coisas tivessem saído desse jeito.

– Eu sei. Está tudo bem.

Os roncos iam ficando gradualmente mais altos. Tom puxou uma garrafa de vinho nova de debaixo do seu travesseiro. Abriu-a, tomou um gole.

– Max?

– Sim?

– Bebida?

– Claro.

Tom passou a garrafa. Max deu um gole, passou de volta.

– Obrigado.

Tom colocou a garrafa debaixo do travesseiro.

Era moscatel.

# o grande relaxado

sempre fui por natureza um relaxado
gosto de me deitar com uma
camiseta de física (manchada,
claro) (e com marcas de
cigarro)
sem sapatos
uma garrafa de cerveja na mão
tentando me desvencilhar de uma
noite difícil, vamos dizer com uma
mulher ainda às voltas
o som de seus passos
reclamando disso e
daquilo,
enquanto eu num
arroto diria: "EI, NÃO GOSTA
ASSIM? ENTÃO SUMA COM ESSE SEU
RABO DAQUI!"

eu realmente me amava,
realmente amava o meu eu
relaxado, e
e acho que elas também:
sempre partindo
mas quase
sempre
voltando outra
vez.

## **este bêbado no banco de bar ao lado**

perdoe-me, senhor, mas preciso falar com
alguém...

sim?

perdoe-me, mas há momentos em que sou pego em
multidões,
em feiras de rua, em qualquer ajuntamento
da tribo...

sim?

sim, bem... aqueles olhos... aqueles narizes... aqueles
cotovelos... seu
modo de caminhar... o modo como
falam...

hein?

perdoe-me, mas normalmente sinto como se estivesse
caminhando
pelos dutos do próprio inferno
vendo rostos de escárnio feitos de papelão, ouvindo risos que em
nada soam como risadas...

você fala de um jeito engraçado.

veja, é como o assassinato de minha própria sanidade...
homens e mulheres
cujas audácias se baseiam apenas em sua
incompreensão...

não estou
entendendo.

perdoe-me, quero apenas me pôr o mais longe possível
de todos eles...

sim?

não há como dizer nada disso sem receber o rótulo de um
lamentável herege...

todos têm seus
problemas.

talvez eu esteja doente...

sim, acho que você é um fodido
de um doente.

por exemplo, quando entro em um elevador e aquela
   porta
se fecha e me vejo fechado e trancado com
5 ou 6
tipos da minha espécie
sinto que tudo é
irredimível, que estou preso em uma
sufocante caverna de
loucura – uma loucura estúpida e
indecente.

use as escadas
então.

perdoe-me, mas posso entender certos animais,
animais que se escondem em buracos dentro da terra
entendo coisas que voam, ou que desaparecem
à primeira visão ou ao primeiro som de
alguma coisa.

sim? gosto de cães e
gatos.

não serei eu um animal, uma criatura atada ao
corpo de um homem?

sim, você bebe como um
elefante.

como quer que seja, perdoe-me esta
indecência.

escute, cara, como você
se vira?

me viro?

sim. o que você
faz?

vivo a cada minuto, para cada
minuto.

acho que você é um fodido
de um doente.

obrigado.

ele terminou sua bebida, se
afastou.

pedi mais uma.

reparei na olhadela de uma belezura
ao fim do balcão do
bar.

quem sabe a noite rendesse, apesar de
tudo.

# bocejo...

creio que adoro dormir
mais do que qualquer pessoa que já tenha
conhecido.

sou capaz de dormir por
2 ou 3 dias e noites
seguidos.

posso ir para a cama a qualquer
momento.

muitas vezes deixei minhas namoradas confusas
por causa disso –

digamos que fosse por volta de uma
e meia da tarde:

"bem, vou para a cama agora, vou
dormir..."

a maior parte delas não dava bola, iam
para a cama comigo
pensando que eu estava atrás de
sexo

mas eu logo lhes dava as costas
e começava a roncar.

isso, claro, poderia explicar
por que tantas entre as minhas namoradas
me deixaram.

dos doutores, nunca obtive qualquer
ajuda:

"escute, sinto esse desejo de
ir para a cama e dormir, quase todo o
tempo.
o que há de errado
comigo?"

"pratica exercícios regularmente?"

"sim..."

"tem se alimentado
corretamente?"

"sim..."

sempre me passavam uma
receita
que eu jogava fora
no caminho entre o consultório e o
estacionamento.

é um mal curioso
porque não *consigo* dormir entre
as seis da tarde e a meia-noite.
precisa ocorrer *depois*
da meia-noite
e quando me levanto
*nunca* pode ser
antes do meio-dia.

e caso o telefone toque
vamos dizer às dez e meia da manhã
*tenho um surto de raiva*

não pergunto sequer quem está
chamando

grito no telefone:
"POR QUE ESTÁ LIGANDO
PARA MIM NUMA HORA
DESSAS?!"

fone no
gancho...

cada pessoa, suponho, tem
suas excentricidades
mas em um esforço para parecer
normal
aos olhos do
mundo
elas as superam
e desse modo
destroem seu
algo a mais.

mantive o meu
e acredito que
ele serviu à minha existência
com generosidade.

penso que foi a principal razão
por que decidi me tornar um
escritor: posso bater à máquina
a qualquer hora e
dormir
na hora em que vier a porra da
vontade.

## **eliminando as patentes**

do que estou falando, ele disse, é dos ex-alcoólatras, eles têm
aparecido aqui, tenho visto suas peles se amarelarem e
seus olhos se esbugalharem, suas almas frouxas e
embotadas, então eles começam a falar que nunca se
sentiram tão bem e que a vida tem agora novo e real valor, nada de ressacas,
nada de mulheres a abandoná-los, fim dos vexames, fim da culpa, é
uma beleza, uma verdadeira beleza
mas não vejo a hora de que sumam, são pessoas horríveis,
mesmo quando caminham sobre um tapete seus sapatos não deixam marcas,
como se não houvesse ninguém ali

então eles falam de Deus, de um jeito plácido, você sabe, eles não querem
forçar você a nada mas...

tento não beber na frente deles, não quero forçá-los
a retornar àquele lugar
horrível.

finalmente, eles se vão...

e eu vou à cozinha, sirvo a bebida, seco metade, dou uma risada
para a metade restante.

nenhum desses ex-alcoólatras que conheci era um profissional

classe A do alcoolismo, eles apenas experimentavam e
apostavam baixo na coisa...
tenho estado bêbado nas últimas cinco décadas, bebi
 mais trago do que
eles beberam água; o que os colocou em uma condição
 alcoólica
boboca e cagada é o que costumo usar como
aquecimento.

algumas pessoas simplesmente falham em tudo e o que
 estou dizendo
aqui tem a ver com esses ex-alcoólatras: você não pode
 ser ex
de alguma coisa que nem começou a
ser.

outra coisa que faz tudo ser ainda mais enfadonho e
terrível: eles continuam alegando ser alcoólatras mesmo depois
de terem parado.

isso é algo a ser imensamente ressentido pelos genuínos
 elementos da
tribo: nós merecemos nosso lugar, sentimo-nos mere-
 cedores e
honrados de nossa posição, preferiríamos não ser
representados por esses inúteis de araque: alguém não
 pode desistir
daquilo que
nunca teve.

# AÇÃO

Henry Baroyan abriu caminho entre o Cadillac e o Porsche, com elegância, tragou seu cigarro, inalando, pensando, talvez eu tenha alguma sorte hoje, com certeza estou precisando. A BMW tinha cinco anos mas ainda funcionava bem. Ele havia pagado 88 pratas por uma placa nova para o carro, mas a perdera. Sempre perdia as placas. Sempre perdia tudo. Até mesmo o Prêmio Pulitzer. Dez anos atrás, quando estava na crista da onda, havia recusado-o, declarando que o único prêmio de que um escritor precisava já era dele.

Havia se casado duas vezes com a mesma mulher. Perdera 350 mil dólares nas pistas. Não conseguia pagar seus impostos. Tomaram-lhe a casa, tomaram-lhe tudo. Só deixaram o carro e a máquina de escrever e a mulher. Dívida de impostos: 440 mil dólares. Como as coisas chegaram a esse ponto? Henry costumava pagar seis por cento sobre os impostos atrasados, agora estava pagando dezesseis. E ele era o cara que costumava escrever histórias sobre morrer de fome e escrever em um quarto minúsculo. Como estava bem de vida naquela época! Agora devia mais dinheiro do que jamais poderia ganhar. Estava falido, o governo estava falido, o mundo estava falido. Com quem *estava* a porcaria do dinheiro?

– Você vai à porra do hipódromo de novo? – Traci havia perguntado. Traci era sua esposa.

– Tenho que ir, querida. Ajuda a me inspirar. Preciso daquela ação.

– Você pode escrever sem apostar. Não seja burro. Não vá se afundar ainda mais.

– Que diferença faz se eu dever 440 mil dólares ou 940 mil?

– A diferença são 500 mil dólares.
– Garota esperta. Eu vou.
– Você é um completo *imbecil*!

E o pior de tudo era que ele não conseguia mais escrever. Larry Simpson escrevia as coisas para ele agora. Não chegava *nem perto* da maneira que Henry costumava escrever. Larry era um charlatão. Mas o nome Baroyan ainda era vendável. Larry era seu *ghost-writer*. E Larry ganhava quarenta por cento.

Talvez algum dia a inspiração volte, pensou Henry. Talvez um bom dia no hipódromo a traga de volta.

Por falar no hipódromo, ele estava lá. Estava no estacionamento. Todos os funcionários o conheciam. Parou o carro junto ao gordo com o rádio transistor. O funcionário estava ouvindo Madonna. Talvez um dia a Madonna vá pagar por isso. O homem puxou um tíquete de estacionamento e Henry deu a ele seis pratas.

– Tocando o terror na galera? – o gordo perguntou.
– O de sempre – Henry respondeu, depois arrancou e seguiu a linha azul até a guarita.

Quando chegou lá, deixou seu carro sem pegar o tíquete do estacionamento. Eles conheciam aquele carro. Só um homem dirigia uma BMW 79 preta com as luzes de nevoeiro arrancadas.

Os manobristas sempre estacionavam o carro dele por perto e, quando o viam saindo logo antes da última corrida (ele gostava de sair antes da multidão), um dos rapazes deixava o motor ligado esperando por ele. Não sabiam que ele era um merda de um vagabundo. Nos dias em que perdia, dava a eles cinco pratas pelo serviço. Quando ganhava, era mais. Na maior parte dos dias, eles ganhavam cinco.

Um dos funcionários do estacionamento o viu. Era Bob. Bob era um pouco mais esperto que os outros.

– Ei, Hank – ele disse –, se hoje não for o meu dia, espero que seja o seu.

– Obrigado, Bob, talvez nós dois possamos ganhar.

– Claro – ele respondeu –, no dia em que piranha der no mar.

Henry mostrou seu bilhete na janela dos camarotes e entrou. Pegou seu programa e seu prognóstico. Cruzou o camarote e foi direto para a tribuna principal. Seu lugar era com os pobres, era mais pobre do que qualquer um deles.

Encontrou seu bar favorito. Rusty estava atrás do balcão. Rusty também era um jogador.

– Um drinque de vodca, Rusty.

– Certo... O negócio parece bom hoje, Hank.

– Eu ainda não dei uma olhada nos prognósticos.

– Ouça, eu tenho uma boa pra você.

– Não quero ouvir.

– É no terceiro. Uma corrida prontinha. Você sabe como funcionam estas. Eles ganham de dez.

– Não me venha com nenhum cavalo surpresa. Eles são péssimos.

– Ei, eles têm treinado este por baixo dos panos, antes mesmo dos fiscais de tempo chegarem. Vai pagar no mínimo 15 para 1. Ninguém sabe.

Henry enxugou sua vodca.

– Como é que você sabe?

– Alguém me deve um favor.

– Jesus, você também?

Rusty inclinou o corpo para frente e sussurrou:

– Janela Vermelha no terceiro.

Henry colocou o dinheiro do drinque em cima do balcão mais gorjeta.

– Balela.

– Não – disse Rusty –, desta vez não é. E esta aqui é por conta da casa.

Ele encheu o copo de Henry.

– Obrigado, Rusty.

– Como vão os textos?

– Podiam estar melhores – respondeu Henry, secando seu drinque.

Então ele se afastou, andando em direção à escada rolante que o levaria ao deque superior. No pé da escada rolante, parado sob um feixe de sol, estava um senhor negro com olhos grandes e gentis.

– Ei, cara – ele disse –, eu não conheço você?

– Não, a menos que seja da Receita Federal.

– Não, eu vi você no metrô, ou talvez no cinema.

– Eu participei de um filme pornô uma vez, tempos atrás.

– Não, cara, eu conheço seu rosto.

– Você está me confundindo com outra pessoa.

Henry passou por ele e subiu na escada.

– Não, cara – o velho senhor gritou para ele –, você não vai me enganar, acho que vi você em algum seriado de TV.

Henry olhou para trás.

– Você está me confundindo com outra pessoa, parceiro...

No segundo deque, Henry foi até a praça de alimentação e comprou uma cerveja grande. Levou a cerveja até um dos assentos e deu um gole. Cuspiu fora. Aquela merda não estava maturada. Precisava arejar por um tempo. Ele deu uma investigada nos prognósticos, conferiu a primeira corrida. Não ia atrás dos que corriam junto ou dos que largavam fora. Precisava dos que abrem na largada. Um dos que dá tudo. Se você tem de perder, perca de cara.

Notou que um rapaz jovem se aproximava dele. Então notou as pernas. As pernas que estavam ali paradas. Henry não olhou para cima. Então veio a voz. Uma voz jovem.

– Me perdoe, não quero incomodá-lo, mas você não é Henry Baroyan, o escritor?

– Não, sou André, o primo dele.

– Ah, pare com isso! Eu conheço você! Estamos estudando você em Literatura Moderna na Universidade de Long Beach.

– Sou apenas um apostador de cavalos.

– Você é um dos meus escritores favoritos, cara.

– Ah, é? E quem são os outros?

– Burroughs, Ginsberg, Genet, Bowles...

– Cai fora.

– Escute, sr. Baroyan, me faça um favor. Poderia autografar um programa para mim?

– Está bem. Onde?

– Aqui... na parte da frente... e faça um daqueles seus desenhinhos. Sabe, aqueles desenhos que você faz.

O garoto entregou seu programa a Henry. O menino era bem branco e delicado, perdido no sonho perante a realidade. Bom menino, bom menino...

"Não aposte num cavalo que caga ao se aproximar do portão de largada", ele escreveu. Então encontrou um espaço na margem, assinou seu nome, desenhou um cavalo velho, desgastado pelo esforço. Devolveu o programa.

– Sério, muito obrigado... – disse o garoto, depois foi embora.

Talvez, pensou Henry, eu possa escrever uma história sobre a corrida de cavalos. Aquele maldito Larry Simpson, tudo o que ele já escreveu na vida é sobre o Mardi Gras, ou corridas de cascavel, ou afogamentos na costa da Argentina, ou políticos apaixonados por terriers irlandeses. Também sonhos coloridos de um mundo maravilhoso e livre.

Então – subitamente – era hora da primeira corrida. Henry se aproximou das fileiras onde eles ficavam: os solitários e os dementes, os irremediavelmente feios com seus sapatos gastos. E aqueles rostos há tanto despidos de tudo, exceto da determinação de seguir adiante sem esperança, melodia ou sequer a mais remota expectativa de vitória.

Quando a morte chegar para nós, pensou Henry, ela vai nos cuspir feito um osso limpo de carne, seco e duro e... o quê? E nada.

Então, enquanto Henry aguardava na fila, eis que chega Marsden. Marsden tinha sido um bilheteiro, mas havia, sabe-se lá como, fornicado com a sua máquina de modo ilegal e perdera seu posto. Contudo, não havia sido banido do hipódromo. E Marsden havia dado a Henry umas boas rodadas, especialmente nas corridas de charrete, em que o dinheiro grosso quase sempre entrava tão tarde e tão rápido que era quase impossível conseguir entrar em ação. Nessas situações, Marsden emitia para ele um tíquete de cinquenta pratas, olhando ao longo da linha na qual Henry estava e recebendo o número do cavalo que ele apontava. Marsden e as corridas de charrete haviam sido boas para Henry.

Marsden usava roupas feitas por alfaiate, aparentava estar sempre feliz, quase sempre rindo... um sujeito charmoso que vivia encrencado com mulheres. Mais ainda do que o próprio Henry.

Marsden parou ali, em seus trajes finos.

– Ei, baby!

Estava acompanhado. Outro corpo em trajes finos.

– Este é o meu advogado.

O mundo era bom. Cumprimentaram-se. O mundo era bom, e uma piada. O advogado saiu em direção ao bar.

– Ouça, baby – disse Marsden –, sei que você é um jogador. Sei que você sabe quem vai levar. Me ponha nessa.

– Essa não é uma de charretes, Mars...

– Que se dane. Me ponha nessa.

– Eu prefiro o 9.

– É isso! É isso! Eu OUVI! Me disseram que não tem como errar! Ouça, me arrume cinquenta. Eu vim com pouco dinheiro, então fiquei sabendo do 9. Me arrume cinquenta, por favor!

– Estou encalacrado, Mars. Só consigo levantar vinte.

– Tudo bem...

Henry deu a Marsden os vinte e Marsden foi embora.

Henry estava a cerca de três apostadores do caixa quando o anúncio chegou aos alto-falantes: "Por ordem dos organizadores, Happy Hour eliminado".

Happy Hour era o cavalo 9.

Merda, pensou Henry. Então estava frente a frente com o bilheteiro.

– Uma pule de vinte no 5 – ele disse.

Ele foi assistir à corrida. Ele viu e depois ouviu: "Hot Watch ficou no portão!"

Hot Watch era o cavalo 5.

Henry ficou perambulando durante a corrida. Pensou que talvez pudesse encontrar Marsden. Talvez Marsen lhe devolvesse os vinte. Era uma questão de princípios. E esses vinte talvez pudessem salvá-lo. Bem, talvez não o salvar propriamente, mas ajudar um pouco nessa batalha inglória.

Mas ele não conseguiu encontrar Marsden. Não conseguiu encontrar ninguém que se parecesse remotamente com Marsden. Eles sequer se pareciam com eles mesmos. Todos pareciam animais achatados que tinham sido atropelados por uma máquina de cimento. Até mesmo as mulheres. Especialmente as mulheres.

Ele penetrou mais na multidão, que se concentrava no desenrolar da corrida.

As mulheres dos pobres. Por Deus, que cruel da parte dele pensar nelas dessa forma. Muitas provavelmente tinham pequenas flores de gerânio que amavam. E filhos drogados, pegos traficando, agora apodrecendo em celas remotas por todo o mundo, onde os ratos nunca sorriem.

Bem, foda-se, o dia ainda não tinha acabado. Nenhum dia acabava antes de acabar. A esperança nunca deixa de brotar, como um cogumelo venenoso.

Então a corrida terminou. Eles tinham corrido em um 26 para um, uma corrida rápida em Caliente. A maioria das pessoas não parecia muito feliz. Havia muitos mexicanos e negros na multidão, com a esperança de vencer, com a esperança de se libertar das correntes. Os brancos pareciam mais tristes, frouxos, com os olhos implacavelmente indignados. A maioria eram homens. Uma vantagem em relação aos homens brancos, no entanto, era que consistiam num ótimo material para o escritor. Você podia escrever o que quisesse sobre o homem branco americano e ninguém nunca protestava. Nem mesmo o próprio homem branco americano. Mas, se você escrevesse qualquer coisa desagradável sobre qualquer outra raça ou classe ou gênero, os críticos e o público ficavam furiosos e a sua caixa de correio para reclamações ficava lotada, embora as vendas do livro não sofressem nenhuma queda. Quando odiavam você, precisavam ler você. Eles ficavam ansiosos para saber qual a próxima coisa que você ia dizer sobre o mundo deles. Enquanto o homem branco americano não dava a mínima para o que você ia dizer sobre ele porque ele dominava o mundo – no momento, ao menos.

Um cara branco e grande se aproximou de Henry, sorrindo de leve. Henry começou a se afastar.

– Ei! – disse o homem.

Henry virou para ele e esperou.

O grandalhão andou e parou um pouco perto demais. Henry deu um passo para trás.

– Sou Monty Edwards – ele disse. – Sou agente de jóqueis.

– Bem, isso é ótimo – disse Henry –, mas não posso montar para você, peso 115 quilos.

– Você não é Henry Baroyan, o escritor?

– Bem, sim.

– Bernard Loft é treinador. Ele lê suas coisas e gosta muito. Ele gostaria de conhecê-lo.

– Diga a ele que eu disse "oi".

– Ah, vamos, não seja um merda, ele quer conhecer você.

– Está bem, onde ele está?

– Siga-me.

Henry seguiu Edwards até a ala leste da tribuna central, passou por um funcionário e entrou nos camarotes. A área dos camarotes era outro esquema: cheia de proprietários, treinadores, agentes de jóqueis, ex-jóqueis e a nata do mundo das corridas. Eles pareciam um pouco mais calmos que o pessoal da tribuna central. Estavam mais bem vestidos e não se moviam tanto. Ficavam em grupos pequenos, conversando tranquilamente.

Henry seguiu Edwards até um dos camarotes. Um homem estava de pé. Estava muito bem-vestido. Seus sapatos brilhavam. Gravata azul-metálica lisa.

– Baroyan – ele disse –, sou Bernard Loft. Seu trabalho já me proporcionou muitos momentos de prazer.

– Obrigado.

Cumprimentaram-se com um aperto de mão.

– Ouça – disse Loft –, eu gostaria de recompensá-lo de algum modo pelas ótimas leituras que você me deu.

– Nada de dicas, por favor.

– Não, não, eu tenho um cavalo nessa corrida. Espero ganhar e gostaria que você descesse ao círculo dos vencedores para ser fotografado conosco.

– Qual é o seu cavalo?

– Highwater.

– Ele está no páreo. Como você vai alcançar o Wormwood?

– Vamos dar uma vantagem para ele, mas esperamos encostar nele a tempo.

– Acho que não, Loft. Mas desejo sorte a você, evidentemente.

– Agora, se você me der licença, preciso descer para a pista.

– Claro.

Henry sentou-se com Edwards.

Edwards avistou uma mulher que usava um grande chapéu branco, vestido branco de grife, echarpe vermelha, rosto de pomba e olhos e boca grandes. Sorriu para ela.

– Olá, sra. Carrington. Como estão as coisas?

– Tudo bem, Monty. Só que perdemos a nossa potranca ontem.

– Ah, é?

– Sim, ela se lesionou no quinto páreo.

– Oh, sinto muito. Talvez vocês consigam recuperá-la.

– Sim, pretendemos que ela volte na próxima entrada.

Malditos ricos, pensou Henry, eles conseguem 40 mil dólares por um cavalo e isso os deixa tristes.

– Muito bem – Henry disse a Edwards –, vou dar uma volta, depois apostar.

– Qual é o seu favorito?

– Wormwood.

– Você não vai apostar no cavalo de Bernard?

– Não, ele tem que vir muito de trás.

– Bernard diz que Highwater vai vencer.

– Veremos.

– Você vai voltar para cá para assistir à corrida?

– Pode ser.

Henry atravessou o corredor em direção à área de apostas. As janelas estavam abertas e não havia filas no momento. Ele apostou quarenta em Wormwood. Wormwood estava pagando 7 para 2 e parecia que ia ficar nisso.

Eu deveria estar em casa escrevendo, pensou Henry. Este bloqueio não vai durar para sempre.

Andou até o bar e pediu um drinque de vodca. Olhou em volta. Todas as mulheres pareciam mais jovens, leves, cheias de piadinhas nessa seção privilegiada do hipódromo. Até mesmo as mulheres mais velhas eram bonitas. Isso entristeceu Henry. Por que as mulheres da plebe tinham que ser tão feias? Não era justo. Mas o que era justo? Houve alguma época justa para o homem comum? Toda aquela merda sobre democracia e oportunidade que lhes foi empurrada goela abaixo era só para evitar que eles incendiassem o palácio. Claro, de tempos em tempos um sujeito conseguia se erguer de entre os entulhos e vencer. Mas para cada um desses havia centenas de milhares metidos nos subúrbios ou em uma prisão ou nos hospícios, ou suicidas ou drogados ou bêbados. E muitos mais trabalhando por salários de merda em empregos deploráveis, jogando os anos fora mergulhados na mera subsistência.

A escravidão não havia sido eliminada, havia apenas sido ampliada para abarcar nove décimos da população. Em todo lugar. Puta merda.

Henry terminou seu drinque e voltou para o camarote. Edwards tinha desaparecido para algum lugar e ele tinha o camarote todo para si. É assim que tinha que ser. Espaço. Conforto. Longe da multidão enlouquecida. Sim.

Enquanto esperava, conferiu a terceira corrida, lembrando o palpite de Rusty no Red Window. Henry nunca tinha visto um palpite dar certo. Mas o problema com palpites era que você tinha que apostar neles porque se saíssem e você não tivesse apostado ficaria querendo se matar. Mas a coisa mais *sábia* a fazer era não apostar no Red Window. Mas ele era sábio o suficiente?

Eles estavam colocando os cavalos no portão para a segunda corrida. Wormwood tinha caído para três para um e Highwater pagava dois. Edwards estava de volta. Tomou o assento ao lado de Henry.

– Quando sai seu próximo livro? – ele perguntou.
– A qualquer momento.

O sinal tocou e eles largaram. Eram 6/8 de milha. Wormwood liderava com tranquilidade, tinha um corpo e meio de vantagem com uma pequena vantagem. Nada mal. Ao cruzar pela zona das baias, ele ainda estava correndo bem e aumentou sua vantagem para dois corpos. Deslizou pela curva e começou a tentar avançar. Agora tinha três corpos de vantagem e estava galopando, as orelhas de pé, estava lustroso, nenhuma gota de suor à vista.

Então, Highwater fez seu avanço. Ele estava se aproximando, se aproximando. Wormwood ainda tinha dois corpos de vantagem, depois um e meio, depois um, depois meio, e a disputa se estreitava. Pincay arrancava tudo o que podia de Highwater. Inferno e Highwater. Ao final, parecia um cavalo com oito patas. Seria um nariz de diferença, de qualquer forma.

O placar com a foto subiu.

– Acho que vai ser no focinho – disse Edwards.

– Acho que foi o Wormwood – Henry disse. – Nessas corridas apertadas o cavalo de dentro normalmente leva.

– A única coisa – disse Edwards – é que Pincay é parada dura.

Só me dê esta, Henry suspirou para os deuses, só me dê esta e todo o resto vai se ajeitar. Não estou pedindo muito, só me dê o nariz. Um homem pode se cansar, sabia? Um homem pode ficar muito, muito cansado. Só o nariz. Só desta vez. Uma vez. Agora.

O placar subiu.

Highwater.

Preciso da máquina de escrever, pensou Henry. Só assim posso fazer as coisas acontecerem do jeito que eu quero que aconteçam. E agora, o que eu vou fazer a respeito do Red Window?

Então Bernard Loft voltou.

– Siga-me, Baroyan, por favor.

– Ótima corrida. Parabéns. Nunca pensei que você fosse me alcançar...

– Eu realmente não gosto deste cavalo, mas achei um bom lugar para ele.

Henry desceu as escadas atrás de Loft, então passaram pelo portão e chegaram ao círculo dos vencedores. Highwater tinha acabado de entrar. Pincay desmontou do cavalo.

– Foi uma boa corrida, Laffit, obrigado – disse Loft.

– Obrigado – Pincay respondeu –, você realmente o preparou muito bem.

Pincay parecia um verdadeiro cavalheiro. Não tinha afetação, era alguém com verdadeira classe.

Os proprietários e os amigos dos proprietários formaram uma longa fila ao lado do cavalo, devia ter uns dez ou onze deles. Pincay estava bem no meio. Do outro lado do cavalo estava o cavalariço, Loft e Henry.

– Olhe para a câmera – Loft disse a Henry.

O flash disparou e todos começaram a ir embora.

– Vou encontrar você amanhã e lhe dar uma das fotos – disse Loft.

– Muito obrigado, Loft, essa foi minha maior emoção e eu não fico emocionado com muita frequência.

– Você é um ótimo escritor – disse Loft.

Henry puxou um cigarro, acendeu e se retirou.

Ele atravessou o portão e subiu as escadas e estava novamente na área de apostas.

Mal sabia Loft que ele estava liquidado. *Finis.*

Henry saiu da área dos camarotes e voltou para a tribuna central, voltou para a plebe. Encontrou um lugar desocupado.

Alguns dos otários bebiam latas de cerveja quente que haviam trazido de casa. O calor do dia e o calor da derrota tiravam o frescor de qualquer coisa. Depois de apenas duas corridas, seus rostos já estavam suados e condenados. Eles estavam esperando o impossível e o impossível raramente chegava. Só em filmes, baby, só na tela da tevê. Era onde alguns deles obtinham aquele pequeno entusiasmo que os fazia seguir adiante.

Eles deveriam fechar este maldito lugar, pensou Henry, mas nunca vão fazer isso. O Estado enriquece com os impostos.

Henry conferiu o painel procurando Red Window. Ele tinha uma partida matinal de 15 e logo na primeira parcial já abria para 18. Nada mal. Talvez a informação não tivesse vazado desta vez, para variar. O cavalo nunca havia disputado uma corrida, mostrava um desempenho medíocre nos prognósticos. Além disso, o jóquei tinha uma porcentagem pequena de vitórias. Nenhuma das publicações dava qualquer destaque ao cavalo. Aparentemente não havia nenhum burburinho.

E então?

Henry sentou-se.

O cavalo caiu para 15, depois 14, então voltou a subir para 17.

Seis ou sete fileiras abaixo uma mulher mexicana gorda tentava acalmar um bebê que estava aos berros. O marido dela já estava bêbado de cerveja. Ele não estava nem lendo o programa. Estava apenas ali sentado, mamando numa lata de cerveja enquanto o bebê chorava. A mulher parecia envergonhada, quase agoniada, tentando fazer com que o bebê ficasse quieto. Ela estava bem-vestida para o hipódromo. Tinha um laço azul no cabelo. O marido usava um boné do L.A. Dodgers. Com a aba para trás. O bebê seguia chorando. O homem terminou sua cerveja, jogou fora a lata, abriu outra.

Se um dia eu for para o inferno, pensou Henry, é assim que vai ser. Ou, talvez, eu já tenha morrido e ido para o inferno.

Acima de Henry, na última fileira, havia um grupo de rapazes jovens. Eles estavam sem camisa e mais bêbados que a maioria dos outros frequentadores.

Tinham um rádio transistor ligado em um volume alto, muito alto, sintonizado em uma estação de rock. Eles discutiam e amaldiçoavam a seleção de músicas. Aparentemente gostavam de usar palavras como "merda" e "foda" e "escroto". Mas suas vozes ainda não tinham amadurecido – as vozes desafinavam de tempos em tempos e soavam em um tom quase feminino. As palavras "merda" e "foda" e "escroto" ecoavam com uma bravata artificial.

No prognóstico para a próxima, Red Window marcava 12. A sete minutos do páreo ele estava pagando 14.

Henry foi até uma janela de apostas. As filas ainda estavam longas.

Ele fez sua aposta quatro minutos antes do início da corrida. Cinquenta na vitória.

O cavalo pagava 11.

Henry voltou ao andar de cima e sentou-se novamente. No momento em que tomou o assento, Red Window marcava 8.

O pagamento começava a cair a cada virada do painel. 8... 7... 6...

Os cavalos estavam se aproximando do portão.

5...

As pessoas corriam para fora da tribuna central em direção às janelas de apostas, gritando: "Red Window!".

Eu deveria cancelar meu maldito tíquete, pensou Henry, nunca vi um favorito da multidão ganhar até hoje. Mas é possível que hoje seja o dia? É possível que este seja um supercavalo? É melhor deixar rolar.

9 para 2...

4...

7 para 2...

Eles estavam no portão. Graças a Deus.

Então um cavalo queimou a largada. Um azarão. Dog Day. Eles tiveram que segurar a corrida. Os guardadores entraram para retirar o cavalo e conduzi-lo até a parte de trás do portão.

Os rapazes jovens, os meninos sem camisa com vozes de mulher, saíram correndo pelas escadas.

– MERDA! AINDA TEMOS TEMPO DE IR ATÉ LÁ EMBAIXO!

Eles eram ágeis, pulavam dois ou três degraus de uma vez. O último rapaz tropeçou, pisou em falso, rolou escada abaixo.

– MERDA!!!!!

Ele quase arrebentou a cabeça na estrutura de ferro de um dos assentos, levantou-se em um salto, correu atrás dos outros.

– RED WINDOW!

Que estava relutante em entrar no portão.

3...

5 para 2...

Eles tiveram que empurrar o cavalo para dentro pelo traseiro.

Quando o portão abriu, Red Window pagava 9 para 5.

A corrida era de uma milha e 1/16.

Red Window rompeu lentamente da posição 8. Quando ele se livrou do pelotão, o garoto aproximou-o da cerca para ganhar terreno. Era a distância mais curta no traçado da primeira volta.

Milhares e milhares de dólares tinham sido apostados no Red Window em minutos, em segundos. Tinha que dar certo ou o mundo ficaria furioso. Lares estavam em jogo. Vidas estavam em jogo. Tudo estava em jogo nessa parada. Se havia alguma bola dentro, tinha que ser esta!

Seguindo no último pelotão, Red Window tinha um caminho aberto junto à cerca. O garoto soltou um pouco, ele passou em quinto. Estava a apenas quatro posições da liderança e um par de cavalos de arranque se digladiava na frente. Red Window ganhou a cerca, mantendo sua posição, nem avançando nem ficando para trás. Não era bom, mas também não era mau. Se o cavalo era mesmo potente, eles estavam poupando suas forças para uma arrancada final.

Por volta da última curva, Red Window começou a ficar para trás.

Ei!

Ele estava seis posições atrás, estava vacilando, havia uma parede de cavalos estrênuos, o sol lutava contra a neblina, as montanhas tinham uma tonalidade lilás, e Red Window parecia estar preso junto à cerca.

Então o garoto foi com tudo.

Ele tirou o cavalo dali e com um movimento de contorno bem aberto conseguiu superar alguns adversários e estava realmente avançando!

Red Window estava indo bem.

Merda, pensou Henry, agora vai!

Red Window avançava aberto para a disparada final. Era uma verdadeira locomotiva. Ele avançava e bombava, avançava e bombava. Ele parecia duas vezes maior que qualquer um dos outros cavalos. Era lindo de se ver, muito lindo!

O milagre estava se configurando.

A multidão gritava loucamente, como que em uma só voz. A vida era, enfim, boa.

Então, o cavalo parou de correr. Ele começou a esmorecer. Começou a balançar a cabeça freneticamente.

O garoto ficou louco, haviam dito a ele que não tinha erro com aquele cavalo, ele lascou o chicote, quase se desprendendo da cela.

Red Window empacou e reduziu a velocidade.

Então, ele empinou e parou.

Ele se recusou a ir até a linha de chegada.

O favorito da manhã cruzou a linha, pagando 7 para 2, melhor do que o prognóstico matinal de 8 para 5.

Um coro de vaias e injúrias emanou das arquibancadas.

O cavalo ficou ali parado, a setenta jardas da linha de chegada, e se recusou a seguir adiante. A multidão estava enlouquecida, e os que estavam mais perto da cerca jogavam latas de cerveja no cavalo, prognósticos, cachorros-quentes, lixo, qualquer coisa que estivesse ao alcance. Um bêbado tirou os dois sapatos e os arremessou na direção do cavalo. Os brados e estrondos de agonia estavam por toda parte. As nuvens tremulavam e as montanhas reluziam.

Red Window ficou ali parado e evacuou. Cagou para a multidão.

Então, depois de terminar o serviço, ele se aprumou, deu uma sacudida para frente e, com o garoto com um pé para fora dos estribos, Red Window começou a *correr*!

Red Window correu como um filho da puta. Estava cheio de energia. Estava magnífico. O garoto puxou as rédeas, mas não conseguiu contê-lo. O cavalo parecia ter a força de dez mil cavalos. Seria capaz de atravessar uma parede de cimento.

Red Window cruzou a linha de chegada, enfim.

E então correu na direção de todos os cavalos que o haviam derrotado, os cavalos que trotavam a meio-galope na direção oposta.

Os batedores saíram correndo atrás de Red Window.

– CAVALO SOLTO! – gritou o locutor. – CAVALO SOLTO NA PISTA!

Os jóqueis abriram caminho e Red Window avançou.

Os batedores finalmente o encurralaram já próximo às baias.

Então ele se recusou a se mover. Eles empurraram e açoitaram e xingaram e adularam. Red Window ficou ali, aferrado ao chão.

Tiveram que chamar o transportador de cavalos. Depois de uns bons quatro minutos, eles o colocaram lá dentro. Ele ganhou uma carona de graça de volta às baias.

Então o placar mostrou: 9,80 dólares para o favorito da manhã.

Henry rasgou seu bilhete. Seu bilhete juntou-se a todos os outros bilhetes.

Bem, ele só tinha perdido 110 dólares, sem contar os vinte de Marsden. Ainda havia tempo de dar a volta por cima. Era preciso apenas umas duas boas corridas.

– MEU DEUS – gritou um dos meninos da última fileira –, ESTA PORRA DESTE LUGAR ME DÁ VONTADE DE VOMITAR!

Henry abriu seu programa na quarta corrida, outra de uma milha e 1/16, dedicada aos funcionários da Shamrock Meats, bolsa de 35 mil dólares. Para competidores a partir de quatro anos, que não tivessem vencido duas corridas de 3 mil dólares, em formação, retornando ou estreando, 60 quilos...

Talvez, pensou Henry, eu deva tentar o mercado de ações.

Ele pegou seu programa e seu prognóstico e andou até o bar mais próximo. Nunca havia visto aquele bar tão lotado. A estrada para o inferno era repleta de companhia, mas ainda assim era terrivelmente solitária.

Ele se enfiou e abriu caminho com o cotovelo para pedir sua vodca.

# **tênis vermelho**

ele senta a
3 ou 4 fileiras
abaixo de mim.

sua mão
treme
quando tira
o charuto
de sua
boca.

ele fica de pé
se espreguiça
enfia a camisa
dentro das
calças.

encontra
um pedaço enorme
de papel amarelo
em um de seus
bolsos.

senta-se
com o papel
amarelo
em uma das mãos
e o
charuto
na
outra.

ambas as mãos
tremem.

ele estuda o
papel amarelo,
coloca o charuto
na
boca,
inala.

ele tosse
mantendo o
charuto
em sua
boca.

ele para
de tossir,
arruma o
charuto,
ajeita os
óculos,
ergue-se para
apostar.

ele está
na metade
dos sessenta.

enquanto caminha
por entre
as fileiras
percebo o que
calça –
um par de tênis.

de um vermelho
vivo.

quando ele
retorna se
senta muito
estático.

assim que a corrida
começa
e
se desenvolve
ele se senta
muito
estático.

a corrida
termina
e ele ainda
se senta muito
estático.

os jóqueis
trazem as
montarias
de volta.

subitamente ele
se ergue
como um jóquei
galopando
em seu
cavalo.

"EI, LAFFIT, SEU
MERDA, QUEM

FOI QUE DISSE
QUE VOCÊ
SABIA MONTAR
UM CAVALO?!"

o jóquei apenas
segue levando
o cavalo,
ele já ouviu
aquilo
antes.
todos já
ouviram.

o apostador
senta de novo
morde seu
charuto.

consulta
outra vez
o papel
amarelo.

tratará
de dar mais uma
chance.

assim como
eu.

# corrida noturna de quarto de milha, Hollywood Park

os brancos bem de vida foram para
o sul, para Del Mar
assim como o resto dos brancos com medo de compa-
 recer
a uma corrida localizada e disputada à noite
no bairro negro desta
cidade.

apesar disso, uma multidão se comprime em uma
pequena área e as filas são *longas* e os
negros e os salvadorenhos e os mexicanos
e os orientais
aguardam pacientemente em suas velhas roupas –
estão acostumados a esperar, esperar não é
porra nenhuma para eles, assim como
apostar: me contou uma vez um deles:
"eles vão apostar em quase qualquer coisa, não
importa".

nada de mais, velho: apenas escolha um
número.

o placar age de modo louco
assim como os cavalos: mesmo um cavalo
que pague pouco vence ou
algum improvável azarão.
não há dinheiro fácil, há apenas
dinheiro *pobre*
reduzido a cinzas
quase sempre em apostas de 2 dólares.

ninguém vence.
há uma agonia densa e silenciosa: o dinheiro
tão necessário em casa está se esvaindo, esvaindo
esvaiu-se – o sonho é mutilado,
espancado
e enquanto seguem as corridas há um
rastro de
crime no ar – dá para sentir o cheiro,
percebê-lo...

a maior parte dos rostos brancos vai embora cedo
não querem ter de cruzar o estacionamento
tarde da noite.
sei que eles vão cedo porque sou
um deles, caminho com minha lâmina de 15
centímetros no bolso da jaqueta
lembrando uma noite em especial em que
ela salvou meu
rabo
velho e
branco.

não há nada como
uma noite no
hipódromo de Hollywood Park
para fazer você se dar conta
de onde o dinheiro *ainda* está:
o dinheiro não é verde
o dinheiro é branco
e os poucos brancos se assustam
porque ainda têm algo a
perder.

claro, há
e sempre haverá

brancos pobres
mas todos sabemos quem
são os brancos
pobres, não há problema
nisso.

quanto aos outros: nada
de mais, velho, apenas escolha um
número.

## o estalo de um milagre

no hipódromo
de Hollywood Park

por volta das cinco da tarde

se você está sentado no
primeiro nível

da
arquibancada

a pista
parece
estar

acima de você

e

no estranho
claro-
escuro

as sedas
são
tão
brilhantes

a cor
é
como

tinta fresca
sobre a
tela

e

os rostos
dos
jóqueis
parecem

heroicos.

é um
momento
grandioso

aquele

uma fotografia
perfeita
e

reconfortante

feito um
sonho.

são esses pequenos
momentos

que mantêm

as pessoas
vivas.

esses pequenos
momentos

tão
grandes

quando

tudo

isso

vem
junto

e

permanece.

# às vezes você fica um pouco louco

como na vez em que tive sorte nos cavalos em Agua
Caliente e fiquei pelos cachorros que correriam à noite e
tive sorte mais uma vez e enchi a lata de cerveja e
me senti bem – eletrizado, sabe – como se
os deuses estivessem do meu lado e tudo isso apesar
de saber que minha namorada vinha dando
para uma série de outros caras, então estava acabado
e eu estava cagando para tudo
o que me enchia de
bravura
então em vez de dirigir de volta para L.A. dirigi
pelas ruas de Tijuana até encontrar um
bar do meu agrado.
estacionei, dei um dólar para 3 flanelinhas,
com a promessa de dar mais depois, para guardarem
meu carro.
entrei, me sentei e pedi uma
tequila.
havia 4 ou 5 nativos por ali, gente
boa, cara.
bebi a tequila e pedi
outra.
estava tudo certo até
uma canção de toureador tocar na
jukebox (ao menos me pareceu ser
uma) e então fiquei de pé e peguei uma cadeira e
fingi que lidava com um
touro.
eu abria grandes passadas e girava e também
me lançava a alguns passos sofisticados de
dança.

a canção terminou e os homens aplaudiram. me
inclinei, sentei e pedi mais uma
tequila.

"ei, señor", um dos homens perguntou, "você
poderia fazer isso de novo?"

"claro", bebi a tequila, "bote
a música de novo."

me levantei e fiz a mesma coisa uma série de
vezes
só que não tão bem
pois finalmente estava ficando
bêbado.

mas
ainda assim
os cavalheiros foram generosos em seus
aplausos.

me sentei, paguei bebidas para todos
e tomei uma última
tequila.

foi uma despedida
agradável...

do lado de fora
meu carro continuava lá e
também os guardadores.
não tinha notas de um e
acabei por lhes dar uma de cinco e eles
lutaram
por ela.

enchi o tanque
segui de volta até a fronteira sem problemas
dirigi de volta para casa sem nenhum incidente

desagradável, tirei a roupa
fui para a cama com uma garrafa de
cerveja
tomei-a
no escuro
então

o telefone
tocou.

era minha ex-
namorada:

"onde você se enfiou,
seu puto?"

"que interessa? você
e eu
já era.
material usado não me interessa…"

"quem você pensa que
é? *Você* é material
usado!"

ela
desligou.

me levantei, peguei outra cerveja
na geladeira
me sentei no escuro
na mesa do café da
manhã
tomei a cerveja
levantei

fui até o banheiro
mijei
cheguei até a lavar as mãos e
o rosto com sabonete
escovei os dentes
como um homem civilizado
então
voltei para a cama
sentindo-me
em estado de
graça
satisfeito comigo
um tanto egoísta
de mim
mesmo
e

então eu
dormi

e durante a noite toda
enquanto dormia
as paredes seguiam
se curvando em minha
direção
e
também o teto

e
todos diziam:

"Chinaski, Chinaski, você
é um
homem da
pesada..."

# **O JÓQUEI**

Durante o aquecimento de Blue Mongoose junto às baias, antes da última corrida, Larry Peterson notou que o cavalo estava realmente mal, quase em pânico. Larry montava havia quinze anos e conhecia seus cavalos. Esse parecia ter uma pulga enfiada no meio do cu.

Larry tentou acalmar o cavalo, mas na hora de alinhar a situação não havia melhorado. Dirigiu-se ao portão, passando na frente dos outros cavalos, e encontrou McKelvey. Disse a McKelvey:

– Este maldito animal não está em boas condições. Quero que ele seja eliminado.

– Ele me parece bem – respondeu McKelvey.

Larry sabia que McKelvey era um organizador de corridas que se preocupava com o dinheiro que o hipódromo perdia quando um cavalo era eliminado. A quantia perdida era, no entanto, insignificante, porque assim que os idiotas recuperavam o dinheiro apostavam em outro cavalo.

Larry desmontou do cavalo e passou as rédeas a McKelvey.

– Sinta só esse filho da puta! Veja se você consegue mantê-lo no chão!

McKelvey era um sujeito grande e gordo. Agarrou as rédeas. Blue Mongoose corcoveou, sacudiu a cabeça. O cavalo estava coberto de suor.

– Vamos, seu filho da puta, acalme-se! – gritou McKelvey ao cavalo.

Puxou as rédeas e o fez galopar em círculos algumas vezes.

– McKelvey, você só está piorando as coisas!

McKelvey parou o cavalo e encarou Peterson.

– Não há nada de errado com ele, Larry! Ou você monta ou recomendarei que suspendam você durante cinco dias por se negar a participar!

– Você está tirando comida da minha boca, McKelvey.

– Corra ou morra de fome, rapaz.

– *Merda*!

Larry montou. A multidão, que não sabia de nada, aplaudiu. Blue Mongoose era o cavalo número 8. Os sete anteriores já estavam dentro. Blue Mongoose se negava a entrar em sua baia. Vários dos alinhadores empurraram o traseiro do cavalo até conseguirem fazê-lo entrar.

O animal tremia e bufava. Quando colocaram o nono cavalo na baia ao lado, a coisa degringolou. Mongoose surtou. Ele empinou no portão fazendo Larry cair de costas no chão. Foi um golpe tremendo, mas Larry ainda estava consciente. Virou-se lentamente, levantou. Então andou de um lado para o outro, mancando. A perna direita latejando. Estava tonto e tinha mordido a língua.

Larry cuspiu um bocado de sangue e viu o gordo ali, de pé, olhando para ele. Larry disse:

– McKelvey, seu filho da puta, odeio cada centímetro de você!

McKelvey deu a ordem e se ouviu a voz do locutor nos alto-falantes. "Senhoras e senhores, por ordem dos organizadores, Blue Mongoose foi retirado desta corrida. Seus bilhetes serão reembolsados."

Larry saiu da pista e atravessou o túnel.

Um dia ruim, um terceiro lugar final e quatro outros páreos sem beliscar nenhuma grana. Em um deles havia saído com um cavalo favorito, com seis a cinco. Larry gostava de correr na frente ou entre os primeiros, mas parecia que seu agente nunca mais tinha sido capaz de lhe arrumar um cavalo corredor.

Chegou ao vestiário, tirou seu traje. Seu valete tinha ido embora. O desgraçado tinha um encontro com uma balconista do McDonald's.

Sentia-se bem debaixo do chuveiro. Lance Griffith estava a uma ou duas cabines de distância. Havia chegado em segundo lugar na corrida principal, com um cavalo que pagou dezesseis para um, e estava bastante satisfeito.

– Ei, Larry!
– E aí?
– Vamos sair e comer alguém hoje à noite!
– Sou um homem casado, Lance…
– E que diabos isso tem a ver? Eu também sou!
– Não faz meu estilo.
– Não seja babaca, Larry. Enquanto nós estamos montando cavalos, nossas queridas esposas estão montando outra coisa.
– Eu não penso assim.
– Você acha que elas dormem conosco porque pesamos cinquenta quilos ou porque medimos um metro e meio? Você tem que cair na real, cara.
– Olha, eu acabei de levar um tombo. Estou machucado. Não estou a fim de ouvir um monte de merda.
– Está bem, Larry, está bem…

A perna direita tinha enrijecido e doía para dirigir. Maldito McKelvey, preocupado com a renda do hipódromo. Aquele hipódromo ia continuar lá por muito tempo. Eles iam morrer e o hipódromo ia continuar lá.

A casa era linda. Havia custado 300 mil dólares e quase não tinha hipoteca. Larry embicou na entrada, estacionou o carro na garagem, subiu as escadas, abriu a porta e Karina estava falando ao telefone, com seu lindo corpo de 1 metro e 82. Larry era como a maioria dos jóqueis. Gostava de mulheres altas. Cabelos longos. Ensino superior. Classe.

– Reena, querida – ele disse.

Karina deu uma olhada para Larry, fez sinal para que ele ficasse quieto. Estava muito concentrada em sua conversa telefônica.

– Sim, mãe, veja bem – ela disse –, você deveria se cuidar mais. Precisa ter mais amigos. Ah, eu sei quando você está deprimida... conheço a sua voz. Aliás, quando vem nos visitar? Está tão bonito aqui... As árvores estão cheias de frutas, tangerinas, laranjas, limões... Larry e eu adoramos sua companhia! O quê? Ah, não seja boba! Estou falando sério! Olha, Larry acabou de chegar!

Karina lhe dirigiu um olhar penetrante e disse em voz baixa:

– Diga oi a mamãe.

Larry pegou o telefone.

– Olá, Stella... Como vai?... Que ótimo... Oh, acabei de chegar... O quê? Ah, eu estava correndo... Não, hoje não ganhei nenhuma... Quem sabe amanhã... Sim, sim, aqui está calor... Bem, cuide-se por aí... Te passo a Karina...

Passou o telefone para a mulher. Então atravessou a sala e subiu as escadas. Entrou no banheiro e encheu a banheira com água quente. A perna estava realmente ficando ruim.

Larry foi até o quarto, tirou os sapatos e as meias. Então, sentado sobre a cama, tentou tirar as calças. A perna direita havia enrijecido. A dor era tremenda. Não estava conseguindo tirar as calças. Enquanto tentava, começou a rir. Era tão ridículo. Por fim, conseguiu.

Com a camiseta e a cueca foi mais fácil. Conseguiu levantar-se. Deu uns poucos passos com a perna levantada. Foi em direção ao banheiro. Entrou, inclinou-se sobre a banheira, abriu um pouco a água fria e com a mão a misturou com a quente. Ainda estava inclinado sobre a banheira quando Karina entrou.

– Acho que você foi um pouco grosseiro com mamãe...

– Reena, essa não era minha intenção. Apenas não conseguia pensar em nada para dizer.

– Ah, não? Bom, você poderia se esforçar um pouco mais. Minha mãe tem sentimentos como todo mundo! Ela passou por muita coisa, é uma pessoa maravilhosa e muito corajosa.

Larry ergueu o corpo, olhou para a parede atrás da banheira.

– Tenho certeza que sim, querida.

– Não é o que você pensa de verdade, você só está *dizendo*.

– Bom, *que diabos*, eu mal conheço a sua mãe.

Larry conseguiu entrar na banheira. A água parecia estar na temperatura certa. Foi entrando devagar. A água quente aliviava bastante a dor na perna.

– Você deveria fazer um *esforço* para conhecê-la...

Karina estava em pé, tão alta, olhando-o de cima. Todo aquele corpo. Aquelas pernas graciosas. Uma mulher e tanto. E sabia se vestir. Estilo, classe. Elegância. Aquele cabelo comprido. Ruivo mesclado com dourado. E natural. Aqueles olhos verdes profundos. Aqueles olhos que sabiam rir. E aqueles dentes perfeitos. Um belo nariz, um belo queixo. O pescoço um pouco longo. Mas um bom cérebro. E sabia se vestir. Estava usando a roupa que ele mais gostava, o vestido azul-escuro que lhe caía tão bem.

– Eu disse: *"Você deveria fazer um esforço para conhecê-la!"*.

– Reena, estou realmente acabado...

– Sempre pensando em *você*. Você só pensa em você!

– Só penso em mim?

– Você acha que não existe mais ninguém aqui? Só você? O grande jóquei? E, ultimamente, o não tão grande jóquei!

– Reena, você está para menstruar?

– Não, e *você*? *Você* está *para menstruar*?

Karina se inclinou sobre a banheira, as mãos apoiadas na borda, os olhos fixos, o cabelo louro-avermelhado caindo em cachos.

– Olha, meu amor, sinto muito se...

– Não me chame de *meu amor*!

Larry decidiu se dar por vencido. Não havia nada a dizer. As palavras só deixariam a coisa ainda mais feia.

Olhou-a de relance e viu que ela sorria, então pensou, ah, já vai melhorar, tudo isso deve ser uma espécie de piada.

Mas não era esse tipo de sorriso.

E então o sorriso desapareceu. E ela voltou a falar.

– Agora você está *fugindo da conversa*? Não quer *falar* mais no assunto!

Larry salpicou um pouco de água debaixo do queixo, sentindo-se um pouco estúpido ao fazê-lo.

– Olha, Reena, vamos esquecer isso e começar tudo de novo. Vamos tomar um drinque e relaxar. As coisas não são assim tão trágicas.

Karina se inclinou, chegando mais perto.

– Um drinque? Um drinque, um drinque, um drinque, um drinque... Um *drinquezinho*. *Isso* resolve tudo, não é?

– Ajuda...

– Você não consegue encarar *nada* sem um drinque?

Ele sabia o que ela queria ouvir, então disse:

– Não.

Karina, furiosa, pôs a mão dentro da banheira e jogou um punhado de água na cara dele.

– Seu *filho da puta*! Seu *filho da puta* estúpido!

Tinha lágrimas nos olhos. Ele sentiu o estômago revirar. Queria estar em qualquer lugar menos ali. Queria estar na cadeia, queria estar na sarjeta, queria estar perdido em um deserto, queria afundar em areia movediça até desaparecer.

– Me deixe sozinho – ele disse.

Karina se inclinou, aproximando-se mais. Ela já não parecia tão bonita.

– Deixar você sozinho? Deixar você *sozinho*? Para quê? Para você se distrair sozinho? Para você se *masturbar*?

– Sim – disse Larry –, *isso*. Deixe eu ter ao menos *isso*.

– Ah, ah... meu *Deus*, como fui acabar casada com *você*?!

Larry olhou para ela.

– Por favor, eu imploro, apenas saia daqui e me deixe *em paz*!

– Por que fui me casar com um homem *miniatura*? – ela começou a dizer. – Eu poderia ter...

E então um lampejo incontrolável de cólera percorreu o corpo dele, e depois outro, agarrou-a pelos cabelos e pelo pescoço e a puxou violentamente para dentro da banheira com ele.

Houve um estrondo e pernas e cotovelos jorraram água para todos os lados, e ela estava ali. Ele era grande o suficiente para contê-la e montou em cima dela enquanto ela chutava e se debatia. Estava acostumado a lidar com cavalos chucros de mais de 600 quilos, sentiu os dedos penetrando a boca da mulher, seu nariz, segurando sua testa, e empurrou forte para baixo, muito forte, e a cabeça dela ficou submersa e ele a manteve ali, manteve-a debaixo d'água, pensando, ela está quieta agora, mas ele não pôde seguir adiante, largou-a por fim, ofegante, quase asfixiada. Ele saiu da banheira envergonhado. Pegou uma toalha e enrolou-se enquanto Karina permanecia sentada na banheira com seu vestido azul-escuro e as duas mãos cobrindo o rosto. Ficou ali sentada nessa mesma posição.

Larry se sentiu horrível, insano, pior do que o próprio demônio.

Foi até o quarto, vestiu um roupão. Sentou-se em uma cadeira junto à janela. A tarde havia se convertido em noite. Para baixo e para o lado leste ele podia ver as luzes da cidade. Elas pareciam tão calmas.

Então ouviu Karina sair da banheira. O barulho da água se agitando. Ela tossiu.

Ele a ouviu caminhar. Ouviu a água pingando à medida que ela caminhava. Sentiu-a se aproximar por detrás dele. Esperou e contemplou as luzes da cidade.

# a guilhotina

conheci meu amigo negro há muito tempo quando tra-
balhávamos juntos no mesmo
fosso de agonia, agora o vejo ocasionalmente nas arquibancadas centrais do
hipódromo, senta-se sozinho e trabalha com afinco nos
prognósticos (faz tempo que
joguei fora esse negócio, ao perceber que quase todo
mundo tem um e que quase
todo mundo perde). seja como for, no último domingo
eu o vi:
"olá, Roy..." "olá, Hank..." "acho o 9 uma boa", eu disse.
"talvez", ele disse, "mas há um cavalo que nunca
vencerá..." ele me disse que era o cavalo 4.
o 4 pagava três para um; fui até o guichê e cancelei o 9
e comprei
um bilhete no 4, então voltei para ver a corrida.
o 4 acordou no último momento e
venceu.
eis o meu sistema: escuto alguém espinafrar um cavalo
e eu
aposto nele. isso é melhor do que qualquer
prognóstico.

eu costumava ir ao hipódromo com uma namorada e
ficava de olho em quem ela
apostava em cada corrida: se apostava no favorito, eu ia
no segundo favorito.
se ela apostava no segundo, eu apostava no favorito. se
ela ia no terceiro
favorito, eu ia no segundo favorito.

durante todas as vezes que fui às corridas com ela só
   perdi uma
vez.
ela nunca venceu.
aquilo deixou ela tão puta que parou de me
ver.

nesta segunda, feriado, Dia de São Patrício, eu estava na
   fila atrás de uma pequena
senhora vestida de verde; era uma corrida de seis cavalos e a ouvi
fazer sua aposta: ela queria dois bilhetes no cavalo 1,
   dois no cavalo 2, chegando em primeiro ou segundo,
dois bilhetes secundários no 4, dois no 5 e dois na vitória do 6.
ela deixou o 3 de fora e o 3 era um cavalo azarão, onze
   para um.
apostei cinco bilhetes no 3 e o 3 venceu por dois corpos
   e meio.

você pode me chamar de abutre, alimentando-me dos
   miolos dos perdedores
mas isso não custa nada mais a eles e eles perderiam de
   qualquer jeito
qualquer um pode perder, não é preciso nenhuma arte
   para perder e não há nenhuma
bravura, é uma coisa imbecil.
eu conhecia um cara que entrava como uma tempesta-
   de em meu apartamento: "merda,
perdi outra vez! até o último centavo!"
ele podia dar um jeito de arrumar um álibi para cada
   uma das derrotas
mas nada mudaria o resultado final.

"sente-se", eu dizia, "e tome um bom trago..."

então eu servia a ele um dos meus caríssimos uísques e
    ele ficava ali sentado,
o cabelo sobre os olhos, com as meias podres fedendo,
    sua camisa com botões
faltando aqui e ali
e ele secaria a bebida
desgostoso com a vida e com a morte
tanto quanto eu.

## **um anjo e um imbecil**

a cada dia
nas corridas
eles faziam o mesmo anúncio
sobre
o Time do Portão de Partida
os Clydesdales que pesavam 14
toneladas
e
puxavam o portão de partida até
sua posição

e diariamente
com o sistema de som a
pleno vapor
éramos lembrados
disso.

hoje
depois do anúncio
tive que ir dar uma
mijada
e então
um cara velho
entrou correndo ali
e
gritou com tudo:
"QUEM SE IMPORTA COM ESSA PORRA DE
CLYDESDALES? EU VENHO AQUI PARA
   APOSTAR
NOS CAVALOS! FODA-SE QUE

**OS CLYDESDALES PESEM 40 TONELADAS!
QUE PORRA É ESSA?!"**

o velho
terminou sua parada e
saiu.
eu lavava minhas mãos na pia
quando um homem próximo de mim
ergueu os olhos e
disse: "espero nunca ficar desse
jeito e se ficar espero que
me trancafiem".

olhei para ele e disse: "você
nunca ficará assim".

então saí
dali.

## **sou conhecido**

é um dia ruim nas
corridas: fiz umas
jogadas infelizes
produzidas mais por
falhas mentais do que
qualquer outra
coisa –
é apenas o efeito do
desgaste da
batalha.
muitos jogadores sofrem
disso.
um amigo jogador de longa
data
uma vez me descreveu o
caso
como
"o desejo de morte".

além disso, faz muito
calor e a poluição misturada à neblina
espalha-se sobre tudo:
os cavalos, os jóqueis,
o quadro de apostas
e
sofro de uma ressaca
pior
do que o
normal

quando surge de súbito esse camarada com
uma cara de papelão, olhos
falsos, uma voz de
megafone:
"EI, CHUCK! COMO VAI?"

não o conheço
mas lhe digo: "não
muito bem..."

então me viro, me
afasto...

"NADA BEM, NÃO É,
CHUCK?"

eu o escuto...

bem, em algum lugar além do arco-íris
voam pássaros azuis
e espero que eles caguem
bem em cima
dele.

## **gosto dos seus livros**

dia desses na fila de
apostas
um homem atrás de mim perguntou:
"você é Henry
Chinaski?"

"aham", respondi.

"gosto dos seus livros", ele
seguiu.

"obrigado", respondi.

"quem é seu preferido nesta
carreira?", ele perguntou.

"nã nã", respondi.

"gosto do cavalo 4", ele
me disse.

fiz minha aposta e retornei
ao meu lugar...

na carreira seguinte eu estava na
fila e ali estava o mesmo homem
outra vez atrás de
mim.
havia pelo menos 50 filas
atrás das cabines mas
ele tinha de achar a minha outra
vez.

"acho que nesta carreira levam vantagem os que correm atrás", ele disse junto à minha nuca. "a pista parece
pesada."

"escute", eu disse, sem me
voltar, "é como o beijo da morte
falar sobre cavalos durante as
corridas..."

"que tipo de regra é essa?",
ele perguntou. "Deus não faz
regras..."

me virei e olhei para ele:
"talvez não, mas eu
faço".

depois da carreira
voltei à fila, dei uma olhada para
trás:
ele não estava ali:

mais um leitor perdido.

perco 2 ou 3 a cada
semana.

beleza.

deixe que voltem para o
Kafka.

# lugar nenhum

bem, onde eles estão?
os Hemingways, os T. S. Eliots, os Pounds, os
e. e. cummingses, os Jefferses, os William Carlos
Williamses?
onde está Thomas Wolfe? William
Saroyan? Henry
Miller, Celine, Fante, Dos
Passos?
onde eles
estão? mortos, eu sei
mas onde estão as re-
posições, onde estão os
novos?

para mim, a galera atual não passa de um bando de
farsantes
frouxos.

onde está Carson McCullers?

onde está um?
onde um que
seja?
onde eles
estão?

o que aconteceu, o que deixou de
acontecer?

onde está nosso Turguêniev? nosso
Gorki?

não peço por um
Dostoiévski, não há reposição
para
Fiódor Mikhailovitch.

mas
esses agora, quem são
eles: fazendo voar seus pequenos
respingos, que
inépcia ensaiada, que
chatice de
linguagem, que
truque bastardamente crasso
contra a impressão
contra as páginas
contra inspirar e
expirar

aí está
esta perda de uma força
natural e bela.

olho ao meu redor e
volto a olhar
e
digo: onde estão os
escritores?

# **CAMUS**

Larry acordou, saiu de debaixo dos lençóis amarrotados, andou até a janela que tinha vista para o lado leste do bairro. Viu os telhados das garagens e as árvores com seus galhos secos. Estava de ressaca, como de costume, foi até o banheiro para mijar, fez isso, virou-se para a pia para lavar as mãos, depois jogou água no rosto. Então tomou coragem: olhou o rosto no espelho, achou-o nada encantador. Ligou a torneira e deixou a água correr na banheira, pensando, o problema com a História dos Homens é que ela não leva a lugar nenhum senão à morte inevitável do indivíduo, e isso era banal e grotesco, lixo à espera de ser recolhido.

Seu gato, Hog, entrou no banheiro. Hog apenas o encarou, queria sua comida de gato. Aquele animal, pensou Larry, não passa de um estômago ambulante, e se eu quiser viajar para o leste por algumas semanas terei de levar o filho da puta comigo no avião ou matá-lo com um tiro. Se eu quiser viajar para o leste, talvez eu deva atirar em mim mesmo; mas eu não quero me dar um tiro. Muitos homens levaram tiros, eu quero algo mais singular. Remédios? Não, remédios são muito blasé, mesmo quando levam à morte.

Larry observou novamente o rosto no espelho: fazer a barba? Não.

Larry chegou na sua aula das onze da manhã.

Lá estavam elas: aquelas meninas jovens, a promessa que nunca durava, aquelas meninas jovens, lindos e efêmeros ornamentos, tão radiantes, tão frescas. Ele gostava delas. Os meninos eram quase tão bons quanto as meninas. À medida que as décadas passavam, os meninos e as meninas estavam se tornando quase uma coisa só. Os meninos tinham uma graça que meninos dessa idade jamais tiveram. Também pareciam mais gentis. Uma coisa que lhes parecia faltar era coragem, mas talvez a coragem deles fosse mais sublime, oculta. A Geração da Bomba Atômica havia criado uma turma estranha, e Larry havia decidido há tempos que julgá-los era apenas um escudo protetor que servia para encobrir suas próprias fraquezas.

Larry olhou para eles por detrás da sua mesa. Aquela mesa, o símbolo do poder.

– Bem, que merda... – ele disse.

Alguns riram.

– Eu já fiz merda – um cara brilhante disse.

– Você se limpou? – perguntou Larry.

– Provavelmente não o suficiente – o cara brilhante respondeu.

– Essa é a resposta para praticamente tudo – Larry sugeriu.

– Ei – disse um garoto gordo que vestia um macacão amarelo de uma das classes do fundo –, todo esse papo sobre *merda*. Eu achava que esse curso era sobre Literatura Moderna. É para *isso* que eles te pagam?

– A maioria dos homens é terrivelmente incompetente em sua profissão. Talvez eu seja um deles. Não tenho certeza. Mas uma coisa da qual eu *tenho* certeza é que posso cagar você a pau. Isso não é realmente importante, mas por alguma razão me tranquiliza.

O garoto do macacão amarelo levantou-se em um salto:

– *Pago* para ver!

– Beleza – disse Larry –, vamos lá.

A turma marchou lentamente para fora da sala. Esperaram por Larry e o garoto. Formaram um círculo sob o carvalho perto da biblioteca. Os guerreiros chegaram. Larry tirou o casaco, atirou-o no chão. O garoto gordo de macacão inspirou profundamente e se inflou todo. Parecia um sapo gigante. Então ele atacou.

Larry começou a acertá-lo com uns jabs, depois deu-lhe um soco no estômago. O gordo deixou escapar um peido e recuou.

Então o garoto gordo começou a andar em círculos. Larry começou a andar em círculos.

Ambos andavam em círculos. Eles circularam e circularam.

– Vamos lá! – alguém na multidão gritou. – Comecem logo essa briga!

Larry fez um sinal chamando o garoto gordo:

– Vamos lá, vou fazer picadinho de você.

– Seu velho de merda – disse o garoto gordo –, vou cagar você a pau!

Eles continuaram andando em círculos. Alguns dos alunos voltaram para a sala de aula para recolher seus pertences. Outros saíram para algum outro lugar.

Então Larry e o garoto estavam sozinhos, andando em círculos.

O garoto gordo disse:

– Vou falar com meu pai e ele vai dar um jeito de colocar você no olho da rua!

– Nós não vamos brigar – disse Larry –, temos medo um do outro.

Larry se virou e voltou para a sala de aula. Quando chegou lá, cerca de metade da turma estava esperando.

Então o garoto gordo entrou e se sentou no mesmo lugar onde estava antes, no fundo da sala. Larry olhou para ele:

– Vai ser muito difícil você tirar "A" na minha cadeira.

– Eu sei – respondeu o garoto. – Para isso é preciso ter uma boceta nova e apertadinha.

– E mais de uma vez – Larry completou.

Larry observou o que tinha restado da turma:

– Agora, se *mais* alguém quiser levar uma surra, por favor, levante-se!

Um dos garotos se levantou. Depois outro. Logo estavam todos de pé. Então uma das meninas se levantou. Depois outra. E então a turma toda estava de pé.

– Está bem – disse Larry –, sentem-se. Ou vou reprovar toda essa porra de turma.

Eles sentaram.

– O poder destrói – Larry disse a eles –, e a falta dele cria um mundo de desajustados. Mas vou livrar a cara de vocês. Não vou reprová-los se um de vocês me disser o nome de um escritor realmente bom. Seu nome soletrado ao contrário é "s-u-m-a-c".

– *Smack* – disse algum espertinho.

– Não. Esse é "Kcams", o grande poeta húngaro e ladrão de cavalos do século XIX. Vocês acabam de ser reprovados. O que acham disso?

– O que você acha do Capote? – alguém perguntou.

– Nunca penso nele.

– Mailer?

– Só gosto das esposas.

– Deus?

– Eu particularmente não penso em Deus.

– Se você particularmente não pensa – alguém disse –, isso significa que você particularmente pensa.

– Você quer dizer – perguntou Larry –, que se eu não trepo isso significa que eu trepo?

Então bateu o sinal, reverberando para todos.

Tenho a impressão de que se passaram só vinte minutos, Larry pensou. Nada como um pouco de exercício físico para passar o tempo.

– Quando nos encontrarmos na próxima quarta-feira, se nos encontrarmos – Larry dirigiu-se aos estudantes que se preparavam para ir embora –, estarei esperando um ensaio de cada um de vocês, o tema é "Quem Escreveu Nosso Hino Nacional e Por Quê?"

Eles avançaram para fora da sala, murmurando profanidades do tipo o que isso tem a ver com Literatura Moderna?

Então todos foram embora, com exceção de uma jovem que se aproximou da mesa de Larry.

A luz do meio-dia lhe caía muito bem, atravessava seu vestido leve e justo. Ele ficou ali sentando. Sentiu o flanco dela roçar em seu ombro esquerdo.

– Gosto de você, Jansen – ela disse, usando o sobrenome dele. – Não sei bem como dizer isso, pode soar estranho...

– Apenas pressione uma perna contra a outra bem forte e tente.

– Bem, entendo por que sua cadeira é a mais popular na faculdade. É enérgica, vívida, é divertida, tem alma...

– Alma, é disso que precisamos. Obrigado...

– Denise.

– Obrigado, Denise.

Ela pressionou seu flanco contra ele.

– Isto é um pouco mais fácil de dizer: se um dia você quiser aquela boceta nova e apertadinha de que você sempre fala...

– Você não está falando sério? – ele levantou a cabeça e olhou para ela.

– Claro, para ganhar aquele "A". Estou falando sério.

Larry continuou olhando para ela.

– Pelo amor de Deus, você acha que eu me vendo assim tão fácil?

– Sim – ela sorriu –, apenas escreva seu número de telefone naquele bloco ali, arranque a página e me dê. Eu cuido do resto...

Larry pegou sua caneta e anotou o número, fez com que ele deslizasse até tocar o flanco dela. Ela baixou a mão, pegou o papel, dobrou-o e então foi embora.

Larry se levantou, vestiu o casaco. Tinha uma aula às duas da tarde e nenhum outro compromisso depois disso.

De uma coisa, no entanto, ele estava certo. Ia reprovar aquele gordo filho da puta de macacão amarelo. E isso já não era alguma coisa? Arthur Koestler e sua esposa em um duplo suicídio?

Saiu da sala de aula e logo estava no gramado do campus. Hora de um almoço tranquilo no Blue Moon e alguns drinques. Ficava a cerca de um quilômetro e meio de distância da universidade, mas valia a viagem. Era um ótimo lugar para relaxar.

## **demais**

Brawley era um bom tipo
normal como uma bolsa de água quente
então ele
sentiu se acumularem alguns quilômetros
começou a se preocupar com a
idade

devorava comprimidos de vitamina como
amendoins

quando o visitei
sua casa estava cheia de
ferros

puxava e puxava os ferros

e
a cada visita seguinte
eu o notava
mais
bombado e
azul:

um bloco
metálico

seus olhos
retrocederam
em relação à
testa

seu sorriso
se entortava

como uma
tira de borracha

ele passava óleo no
corpo
e ficava na frente
de
espelhos

eu já não sabia
quem ele
era

ele apenas
bombava e
bombava

e
olhava e se olhava
no espelho

ele me disse:
"você tem que
se puxar, eu
me sinto
renascido."

"a gente se vê",
eu lhe
disse.

agora quando as pessoas
me perguntam: "tem visto
o Brawley
ultimamente?"

"pra dizer a verdade, não",
digo a elas
e mudamos para
assuntos
mais interessantes

como o
Inverno
Nuclear.

# o inferno é um lugar solitário

ele tinha 65, sua esposa 66, e ela
sofria de Alzheimer.

ele tinha câncer de
boca.
houve
operações
radioterapia
que afetaram os ossos de seu
maxilar
que tiveram de ser atados
por fios.

diariamente ele colocava
fraldas geriátricas na esposa
como num
bebê.

incapaz de dirigir em seu
estado de saúde
ele tinha de pegar um táxi
até o centro
médico,
tinha dificuldade em falar,
tinha de
anotar o
endereço.

em sua última visita
eles o informaram de que
haveria uma nova
operação: um pouco mais da

face
esquerda e um pouco mais da
língua.

ao retornar
trocou as fraldas da
mulher
colocou comida pronta
no forno, viu as
notícias da noite
então seguiu até o
quarto, pegou o
revólver, encostou contra a têmpora
dela, disparou.

ela caiu para a
esquerda, ele se sentou no
sofá
pôs o cano dentro da
boca, puxou o
gatilho.

os disparos não alertaram
a vizinhança.

mais tarde
o cheiro de queimado da comida
sim.

alguém chegou, escancarou
a porta, viu
tudo.

logo
a polícia chegou e
começou a seguir o

procedimento, encontrou
alguns itens:
uma conta de poupança
encerrada e
um extrato com o
saldo de
US$ 1,14

suicídio,
deduziram.

em três semanas
havia dois
novos inquilinos:
um engenheiro de computação
chamado
Ross
e sua esposa
Anatana
que estudava
balé.

eles pareciam outro
par altamente
dinâmico.

# **não do mesmo molde**

naquela noite
ele andara dirigindo
pelado
na
autoestrada
houve um
estouro
levou o carro
ao
acostamento
começou
a trocar o
pneu.

aquilo causou um
engarrafamento
de tão
terríveis
proporções
que
a polícia
rodoviária
teve dificuldades
de chegar
até
lá.

ele estava
bem: tinha
tirado o pneu
furado e colocado

o outro
entrado no carro
partido
pela
saída da
autoestrada
antes que eles
chegassem
lá.

um bom
cidadão deu
o número da placa
para eles
e a
chamada
foi dada.

duas horas
depois
o carro
foi
localizado
na parte externa de
um
cemitério
de classe
média.

uma busca
trouxe
apenas à tona
os
mortos
de há muito.

nem rastro
do
motorista.

o carro
era
roubado.

há
todo tipo
de
loucos

alguns mais
talentosos
em seus
caminhos

do que os
sobrenumerosos

estúpidos
estupidamente
sãos.

# **palavra final**

lá estava ele naquele quarto
enfiado
debaixo daquele lençol branco:
cego
as pernas amputadas:
vez após
vez,
eles continuavam decepando-lhe
as partes.
todas as operações, era
só o que eles sabiam
fazer
bem.

ele falava de coisas muito
variadas, em especial sobre um
assunto de que ambos estávamos
imbuídos
e sobre o qual ele continuava
estranhamente
interessado.

a enfermeira entrou,
indicou-me
que
ele precisava
descansar.

eu disse a ele que
precisava
ir.

"há uma coisa
terrível
que finalmente acontece à maior parte das
pessoas", ele
disse.

Então ele sussurrou o que era.

nós nos
despedimos.

naquele longo caminho de volta
à cidade
na
autoestrada

eu via aquilo
em toda parte

gritante e
batido e
tremulante

pendurado
lá em
cima no
céu

a pança gorda do
paraíso
riu:

"amargura".

# Jeffers

seu horizonte ensanguentado
seus falcões lançando sombras de
condenação
seus garanhões maiores que
homens
ou
se não isso
então certamente mais
resistentes e ternos,
parados sob uma amorosa
luz.

sua voz era escura
uma pronúncia como pedras
uma voz não esvaziada pelas
forças ordinárias da
avareza, da esperteza e da
necessidade

ele estava em uma caçada
escutando a vida

ele conhecia a cautela de um dado
momento
a futilidade de uma demanda
inútil

nunca seria um criador
popular: as pessoas precisam ser
bajuladas
não relembradas de antigas
maldições

ainda efetivas para nossa
dessintonizada
atualidade.

ele estava mais próximo da fera que do
homem
mas ainda assim mais homem que um
homem.

D. H. Lawrence poderia ter sido
um primo
espiritual
mas Jeffers foi
um passo adiante
rompendo aquele último
elo
que mantivera Lawrence
sepultado.

Jeffers sabia sobre o inferno e
sobre o segredo do
inferno: podia ser agora
ou podia ser mais
tarde

mas inferno ou não
ele posicionara o
momento – aceitara o bote da
eterna dor, o modo como seguimos em frente
curiosamente
dentro desse
terrível
problema

Jeffers através de um dos lados
da montanha, Jeffers
furioso ao sol

sua terra gigantesca e arrasada
urrando
contra o tempo
estúpido.

# **FAMA**

John Marlowe e seu agente David Hudson estavam se revezando no volante. John estava dirigindo quando deixaram para trás as colinas baixas e avistaram a estrada longa e reta que parecia interminável.

Dave acendeu um cigarro.

– Merda, se tivéssemos pegado um avião estaríamos jogados na cama em Nova York pedindo drinques pelo serviço de quarto...

– Me desculpe, Dave, mas eu não consigo encarar outra viagem de avião que nem aquela última.

– O que aconteceu?

– Bem, não tive nenhum problema no aeroporto e pensei que a viagem seria boa e tudo estava bem até que embarcamos e a aeromoça veio perguntar o que queríamos beber.

– E aí?

– Sim. Fiz o pedido e ela meio que piscou para mim, mexeu um pouco os quadris. Então ela perdeu completamente o profissionalismo e quase berrando me perguntou: "Você é *John Marlowe*, não é?".

– E o que aconteceu?

– O que aconteceu? A viagem foi arruinada! As pessoas vinham me pedir autógrafos, viravam para trás em seus assentos e ficavam me encarando.

– Isso é tão ruim assim, John? Eu não me importaria.

– Olha, Dave, você começaria a se importar depois de um tempo. Você nunca pode ser você mesmo, nunca pode ficar à vontade, nunca pode relaxar.

– Você quis ser ator. Cinco anos atrás ninguém sabia quem você era.

– Gosto de atuar, é só o que sei fazer. Mas você acaba descobrindo que não há nada melhor do que a privacidade. Você só percebe o valor dessas coisas quando as perde.

– Porra, cara, olhe o *dinheiro* que você está ganhando! Um pouquinho de sofrimento não vai mal.

John Marlowe riu.

– Você tem razão, claro. Mas pelo amor de Deus...

Dirigiram em silêncio por algum tempo. Pelo menos não há ninguém aqui, pensou John. Apenas lebres, cobras e mato.

– No avião – disse John –, a pior parte foi quando exibiram um dos meus filmes. Pense nas chances de isso acontecer! Cá estou eu no avião e de repente ali estou eu, dentro da telinha. Meu pior filme, *Assassino de aluguel*, tive que assistir junto com eles. Quando terminou, todos no avião aplaudiram.

O agente apagou o cigarro no cinzeiro.

– Você é famoso, John, faz sucesso. Você conhece o ditado: "São os ossos do ofício".

– É, mas ainda assim é bom estar aqui dirigindo sem ninguém por perto.

– Ei, John, eu estou aqui!

– Não foi isso que eu quis dizer. O que estou dizendo é que você está acostumado comigo. Consigo relaxar na sua presença. Porra, cara, você não sabe o que é não poder ir ao supermercado ou renovar sua carteira de motorista ou sair para comer sem ser reconhecido. Você não pode fazer nenhuma dessas coisas rotineiras que as pessoas normais fazem. É um inferno.

O ator parou o carro no acostamento e abriu a porta.

– Dirija você um pouco, Dave.

Dave deslizou para o banco do motorista e o ator entrou pelo outro lado. Seguiram adiante.

– Você não consegue nem ter uma namorada de verdade, Dave. Fica achando que ela só está com você porque é famoso.

– Eu comeria todas elas, John.

– Isso perde a graça muito rápido. Você quer algo real.

– *Todo mundo* quer algo real, mas muito poucos conseguem.

– Você tem razão. E estou me queixando demais, eu sei. Mas a coisa mais estranha de ser famoso é que você não se *sente* famoso. Você se sente como sempre se sentiu. Você só é famoso aos olhos do público. A coisa toda é como se fosse um sonho, se é que você me entende...

– Puta que pariu, você fica com o meu trabalho e eu fico com o seu!

– Dave, eu não me importaria em trocar com você, não me importaria mesmo. Só que você é um bom agente e eu sou um bom ator, e estamos presos a isso.

– Ei, olhe ali – disse Dave –, estou vendo um canto para a gente comer logo ali adiante. Vamos parar. Uma cerveja e um hambúrguer cairiam bem.

– Está bem – falou John.

Eles pararam e estacionaram, saíram do carro e entraram no café, Louie's Haven. Eram duas da tarde. O lugar era sujo e estava vazio, só uma garçonete e o cozinheiro. Sentaram-se no único reservado e esperaram. A garçonete deu uma olhada na direção deles, mas seguiu conversando com o cozinheiro. Ela sabia que não havia outro café por mais de trinta quilômetros.

– Gostei deste lugar – disse John –, é sossegado.

– Sim, mas minha boca está sedenta de uma cerveja.

– Ouça, Dave, por que temos que fazer esta merda de viagem, afinal?

– Está no contrato. Você assinou o contrato. Aparição pessoal, Nova York. Você tem uma entrevista no *Bom dia, Nova York*, para falar do seu novo filme. Ótima divulgação.

– Que merda.

– Bem, você assinou o contrato. Olha, lá vem ela!

A garçonete era uma garota gorducha de vestido rosa, devia ter uns 22 anos, mascava chiclete, usava tênis brancos. No seu avental estava escrito: SIRVO QUENTE E NO PONTO! Ela parou ao lado da mesa e olhou pela janela como se tivesse alguma coisa lá fora.

– Meu nome é Eva – ela disse –, não temos cardápio. Está tudo no quadro.

Havia um quadro-negro na parede. Dizia:

```
Sopa de Galinha
Chili
Torta
Sanduíches
Tamales
Cerveja
```

– Vou querer – disse o agente – um hambúrguer com cebola e uma cerveja. Vou querer a cerveja agora, por favor.

A garota gorducha continuou olhando pela janela.

– Vou querer um sanduíche de rosbife e um café – disse o ator.

A garçonete ficou mais algum tempo olhando pela janela. Então se virou como se estivesse braba e eles ficaram olhando sua bunda gorda se mover para cima e para baixo sob o vestido rosa. Ela disse alguma coisa ao cozinheiro e então, após uma espera que pareceu bem mais longa do que o necessário, voltou até o reservado com uma garrafa de cerveja coberta por um copo e uma xícara de café sobre um pires. Atirou a cerveja na frente de Dave, então olhou para John Marlowe pela primeira vez.

Ela piscou várias vezes, parou de mascar o chiclete. Ficou ali parada segurando a xícara de café sobre o pires. Sua mão começou a tremer. A xícara chacoalhava e tremia sobre o pires. O café preto saltava para fora da xícara.

– Oh, oh, você é *John Marlowe*, não é?

– Sim, acho que sou. E este é o meu amigo Dave Hudson.

– Prazer em conhecê-la, senhorita – disse Dave Hudson.

– JOHN MARLOWE!

Ela conseguiu colocar a xícara de café em cima da mesa. Sua boca se abriu, formando um pequeno buraco redondo. Ela inspirou, expirou.

– Ai, meu Deus! – ela disse. – Quase me caguei nas calças agora!

– Ouça – disse o ator –, relaxe. E me traga uma cerveja também, por favor.

A garçonete saiu correndo. Então voltou em um instante com a cerveja e uma caneta. Ela pôs a cerveja sobre a mesa e puxou um guardanapo do dispositivo de alumínio.

– O senhor poderia me dar um autógrafo, por favor, sr. Marlowe? E escreva "para Eva", "Eva Evans"!

Então eles esperaram a comida. A garçonete parou ao lado do cozinheiro, que não deixava de encará-los. Uma quantidade enorme de fumaça subiu. Ele queimara o hambúrguer. Colocou outro na chapa. Então a garçonete saiu de trás do balcão e andou rapidamente até o telefone. Eles a viram discar diversos números e sussurrar animadamente ao telefone.

– É assim que começa – disse o ator ao agente –, é disso que eu estava falando.

Ele pegou sua cerveja e entornou metade.

– Estou com fome – disse o agente –, preciso daquele hambúrguer. Podemos pegar a comida e ir embora.

– Ao menos – disse o ator – não deve ter muita gente nessas redondezas. Não vi nenhuma casa ou fazenda em quilômetros, você viu?

– Não.

A garçonete encerrou os telefonemas e parou bem perto da mesa deles.

– Os sanduíches já estão saindo.

– Só tente trazê-los o mais depressa possível, por favor – disse John Marlowe.

– Sim, senhor! E o Louie mandou dizer que é por conta da casa. Estamos honrados. Oh, Deus, estou quase me cagando.

– Por favor, senhorita – disse John Marlowe –, não faça isso.

– No seu último filme, vi quando você largou tudo para viver com uma índia na reserva indígena! – disse a garçonete.

– Esse não é um filme antigo do John Wayne?

– Não, sr. Marlowe, era VOCÊ!

Então depois do que pareceu uma longa espera eles ouviram: o som de motores. Então as viram: uma motocicleta, uma picape, duas vans velhas, todas Ford, Chevrolet, nenhum carro que não fosse americano, boa gente do interior, levantando poeira no estacionamento, e então a porta do café se abriu e logo todos os bancos do balcão estavam ocupados, a maioria por homens, mas havia duas ou três mulheres e todos eles ficaram ali sentados, ora olhando fixamente para frente, ora girando casualmente em seus bancos e os encarando.

– Devem ser apenas boas pessoas seguindo viagem – pensou John Marlowe –, mas me deixam nervoso.

Mais e mais pessoas giravam em seus bancos e os encaravam.

– Por Deus – disse o agente –, acho que estou começando a entender sobre o que você estava falando.

– Imagine só morder um sanduíche com todas essas pessoas assistindo.

– Não estou com fome. Vamos embora!

– Estou de acordo, Dave.

Marlowe largou uma nota de vinte em cima da mesa e ambos se levantaram.

– EI, ESPEREM! SEUS SANDUÍCHES ESTÃO QUASE PRONTOS! – a garçonete gritou.

Eles caminharam rapidamente até o carro. Entraram. John Marlowe assumiu o volante. Girou o carro para fora do estacionamento e pegou a estrada, mas não antes de notar que as pessoas estavam saindo avidamente do café, correndo em direção à picape e às vans.

– Estão vindo atrás de nós! – gritou John.

– Mas por que diabos? – perguntou Dave.

– Vai saber!

– Que se dane. Esta é uma Mercedes 88. Vamos ver do que ela é capaz!

– Com todo o prazer.

O ator pisou fundo, o carro respondeu bem. Atrás deles havia uma fileira de veículos e uma crescente onda de poeira e fumaça dos escapamentos. Rapidamente eles começaram a se distanciar dos veículos. Com exceção de um. A motocicleta. A moto seguia em seu encalço, implacavelmente.

– O que esse filho da puta quer? – perguntou Dave.

– Não sei. Mas ele não parece estar para brincadeira.

– Ele é louco.

– Sim.

O motoqueiro os seguiu por cerca de dezesseis quilômetros. Eles não conseguiam ganhar distância, nem o motoqueiro conseguia se aproximar. Era perturbador.

– O filho da puta viu filmes demais – disse John Marlowe. – Isso deve ter corroído seu cérebro.

– Verdade – disse Dave Hudson.

Foi então que eles entraram com tudo em uma curva da estrada coberta de cascalho e areia. O carro derrapou, mas a motocicleta deslizou de lado e saiu do chão, arremessando o motoqueiro para longe. Havia algo de definitivo naquilo tudo.

– Ele está liquidado – disse o ator –, o filho da puta já era.

– Muito bem – disse o agente –, rumo a Nova York!

– Rumo a Nova York! – disse John Marlowe.

– Eu não sabia que você dirigia tão bem – disse Dave –, você de fato sabe domesticar a bichinha.

– Obrigado.

– Ei, para onde você está indo?

John Marlowe tinha reduzido a velocidade e estava dando a volta com o carro. Estava voltando pela estrada.

– Não podemos deixá-lo lá desse jeito. Ele pode estar gravemente ferido.

– John, ele é só um fã maluco.

– Até mesmo um fã maluco merece compaixão.

Guiaram o carro de volta. Então avistaram a moto e pararam.

– Lá está ele – disse Dave. Eles saíram do carro e se aproximaram.

O motoqueiro estava ao lado da estrada, pendurado entre uns arbustos. Um dos braços estava dependurado de forma estranha. Estava quebrado. O braço esquerdo. Uma ponta de osso despontava para fora da pele, coberta por uma minúscula mancha de sangue. O homem estava consciente. Seus olhos estavam abertos.

– Você está bem? – perguntou Dave.

– Não, não estou, seu puto – ele disse.

John foi até o carro e abriu o porta-malas. Havia um cobertor ali dentro.

Eles removeram o motoqueiro indignado de entre os arbustos, deitaram-no no chão e o cobriram com o cobertor. Ele parecia incapaz de se mover.

– Você vai ficar bem – disse o ator. – Dave, volte até o café e chame uma ambulância.

– John Marlowe – disse o motoqueiro por debaixo do cobertor –, você não é um grande homem!

– Ouça, John, vamos sair daqui, buscar ajuda e deixar o filho da puta aí. É só um braço quebrado.

– Como você sabe? Ele pode ter lesões internas.

– John Marlowe – disse o motoqueiro –, você não é um grande homem.

Sua mão direita despontou debaixo do cobertor com o revólver. Ele apontou a arma para John Marlowe. Por um momento todos ficaram imóveis. Então o motoqueiro disparou. A bala atingiu John Marlowe bem no meio da cara, logo acima do nariz. John Marlowe caiu sobre o corpo do motoqueiro.

Dave, sabe-se lá como, conseguiu arrancar a arma dele, atirou-a o mais longe que conseguiu para dentro do campo ao lado da estrada, tirou o corpo do ator de cima do motoqueiro, viu a morte e achou aquilo bastante desagradável. Virou de costas, deu alguns passos e vomitou. Tudo tinha acontecido tão rápido. Não era possível.

Voltou-se para o motoqueiro que estava deitado, imóvel, sob o cobertor, os olhos nele. John Marlowe estava estendido a seu lado. Por algum motivo, Dave não sentiu medo algum. Queria matar o motoqueiro. Tudo parecia irreal e nebuloso.

Finalmente ele perguntou com a voz trêmula:

– Por que você fez isso?

– Não sei. Acho que ele *era* um grande homem. Eu o amava.

– Que bela maneira de demonstrar.

– Assim, agora eu sou parte da vida dele, para sempre.

– Você é completamente louco!

Dave se virou e andou em direção ao carro.

– Ei, cara, me leve com você! Preciso de um médico! Não consigo me mexer! Meu braço está doendo muito!

Dave parou, olhou para o homem, depois entrou no carro. A chave estava na ignição. Ligou o carro e dirigiu em direção ao Louie's Haven.

Dave sempre quisera uma Mercedes nova. Agora ele tinha uma. Ao menos por um tempo.

# meu amigo, Howie

era mais azarado com mulheres que a maioria,
 finalmente casou, tiveram
um bebê e tudo correu bem por dois ou três anos até
 que
de uma hora para outra
sua esposa começou a ficar na rua até três ou quatro
da manhã.
"por onde andou?", ele perguntou e ela disse: "ele me
 revela sua
alma, fala comigo, você nunca conversa comigo, você
 é insensível..."
Howie descobriu sobre o cara, um camarada novo,
 vivia com a
mãe, estava metido no mundo das artes.
Howie trabalhava treze horas por dia atrás do dinheiro
 para a
casa enquanto a esposa seguia fora todas as noites e
certa noite
em que ela não saiu o camarada ligou às 3h30 da
 manhã, e Howie
atendeu.
"Quero falar com a Jane", foi o que veio e Howie
 passou
o telefone para a esposa.
eles falaram por uma hora e 25 minutos.
logo depois disso ela disse a Howie: "quando faço amor
 com você eu
penso nele".
"basta!", disse Howie.

o divórcio avançou.

noite dessas, Howie apareceu com uma nova mulher,
    uma garota jovem
e de boa aparência mas manca, tinha que usar uma
    bengala.
sentamos e bebemos e conversamos, apenas ela
não bebeu e

Howie ficou apenas sentado na cadeira que lhe reservei,
    ele é
um cara enorme, e ele bebeu e bebeu e fumou seus
charutos e ele parecia o mesmo e falava as mesmas
coisas mas depois de algumas horas de trago ele disse:
    "não dou a
mínima. nada me incomoda. não faz
diferença".

quando se foram fiquei vendo Howie retornar à estrada
    em seu
caminhão
rápido
sua nova garota muito ereta e parada à sua direita. vi
o brilho de seu charuto através do para-brisa e não sei
quanto a ele mas me dói como se quase tudo isso tivesse
    acontecido
comigo.

## ruína

William Saroyan disse: "arruinei minha vida casando com a mesma mulher duas vezes".

sempre haverá alguma coisa
para arruinar nossas vidas,
William,
tudo depende do
que ou quem
nos encontra
primeiro,
estamos sempre
no ponto e prontos
para sermos
tomados.

vidas arruinadas são
normais
tanto para os sábios
quanto para os
outros.

é somente quando
aquela vida
arruinada
torna-se a nossa
que percebemos
então
que os suicídios, as
bebedeiras, a loucura, a
cadeia, as boletas

e etc. etc.
são coisas normais
uma parte da existência
como o gladíolo, o
arco-íris
o
furacão
e nada
resta
na prateleira da
cozinha.

# até o último dia ou noite de sua vida

"O que você tem eu não preciso e
o que eu preciso você não
tem", ela lhe disse.

e ele entrou em suas
roupas e depois no carro e
dirigiu pelas ruas
noturnas
pensando, o que eu tenho eu
preciso; de fato, preciso disso
cada vez
mais.

estacionou em frente ao bar
entrou
tomou um uísque seguido de uma
cerveja
então foi até o telefone
discou um
número.

"alô", ela
disse

"alô", ele disse, "eu
não vou
voltar."

"e as suas
roupas?"

"jogue elas
fora."

ele desligou
voltou ao balcão
do bar para
reabastecer.

"como vão as coisas?"
perguntou o
atendente.

"tudo na mesma",
ele
respondeu.

"nada de novo,
hein?"

"não."

o atendente se
afastou

enquanto ele
olhava para o
uísque
pensando,
velho amigo, você pode
me matar
mas tem aquilo
que eu
preciso.

ele sorriu e decidiu
esperar por
isso.

# **ASAS SEM LIMITES**

Eu estava sentado num banco no balcão do 8-Count, sem pensar em nada em particular, como, por exemplo, o que eu estava fazendo ali bebendo uísque com água. Talvez porque Marie estivesse me enchendo o saco por causa do meu desejo de fazer aulas de voo. Mas ela estava sempre me enchendo o saco por alguma coisa. Não me entendam mal, ela era uma alma relativamente boa, mas o mundo está cheio de almas relativamente boas e veja onde estamos: em cima do último segundo de cada minuto. Bem, isso já é sabido. Seja como for, era tarde e eu estava sentado ao lado de um cara velho que vestia um blusão laranja de gola rulê e bermuda. De vez em quando ele me olhava e sorria, mas eu o ignorava. Eu não estava mesmo a fim de ouvir nenhum papo de balcão. O que quero dizer é que, quando se está em cima do último segundo de cada minuto, é melhor evitar as merdas dos outros. O tempo é precioso, não é? Mas o velho não conseguia mais se aguentar. Finalmente falou, e falou comigo:

– Você parece preocupado com alguma coisa – ele disse.

– Você está certo – respondi.

– O que houve? – ele perguntou.

Olhei para ele. Era um desses tipos de olhos muito juntos. Dava vontade de esticar o braço e separá-los um pouco.

– Quero voar e não posso – eu disse a ele.

– E por que não?

– Por que não? Porque primeiro tenho que fazer aulas!

— Eu sei voar – disse o velho – e nunca fiz aulas.

Fiz sinal para que o atendente trouxesse outro uísque com água para mim e uma cerveja para o velho. Ele estava bebendo chope. Talvez isso é que tenha feito seus olhos ficarem tão juntos: cerveja não maturada e barata.

— É difícil acreditar que você sabe voar sem nunca ter feito aulas – eu disse.

— Posso contar a história toda a você, se quiser escutar – sugeriu.

— Acho que não me resta outra saída, não é? – perguntei.

Ele sorriu.

— Bem – eu disse com alguma hesitação –, diga lá.

De todo modo, não havia nenhuma mulher no bar e nada na tevê a não ser o novo presidente, sorrindo de leve, com um tique no mover da cabeça bem estranho, tentando parecer uma boa pessoa, assim como o presidente anterior, falando sobre algo que havia dado errado, mas dizendo que mesmo assim estava tudo bem.

— Tudo começou – iniciou o velho – quando eu tinha uns cinco anos de idade. Estava sentado no meu quarto em uma tarde de sábado e as outras crianças tinham saído para brincar em algum lugar. E meus pais não estavam em casa...

— E você descobriu seu peruzinho?

— Oh, não, isso aconteceu tempos depois. Deixe-me continuar, por favor...

— Claro, claro.

— Estava sentado na minha cama, olhando pela janela que dava para o pátio. Meus pensamentos eram desconexos, inconscientes.

— Você começou cedo...

— Sim, é isso que estou tentando lhe contar. Eu estava ali sentado e uma mosca pousou na minha mão. Na mão direita...

— Ah, é?

— Sim, era uma mosca particularmente nojenta: gorda, ignorante, hostil. Mexi a mão para que fosse embora. Elevou-se dois ou três centímetros, ficou por ali zunindo e então, com um som realmente horrível, voltou a aterrissar na minha mão e me picou...

— Não acredito!

— Sim..., então, espantei a mosca de novo e ela começou a voar pelo quarto, em círculos, fazendo um barulho furioso e opressor. Minha mão ardia muito. Eu não fazia ideia de que a picada de uma mosca pudesse ser tão dolorida.

— Ouça – eu disse ao velho –, tenho que ir para casa. Tenho uma mulher que se infla como um sapo e vive saltando em cima de mim.

O velho agiu como se não tivesse ouvido.

— ...de todo modo, eu odiava aquela mosca, sua impressionante falta de medo, sua arrogância de inseto, sua ignorância a zunir...

— Você precisava era de um mata-moscas.

— ...qualquer coisa que fosse para esmagá-la, para eliminá-la. Como odiava aquela mosca! Achava que ela não tinha o direito de agir daquela forma. Eu queria matá-la porque sentia que, no fundo, ela queria me matar.

— Tudo é permitido no amor e nas moscas.

— Observei a mosca. Vi como ela pousou no teto, andando de cabeça para baixo. Sentia-se tão segura e tão superior. Olhando aquela mosca andando de um lado pro outro, fui ficando cada vez mais furioso. Tinha que matar aquela coisa. No recôndito mais profundo da minha alma senti uma terrível necessidade de destruir aquela mosca! Meu corpo todo começou a tremer, a vibrar. Senti como se ondas de eletricidade percorressem meu corpo, e então houve um clarão!

— Essa mosca mexeu mesmo com você!

— ...e então senti meu corpo elevando-se, ELEVAN-DO-SE! Flutuei até o teto, estiquei a mão e esmaguei aquela mosca com a minha palma. Estava surpreso com a vivacidade das minhas ações. E então senti meu corpo retornar lentamente ao chão.

— E o que aconteceu então, meu velho?

— Fui até o banheiro e lavei as mãos. Depois voltei e me sentei na cama.

— Suponho que as moscas não tenham voltado a se meter com você depois dessa...

— Não, nunca mais. Mas, quando eu estava ali sentado na cama, tentei voar de novo e não consegui. Tentei de novo e de novo, mas não consegui.

— Talvez você precisasse de uma picada de mosca para disparar o foguete?

— Tentei voar de novo e de novo, fiz todo o esforço que pude, mas não houve jeito. Senti que aquilo havia realmente acontecido, mas depois de um tempo comecei a achar que talvez tivesse imaginado tudo, que talvez tivesse enlouquecido por um instante.

— Como se sente agora?

— Ah, estou muito bem, e insisto em pagar outra bebida para você.

Outra bebida? Pensei um pouco. Ele não havia pagado a primeira. Mas talvez fosse só uma questão de semântica.

— Está bem — eu disse.

Então chegaram as bebidas e ficamos ali sentados, sem falar nada. Uma vez conheci um cara em um bar que dizia comer sua própria carne, de forma que nessas conversas de boteco eu aceitava bastante e também descartava bastante.

Então o velho começou outra vez.

– Bem, depois de um tempo esqueci do assunto, mas então aconteceu de novo.

– Foi picado por outra mosca?

– Não, era o último ano do colégio, em Ohio. Eu era zagueiro reserva, jogava na esquerda. Era o último jogo da temporada e eu estava ali porque o garoto que jogava como titular tinha se lesionado. Mas havia algo importante, jogávamos contra os nossos mais odiados rivais, uns riquinhos de merda da parte nobre da cidade. Eram uns desgraçados de uns metidos. Vencê-los era mais importante para nós do que transar, isso que nunca ou quase nunca transávamos, porque aqueles riquinhos sempre comiam as nossas garotas. Vencê-los no campo era a única maneira que tínhamos de nos vingar. Sonhávamos com isso noite e dia. Era tudo ou nada.

Bem, eu pensei, agora passamos de odiar moscas a odiar seres humanos. Ambos são difíceis de suportar.

– O jogo estava no momento crucial. Perdíamos por 21 a 16 e faltavam só trinta segundos para terminar e eles estavam a doze metros da nossa linha de gol. Eles podiam ter administrado a vantagem e só esperado esgotar o tempo, mas queriam nos humilhar. Não bastava que estivessem comendo nossas mulheres, queriam um placar ainda mais folgado.

– Passaram do limite.

– Sim. Então o *quarterback* deles recua para fazer um passe, o cara é um baita de um merda, dirige um Cadillac amarelo, ele lança a bola em espiral, um dos nossos pontas defensivos a toca com a ponta dos dedos na linha do gol e a bola sai voando no momento em que a partida vai acabar. Eu estava na zona final porque haviam me empurrado e eu tinha caído de bunda no chão, e quando estou me levantando vejo a bola vindo em minha direção. Agarro a bola e começo a correr. Estou rodeado pelos riquinhos por todos os lados. Eles começam a fechar o cerco. Não há nada que eu possa fazer. Estão vindo me pegar. Todos esse caras que estavam fodendo nossas garotas. Sou invadido por uma fúria insana. No momento em que pulam todos para me derrubar, começo a sentir que estou *levitando*! *Estou suspenso no ar*! Tenho a bola e estou voando em direção à linha do gol. Aterrisso na zona final deles e ganhamos a partida!

– Preciso admitir – eu disse ao velho. – Você é o maior atochador que já encontrei na vida.

– Não estou mentindo.

– Ora, vamos! – eu disse. – Nunca ouvi falar de uma coisa dessas. Nem eu nem mais ninguém. Teria saído em todos os jornais. Teria sido notícia no mundo todo!

– Ocorreu em uma cidade muito pequena. Abafaram o caso. Foi encoberto, enterrado para sempre. Subornaram as pessoas.

– Ninguém poderia encobrir uma coisa assim.

O velho fez sinal com a cabeça em direção a um reservado. Fomos até lá e nos sentamos. Era minha vez de pagar as bebidas. Fiz sinal para o garçom.

– Mais dois – disse a ele quando se aproximou – para cada um de nós.

O velho não falou até chegarem os quatro copos e o garçom voltar ao balcão.

– O governo – ele disse, erguendo uma daquelas horríveis cervejas não maturadas e secando quase todo o líquido. – Foi o governo.

– Ah, é?

– Queriam o segredo, mas eu não o tinha. Isso teria feito de nosso exército o mais poderoso de todos os tempos. Quase invencível. Submeteram-me a um terrível interrogatório, interminável, mas eu simplesmente não sabia. Enquanto isso, tudo sobre a partida foi abafado.

Não sei como isso interferiu na vida das trezentas ou quatrocentas pessoas que presenciaram o ocorrido, mas suponho que seja algo que elas lembrarão até o dia de sua morte.

Terminei meu primeiro drinque.

– Sabe, meu velho, sua história é bem convincente. Estou quase acreditando em você.

– Não precisa acreditar – ele respondeu. – Só contei porque você mencionou esse negócio de querer voar. Já tinha tomado umas e outras e isso me fez relembrar tudo.

– Tudo bem – eu disse. – Mas sigo querendo voar.

– Posso ensinar você – disse o velho, inclinando-se para frente. – Finalmente entendi como se faz.

– Você sabe – eu disse –, não vou pagar por isso.

– Para você é de graça.

– Muito bem – eu disse –, me ensine.

Olhou-me com aqueles olhos por cima de sua cerveja.

– Antes de mais nada, você tem que *acreditar*.

– Isso é difícil.

– Às vezes. Agora, quando estiver pronto para voar tem que fazer isso. Olhe para as minhas mãos. Faça isso.

– Isto?

– Certo. Agora, inspire. E gire os olhos para trás da cabeça. Então pense na pior coisa que já lhe aconteceu em toda a sua vida.

– Foram tantas...

– Eu sei, mas escolha a pior.

– OK, estou pensando.

– Agora diga SOLZIMER. E você vai levitar!

– SOLZIMER – eu disse.

Segui sentado.

– Ei, meu velho, não está acontecendo nada.

– Vai acontecer. Só precisa de um pouco de tempo e prática.

– Ouça, meu velho, qual é o seu nome?

– Benny.

– Bem, Benny, eu me chamo Hank. E preciso dizer que você é o maior atochador que conheci em muito tempo. Ou você é louco de verdade ou é o maior piadista de todos os tempos.

– Prazer em conhecê-lo, Hank. Mas agora tenho que ir. Sou motorista de ônibus, é meu último ano de trabalho e tenho que fazer a rota das 6h30 amanhã. De modo que para mim já é tarde.

– Eu não tenho emprego, Benny, mas vou beber a saideira em casa para acompanhar você.

Do lado de fora fazia uma noite muito bonita, de lua cheia com uma névoa suspensa no ar. Prostitutas faziam boquetes dentro de carros estacionados nos becos, e meu quarto ficava na próxima esquina. Eu não fazia ideia de onde Benny morava. Mas, quando estávamos nos aproximando da esquina, um policial grandalhão surgiu por entre a névoa. Era só o que nos faltava! E parecia que éramos o que faltava para ele.

– Vocês dois parecem estar meio mamados – ele disse. – Acho bom vocês me acompanharem até a delegacia para deixar passar a bebedeira. O que acham?

– SOLZIMER – disse Benny e então começou a levitar. Flutuou bem na frente do policial, seguiu subindo, e voou por cima do edifício do Bank of America. Então simplesmente desapareceu.

– Puta que pariu! – sussurrou o policial. – Você viu isso?

– SOLZIMER – eu disse.

Nada aconteceu.

– Ouça – perguntou-me o policial –, você não estava com um cara?

– SOLZIMER – eu disse.

– Tudo bem – ele disse –, acabo de ver esse tal de Solzimer sair voando pelos ares. Você viu?

– Eu não vi nada – eu disse.

– Muito bem – ele disse –, qual é o seu nome?

– SOLZIMER – eu disse.

E então começou a acontecer. Senti que começava a levitar, LEVITAR!

– Ei! Volte aqui! – gritou o policial.

Eu seguia levitando. Era maravilhoso. Também passei por cima do edifício do Bank of America. O velho não estava mentindo. Ainda que seus olhos fossem muito juntos. Fazia um pouco de frio ali em cima. Mas segui flutuando. Quando contei aos rapazes sobre essa noite, o que havia acontecido com aquele bêbado, jamais acreditaram em mim. Azar o deles. Fiz uma curva à esquerda e sobrevoei a autoestrada do porto para ver o que estava acontecendo. O trânsito parecia lento, mas eu seguia bastante satisfeito com a vida em geral.

## **postal**

ela escreve como se fosse ontem ou uma semana atrás, mas faz
mais de duas décadas desde que o marido dela e eu bebemos
ao limite da insanidade, pegamos dois sabres da parede e
começamos a jogar, lançando-nos e nos batendo um contra o outro por bons cinco
minutos
chegando perto o suficiente de perder parte do esôfago ou
de furar o bucho ou da decapitação ou de um jeito ou de outro
acabarmos mais desfigurados do que naturalmente já éramos...

foram cinco minutos de extrema excitação, então penduramos os
sabres e nos sentamos para mais um
trago.

era um lugar legal o deles mas não por muito tempo: ele estava
perdendo o cargo na universidade; quanto a mim, se isso importa,
minha escrita não estava exatamente abalando o
mercado.

lembro dela então, durante aquilo tudo, posicionada mais

nos bastidores, em um vestido longo, uma mulher
 inteligente e
de boa aparência.

o casamento não
durou.

depois disso, ele apareceu algumas vezes, eu não tinha
 sabres
mas não pareceu que precisássemos disso, e a cada vez
 que ele
retornava
parecia mais e mais estranho, finalmente deixou de falar,
apenas sentava ali, bem ereto, sem mover os olhos
como que desprovido de cor, depois disso
nunca mais voltei a vê-lo.

um ano se passou, recebi ligações dela, sempre de alguma
cidade distante; ela falava de um modo aéreo como se
 a cabeça
dela estivesse em outro lugar; então me mudei daquele
lugar.

outro ano se passou – de alguma maneira me encontrou no meu novo lugar;
eu estava me recuperando de uma bebedeira: despen-
 teado, alguns
dedos esmagados, a pele esfolada sob os joelhos
por ter caído, dentes frouxos por causa das gengivas
 doentes,
barba há horas por fazer e todo estropiado.

abri a porta para ela e seu novo cara: um jovem
loiro em roupas limpas e luminosas; eles se sentaram –
 a conversa não é

digna de registro mas a maior parte foi sobre ela
e a cada vez que ela fazia uma referência a mim que parecia
louvável ele
considerava-a com um desprezo disfarçado.

bem, ele também não me agradou e não me fazia ciúmes o seu
troféu
mas de algum modo eu devo tê-lo deixado preocupado
porque então passou a destilar desprezo; creio que até sua
camisa nova e brilhante chegou a franzir o cenho uma ou duas
vezes.

me senti melhor quando eles se foram.

agora – depois de um par de décadas: "você se mudou. minhas cartas
   não param de voltar... ao mandar este postal para sua editora... deixe um bilhete com seu endereço... escreverei uma carta...
às vezes visito o sul da Califórnia... seria ótimo
ver você de novo..."

é curioso como as pessoas costumam insistir em ligações quando
não há nenhuma; bem, suponho que a maioria de nós possa ser     culpado por
   isso; mas não me importo de ver a mulher, raramente me importei, e além disso – ela me manteve em sua mente por um longo
tempo até agora.
deveria me sentir honrado; gostaria de pensar que se tratava da grande luta

de sabres de tanto tempo atrás; gostaria de pensar isso
   mas sei que é
outra coisa, e eu voltaria a cativar sua simpatia mas não
   sentia brotar os
sentimentos necessários,
perdi o postal, simples assim, assunto encerrado, sirvo
   uma taça de
gamay beaujolais, acendo um Habana Romeu e Julieta,
   inalo, então
exalo uma fantástica e flutuante fumaça azul enquanto
   uma salva    de palmas
emerge de meu rádio à conclusão de um concerto para
   cello de
Haydn.

# **o mais forte dos estranhos**

você não os verá com frequência
porque onde quer a multidão esteja
eles
não estão.

estes estranhos, não
muitos
mas do meio deles
vêm
as poucas
boas telas
as poucas
boas sinfonias
os poucos
bons livros
e as outras
obras.

e do meio dos
melhores
entre os estranhos
talvez
nada.

eles são
suas próprias
telas
seus próprios
livros
sua própria
música

suas próprias
obras.

às vezes acho
que posso
vê-los – vamos dizer
um certo
velho
sentado num
certo banco
de uma certa
maneira

ou
o vislumbre de uma face
que se volta em outra
direção
em um automóvel
que passe

ou
em um certo mover
de mãos
de um empacotador ou em-
pacotadora
enquanto guarda
as compras
do supermercado.

às vezes
é alguém mesmo
com quem você tem
vivido por
algum
tempo –
você notará

um
rápido e luminoso
lampejo
nunca visto
neles
anteriormente.

às vezes
você só notará
suas
existências
subitamente
em
vívida
recordação
alguns meses
alguns anos
depois que eles tiverem
ido.

lembro
de um
deles –
ele tinha cerca de
vinte anos
bêbado às
dez da manhã
olhando para
um espelho
quebrado em
Nova Orleans

o rosto sonhador
contra as

paredes
do mundo

para
onde eu
fui?

## causa e efeito

os melhores em geral morrem por suas próprias
mãos
apenas para sair do caminho,
e aqueles deixados para trás
não chegam nunca a compreender
como alguém
poderia chegar a querer
sair do
caminho
deles

# UMA NOITE RUIM

Monty estava deprimido, bem, deprimido não, mas desanimado com a estrutura toda, o jogo todo, a vida toda. Eram nove horas de uma sexta-feira à noite e ele estava sozinho em seu apartamento, seus cinco dias de trabalho como capataz em uma fábrica de luminárias haviam terminado. Às vezes ele tinha de trabalhar aos sábados, mas eles estavam em dia com as encomendas, graças a Deus. Ele odiava seu trabalho. Já fora mais feliz como trabalhador. Agora tinha de supervisionar os homens, endurecendo graças à atividade. Aceitara a promoção pelo dinheiro extra e agora estava arrependido, mais do que arrependido. Mas tinha 47 anos e se deixara levar de um trabalho idiota a outro por toda a vida. Nunca tivera uma ocupação decente, entregue apenas a trabalhos manuais.

    Nada na tevê. Monty serviu um uísque. Ele fora casado duas vezes. Em cada uma delas, o começo parecera promissor. Havia risadas e entendimento e o sexo não era ruim com nenhuma das esposas. Mas gradualmente os casamentos se transformaram em trabalhos. Faltava diversidade. Logo os dois entraram em uma competição, uma competição para ver quem seria o primeiro a vencer o outro pelo cansaço. Virava um jogo de ódio. Monty teve que cair fora duas vezes. Com as namoradas, acontecia mais ou menos a mesma coisa. Quantas pessoas viviam como ele, apenas seguindo em frente, sem sentido algum?

    Era temporada de beisebol. Mas ele já não ligava para quem levava a taça. O presidente acabara de voltar da China, aparentemente tinha assinado algum acordo com os chineses. Monty não se importava. Era só mais um monte de besteira. Não queria dizer nada. Quando a bomba caísse, os tratados também se explodiriam. Junto com Monty, o velho solteirão.

Folheou a revista de mulher pelada que tinha comprado por impulso na loja de conveniência. As fotos ginecológicas o entediavam. Era isso o que os homens queriam? Que farsa infeliz, como encaixar um esfregão em seu suporte. A mesma coisa, por séculos e séculos. Lamentável.

Então pulou para as últimas páginas. Havia fotos de garotas pedindo que ele telefonasse para elas. Algumas ofereciam punições severas. Monty sorriu. Já estava cansado daquilo tudo. Então viu o anúncio de Donna. Donna parecia decente. E dizia ser capaz de fazê-lo gozar pelo telefone. "Se você não gozar e eu não gozar, será a primeira vez", prometia o anúncio.

Monty terminou seu uísque e se serviu de mais um. Tinha se cansado do bar. Dez, quinze caras competindo pelas mesmas duas ou três putas todas as noites. Tirou o telefone do gancho e discou o número. Ouviu o telefone tocar três vezes e então atenderam.

– Aqui é a Donna. Estou pronta e sei que você também está!

– Oi, Donna.

– Oi, gostoso. Qual é o seu nome?

– Monty.

– *Ooooh*, Monty... eu sei que qualquer cara que se chama *Monty* é bem-dotado!

– Estou mais ou menos na média, Donna.

– Querido, você está sendo modesto.

– Não estou, não...

– Meu bem, antes de conversarmos mais preciso do número do seu cartão de crédito e da data de vencimento. Aceito American Express, Master e Visa. São 25 dólares por dez minutos.

– Só um pouco, vou pegar o cartão.

– Certo. Só começo a cobrar depois que começarmos a conversar.

– Tudo bem.

Monty achou seu Visa e passou os dados.

– Certo, por favor aguarde enquanto eu confirmo a transação.

Monty foi pegar uma cerveja. Esse tipo de experiência pedia uísque *e* cerveja. Ele voltou e pegou o telefone. Donna ainda estava checando os dados. Então ela voltou.

– Tudo bem, Monty, podemos começar agora. Você está pronto?

– Não sei. Me diz uma coisa, Donna, você faz isso a noite toda?

– Faço *o que* a noite toda, meu bem?

– Atender o telefone, falar com caras?

– Céus, você é um *desses*?

– Desses quem?

– Desses caras que só querem *bater papo*! Eu não quero *bater papo*, quero ir direto *ao que interessa*!

– Desculpe, Donna.

–Tudo bem. Agora, faça o que eu mandar! Bota pra fora, eu quero *ver*!

– Donna, você não pode ver nada pelo telefone.

– Consigo, sim, *pode acreditar*! Agora bota para fora!

Monty não botou para fora. Tomou uns goles de uísque.

– Tirou, querido?

– Sim.

– AGORA, SIM! EU ESTOU VENDO! E ESTÁ CRESCENDO! OOOO, QUE COISA LINDA, PALPITANDO!

– Obrigado, Donna.

O pau de Monty continuava dentro das calças. Sentiu como se estivesse trapaceando. Abriu o zíper, mas só conseguia ver suas cuecas. Sentiu-se ridículo e fechou o zíper de volta.

– AGORA! MINHA CABEÇA ESTÁ INCLINADA, ESTOU COM A LÍNGUA PRA FORA, ELA ESTÁ BEM PERTINHO DA CABEÇA DO SEU PAU, MAS NÃO ESTÁ TOCANDO NELE. VOCÊ ESTÁ VENDO A MINHA LÍNGUA, MONTY?

– Sim, Donna.

– VOCÊ ESTÁ FICANDO LOUCO, MEU BEM! AGORA A MINHA LÍNGUA TOCA A PONTA DO SEU PAU! VOCÊ ESTÁ SENTINDO?

– Sim, Donna.

– AGORA A CABEÇA ESTÁ TODINHA NA MINHA BOCA! MINHA MÃO LEVANTA O MEU VESTIDO, ESTOU SEM CALCINHA! JÁ ESTOU TODA MOLHADA! EU TOCO MEU CLITÓRIS E A MINHA CABEÇA SE ABAIXA E SEU PAU INTEIRO ESTÁ NA MINHA BOCA!

– Mas você está *falando* comigo, Donna…

Monty abriu o zíper de novo, mas continuava vendo só um pedaço de sua cueca. Tomou mais um gole de cerveja.

– MINHA CABEÇA ESTÁ MANDANDO VER! SEU PAU ESTÁ ME ENLOUQUECENDO! VOU CHUPAR ATÉ QUE NÃO SOBRE MAIS NADA! AI, MEU DEUS, ACHO QUE EU VOU GOZAR! VOCÊ ESTÁ PERTO DE GOZAR, MONTY?

– Sim, Donna…

– OOOH, OOOOOH, OOOOOOH, VOU GOZAR, MONTY! GOZE COMIGO, MONTY! OOOH, ESTOU GOZANDO, ESTOU GOZANDO, OOOOOOH,

OOOOOH, ESTOU GOZANDO, AI, MEU DEUS, ESTOU GOZANDO! OOOH, OOOOOOH, OOOOH, OOOOOOH, OOOOOOOOH, ooooo... ooo... oo... o...

Houve um silêncio.

Então Donna falou.

– Eu *nunca* gozei assim antes! Você gozou gostoso, Monty, meu amor?

Monty desligou o telefone. Serviu mais uma dose de uísque e pensou em ligar para Darlene, uma ex-namorada. Mas isso sempre terminava mal. Em vez disso ele ligou para Donna de novo.

– Aqui é a Donna. Estou pronta e sei que você também está!

– Oi, Donna, aqui é o Monty.

– Monty? Escuta, não foi você que acabou de ligar?

– Sim, mas eu quero fazer de novo. Você gozou de verdade?

– Sim, gozei. Você quer fazer *de novo*? Meu Deus, você deve estar *com tesão*! Vou acrescentar esta à sua primeira ligação. São 25 dólares por dez minutos.

Donna hesitou.

– Dominância Extrema sai por 35 dólares por dez minutos.

– Vou ficar com o normal, Donna.

– Tudo bem, Monty, você está preparado?

– Sim, Donna...

– Certo, bota pra fora! Eu quero *ver*!

Monty bebericou a cerveja.

– Está para fora, querido?

– Sim, Donna.

– AGORA, SIM! EU ESTOU VENDO! E ESTÁ CRESCENDO! OOOO, QUE...

Monty desligou. Ele pegou a revista feminina. Viu outro anúncio. Dizia que lindas garotas de sua escolha iriam até sua casa e dariam a você o prazer de sua escolha. Ele discou o número. O telefone tocou uma vez. Um homem atendeu.

– Sim? – ele perguntou com uma voz hostil.
– É do Garota dos Sonhos?
– Sim. O que é que você quer?
– Uma garota.
– Sim. Bem, estou aqui para informar que nós não nos envolvemos com prostituição.
– Você quer os dados do cartão?
– Nós só trabalhamos com dinheiro. Cinquenta dólares pelo atendimento a domicílio mais cinquenta dólares por trinta minutos ou menos.
– Tudo bem.
– Você está com o dinheiro na mão?
– Sim.
– Que tipo de garota você quer?
– Como assim?
– Nós temos gordas, magras, maduras, jovens, sãs, loucas, orientais, negras, brancas, vermelhas, amarelas, é só dizer. Temos uma garota com uma perna só, se for o que você desejar. O que você quer?
– Só mande a mais bonita que você tiver.
– É? Bem, isso é fácil. É a Carmen.
– Certo. Mande a Carmen.

O homem anotou o endereço do apartamento de Monty.

– Certo – ele disse –, Carmen está a caminho.

Por alguma razão, a situação deixava Monty nervoso. Ele deveria ter ido ao jogo de beisebol. Ou talvez tivesse algum filme do Woody Allen em cartaz. Woody sempre se metia em problemas com suas mulheres. Mas todas elas eram lindas e inteligentes e eles sempre tinham tempo para longas caminhadas no parque e coisas do tipo. E Woody sempre tinha um trabalho que pagava bem e quando havia algum problema com uma de suas mulheres lindas e inteligentes ele simplesmente ia até o telefone e ligava para outra mulher linda e inteligente. Milhões de homens queriam ter os problemas que Woody Allen tinha com as mulheres.

Não parecia ter passado muito tempo quando bateram na porta de Monty. Ele abriu. Uma mulher baixinha e entroncada, vestida de preto e usando sapatos de salto baixo, estava ali parada. Usava um cabelo bem curto e estava sem maquiagem. Parecia uma carcereira de presídio feminino. Uma calma forma de brutalidade pairava em seu rosto como uma segunda pele.

– Oi, eu sou a Carmen! Garota dos Sonhos a domicílio.

Ela passou por ele e sentou-se numa cadeira. Monty fechou a porta e sentou no sofá. Ele estendeu a mão para pegar seu uísque.

– Quer uma bebida, Carmen?
– Não bebo em serviço.
– Bem, tome uma mesmo assim. Para se soltar, sabe.
– Já estou solta. Estou pronta para o que quer que seja preciso. Tony lhe informou sobre as tarifas?
– Sim, cinquenta dólares pela chamada e cinquenta por trinta minutos.
– A noite inteira sai 215.
– Acho que não quero a noite inteira.
– Por mim, tudo bem.

Ficaram sentados ali.

– Fui casado duas vezes – disse Monty. – Estou meio que experimentando.

– Você quer um boquete?
– Bem, não assim de cara.
– Tudo bem.

– Como eu disse, sou novo nessas coisas.

– Você tem algum fetiche? Posso fazer qualquer coisa.

– Não, nada desse tipo.

– Você é hetero?

– Sim.

– E por que você não tenta nada?

– Como assim?

– Tipo, por que você não me diz o que quer?

– Eu só quero relaxar. Beba alguma coisa. Tem certeza de que não quer beber nada?

– Não.

– Carmen, faz tempo que você mora aqui?

– Não preciso desse papinho de merda.

Monty secou seu drinque e serviu outro.

– Você não é veado, é? – Carmen perguntou.

– Não, acho que não.

– Você não sabe?

– Bem, eu gosto de mulher.

Houve um silêncio novamente. Monty desejou que ela sumisse, mas não quis ferir seus sentimentos.

Então ele ouviu um barulho. Vinha da bolsa de Carmen. Ela tirou um pequeno walkie-talkie. Puxou a antena lateral.

– Tudo certo, Carmen?

Era uma voz de homem.

– Possível doido – ela disse. – Mas sob controle. Fico em contato. Desligo.

Ela baixou a antena e colocou o instrumento de volta na bolsa.

– Olha – Monty disse a Carmen –, sou legal, não tem nada de errado comigo.

– Ninguém nunca acha que tem algo de errado consigo. Mas eu percebo. Lido com homens estranhos todas as noites. Você é esquisito, farejo isso. Posso ver pelo jeito que você age.

Monty serviu outro uísque.

– Porra, isso não é verdade.

– Não fode. Você provavelmente quer cortar as garotas. Uma de nossas garotas foi cortada outro dia. Ela nunca mais será a mesma. Ela não pode mais trabalhar para a gente. Está acabada.

– Eu nunca sequer bati em uma mulher!

– Você é esquisito, posso sentir.

– Não é nada disso...

– O que é, então?

– Eu não queria dizer isso. Mas... você não é nada atraente. Não desejo você nem um pouco.

– Não vem com esse papo. Eu lido com 150 homens por mês, todo mês, e nunca conheci um homem que não quisesse me comer de um jeito ou de outro.

– Sinto muito por ser o primeiro. Não quero dizer que você seja feia, é só que...

– Certo – disse Carmen –, são cinquenta paus pela viagem mais cinquenta pelos trinta minutos. Você me deve cem.

Monty bebeu seu uísque.

– Dou cinquenta a você e era isso.

– Que diabos está falando?

– Acho que é muito justo. Você fez a viagem, mas não aconteceu nada. É dinheiro fácil. Aqui está.

Monty puxou a carteira, pegou uma nota de cinquenta, foi até ela e largou a nota no colo de Carmen. Ela escorregou os cinquenta para dentro da bolsa. Então lançou um olhar para Monty.

– Seu chupa-piça de merda.

Veja só quem está chamando quem de "chupa-piça", pensou Monty enquanto voltava para o sofá e servia outra dose.

Carmen estava com o rádio na mão. Puxou a antena.

– Tony – ela disse –, Tony, você está aí?

– Sim, baby, como estão as coisas?

– Temos um morto aqui, Tony. Ele só vomitou metade.

– Ele não é um Ave-Maria, é?

– Só um morto, Tony.

– Beleza, segura ele aí.

Carmen guardou o aparelho de volta na bolsa.

– O que é um Ave-Maria? – Monty perguntou a Carmen.

– Polícia – ela disse.

Monty e Carmen se sentaram e olharam um para o outro. Monty serviu outra dose. Passaram-se mais vinte minutos. Então bateram na porta novamente. Carmen pulou para abrir. Era Tony, um cara por volta dos trinta, de jaqueta de couro. A jaqueta estava como se ele tivesse dormido com ela. Ele era baixo e largo, um pouco gordo, e tinha uma cabeça grande e redonda e olhinhos redondos e uma boca pequena.

Tony foi até Monty e se apoiou sobre a mesa de centro.

– Certo – ele disse –, vamos levar mais cinquenta e então vamos embora. Caso contrário, vai ter uma bagunça e quem vai ficar bagunçado vai ser você.

Monty chutou a mesa de centro em cima de Tony, pegou a garrafa vazia de uísque e lançou contra a lateral de sua cabeça. A garrafa quebrou e Tony disse "merda", caiu no chão, levantou-se, espanou os cacos de vidro e foi para cima de Monty. Tudo aconteceu muito rápido. Tony apontou um canivete para a garganta de Monty e segurou-o pelos cabelos e disse:

– Vamos levar os cinquenta agora.

Carmen contornou Monty, pegou a carteira e puxou outra nota de cinquenta. Ela tirou o resto do dinheiro, duas notas de vinte, uma de cinco e duas de um e jogou no chão. Tony soltou Monty. Ele apertou um botão e a lâmina voltou para dentro do cabo.

– Veja bem – disse Tony –, nós só pegamos o que você nos devia. Nosso negócio é limpo.

– Classe A – disse Carmen.

Com isso, os dois se viraram, foram até a porta, abriram, fecharam e foram embora.

Monty deixou o dinheiro no chão, foi até o quarto, sentou na beira da cama, tirou os sapatos e se espreguiçou. A lua estava visível através das cortinas e ele pensou por alguns momentos sobre o que tinha acabado de acontecer, mas não conseguia ver sentido algum naquilo. Basicamente, as coisas continuavam iguais. Ele apenas se sentia incompleto. Incompleto. Em dez minutos ele já tinha caído no sono e lá fora tudo o que se podia ouvir era o barulho dos gafanhotos e dos bêbados tentando achar o caminho de casa.

## o lutador

Hemingway pode sentir em sua cova
cada vez que os touros correm através das
ruas de
Pamplona

ele se senta
o esqueleto se agita

a caveira quer um trago

as órbitas buscam a luz solar.

os touros jovens são magníficos,
Ernest

e você também
foi

não importa
o que eles digam

agora.

## **no rebote**

é comum, ele disse, depois de uma separação,
ficar ali sentado sentindo como se a alma tivesse
sido
decapitada
ou o que quer que você tenha no lugar de uma
alma
então
o telefone toca ou vem uma batida na
porta
e ali está
uma totalmente nova e revigorante
mulher.
é como se um sinal tivesse sido mandado para
você
desde os céus
e
ali estão elas
e
entrando em sua vida
seus melhores sinais
operando
e
você aceita isso
como se nada nunca pudesse voltar a dar
errado
ali está a chance mais uma vez
quando nenhuma outra chance se fez
merecida, ali está
aquela boa e primeira risada
aquele bom e primeiro milagre

mais uma
vez.
quem quer que tenha planejado isso
tem o olho da raposa
a resposta rápida do
falcão
e um tenebroso
senso de
humor.

por outro lado, eu disse, nem
sempre funciona desse
jeito.

reze para estar certo, ele
respondeu, preciso de um
descanso.

## dor estúpida

um rosto duro
duro
sob uma pele
dura
dura

mas que grande
corpo

e seus cabelos ruivos
tão compridos
mas quando
os
TOQUEI

eram mais
resistentes que tripas de
animais
ásperos como um corvo
arisco

mas que
corpo
maravi-
lhoso

parte do problema
foi que
imaginei que você pudesse
ser capaz de
transformá-lo em
outra
coisa.

outra coisa
é
que dificilmente
vale ainda
escrever sobre
você

e estando livre
disso

tenho uma nova
mais razoável
agonia.

# sopra um vento fresco, selvagem...

eu não devia ter culpado apenas meu pai, mas
ele foi o primeiro a me introduzir no
ódio cru e estúpido.
ele era bom nisso de fato: tudo e nada o deixavam
louco – coisas mínimas traziam seu ódio rapidamente
à tona
e parecia ser eu a principal fonte de sua
irritação.
eu não tinha medo dele
mas sua raiva feria meu coração
porque então ele era grande parte do meu mundo
e era um mundo de horror mas eu não devia ter culpado apenas
meu pai
porque quando deixei aquela... casa... encontrei seus semelhantes
em toda parte: meu pai era apenas uma pequena parte do
todo, embora ele fosse o melhor em odiar
que já conheci.
mas os outros também eram bons nisso: alguns dos
gerentes, alguns dos mendigos de rua, algumas das mulheres
com quem tive de viver,
a maior parte das mulheres tem um talento para o
ódio – culpando minha voz, minhas ações, minha
presença
culpando-me
por aquilo que *elas*, em retrospectiva, tinham falhado em
conseguir

eu era simplesmente o alvo de seu descontentamento
e num sentido bem real
elas me culpavam
por não ser capaz de libertá-las
de um passado de fracassos; o que não consideravam era
que eu também tinha meus problemas – a maior parte deles causados
apenas por ter de viver com elas.

sou um cara bobão, chego fácil à alegria ou até mesmo
àquela alegria estúpida por quase nada
e se deixado sozinho fico bastante contente.

mas vivi durante tanto tempo e com tanta frequência com esse ódio
que
minha única liberdade, minha única paz é quando estou longe
deles, quando estou em qualquer outro lugar, não importa onde –
alguma garçonete velha e gorda me trazendo uma xícara de café
é em comparação
como o vento soprando selvagem e fresco.

# o caminho completo em direção à cova

a mulher de Tolstói era uma
megera
e numa noite gelada
demais
ela começou a infernizá-lo
outra vez
e ele se foi de casa para
escapar dela
e
apanhou a
pneumonia que viria
a matá-lo.

então ela escreveu um
livro
sobre
o grande
filho da puta que
ele
era.

# **TRAGA-ME SEU AMOR**

Harry venceu os degraus que o separavam do jardim. Muitos dos pacientes estavam por ali. Haviam-lhe dito que sua esposa, Gloria, estava ali fora. Avistou-a sentada sozinha a uma mesa. Aproximou-se de forma oblíqua, por um dos lados e um pouco às costas dela. Gloria sentava-se bastante ereta, estava muito pálida. Olhava para ele, mas não o enxergava. Até que por fim o viu.

– Você é o condutor? – ela perguntou
– O condutor do quê?
– O condutor da verossimilhança?
– Não, não sou.

Ela estava pálida, seus olhos estavam pálidos, de um azul pálido.

– Como você se sente, Gloria?

Era uma mesa de ferro, pintada de branco, uma mesa capaz de resistir à ação dos séculos. Havia um pequeno vaso com flores no centro, flores murchas e mortas pendendo de tristes e curvas hastes.

– Você trepa com putas, Harry. Você gosta de trepar com putas.
– Isso não é verdade, Gloria.
– Elas também chupam você? Elas chupam seu pau?
– Ia trazer sua mãe, Gloria, mas ela ainda não melhorou da gripe.
– Aquela velha pilantra está sempre armando alguma coisa... Você é o condutor?

Os outros pacientes estavam sentados às mesas, escorados nas árvores ou estendidos sobre o gramado. Estavam imóveis e silenciosos.

– Que tal a comida aqui, Gloria? Já fez algum amigo?

— Terrível. E não. Seu comedor de putas.

— Quer alguma coisa para ler? Algum tipo de leitura que eu possa trazer?

Gloria não respondeu. Então ela ergueu a mão direita, examinou-a, fechou o punho e golpeou a si mesma no nariz, com toda a força. Harry cruzou a mesa e segurou as duas mãos dela.

— Gloria, *por favor*!

Ela começou a chorar.

— Por que você não me trouxe *chocolates*?

— Gloria, você tinha me dito que *odiava* chocolate.

As lágrimas desciam em profusão.

— Eu *não* odeio chocolate! Eu *amo* chocolate!

— Não chore, Gloria, por favor... Trarei chocolates, trarei o que você quiser... Escute, aluguei um quarto num motel aqui perto, umas poucas quadras, só pra estar perto de você.

Seus olhos pálidos se arregalaram.

— Um quarto de *motel*? Você deve estar lá com alguma vagabunda! Devem ficar vendo filmes pornôs juntos, espelho no teto e tudo!

— Vou ficar aqui por perto uns dois dias – disse Harry com suavidade. – Posso trazer o que você quiser.

— *Me traga seu amor, então* – ela gritou. – *Por que diabos você não me traz o seu amor?*

Alguns dos pacientes se voltaram para olhar.

— Gloria, tenho certeza de que não há no mundo alguém que se importe com você mais do que eu.

— Quer me trazer chocolates? Bem, pois enfie os chocolates no olho do cu!

Harry tirou um cartão de sua carteira. Era do motel. Alcançou-o para ela.

— Só quero dar isso a você, antes que eu me esqueça. Você tem permissão para fazer chamadas externas? Está aqui o meu número, para tudo o que você precisar.

Gloria não respondeu. Ela pegou o cartão e dobrou-o até que não restasse mais que um pequeno quadrado. Então se abaixou, tirou um dos sapatos, colocou o cartão lá dentro e voltou a calçá-lo.

Em seguida, Harry avistou o dr. Jensen se aproximando pelo gramado. O médico caminhava sorridente e logo disse:

– Bem, bem, bem...

– Olá, dr. Jensen – falou Gloria sem emoção.

– Posso me sentar? – perguntou o médico.

– Claro – disse Gloria.

O médico era um homem pesado. Emanava um ar de importância, autoridade e responsabilidade. Suas sobrancelhas tinham uma aparência grossa e pesada, eram, *de fato*, grossas e pesadas. Pareciam querer deslizar até sua boca úmida e redonda e desaparecer, mas a vida jamais lhes permitiria isso.

O médico olhou para Gloria. Depois para Harry.

– Bem, bem, bem – ele disse. – Estou *realmente* satisfeito com o progresso que fizemos até agora...

– Sim, dr. Jensen, eu estava dizendo ao Harry como me sinto mais *estável*, o quanto as consultas e as sessões de grupo têm me ajudado. Muito daquela minha raiva sem motivo aparente, daquela minha sensação inútil de frustração, da minha autocomiseração destrutiva já desapareceu...

Gloria se sentou com as mãos cruzadas sobre o colo, sorrindo.

O médico sorriu para Harry.

– Gloria fez um *notável* progresso!

– Sim – Harry disse –, pude perceber.

– Creio que é questão de um *pouquinho* mais de tempo, Harry, e Gloria poderá voltar pra casa com você.

— Doutor? – perguntou Gloria. – Posso fumar um cigarro?

— Como não – disse o médico, puxando um maço de cigarros exóticos, fazendo, com um tapinha, saltar um deles. Gloria o apanhou e o médico estendeu seu isqueiro folheado a ouro, acendendo-o. Gloria tragou, exalou...

— Você tem mãos lindas, dr. Jensen – ela disse.

— Oh, muito obrigado, querida.

— E uma gentileza que salva, uma gentileza que cura...

— Bem, fazemos o nosso melhor por aqui... – disse o dr. Jensen com doçura. – Agora, se vocês puderem me dar licença, tenho que falar com outros pacientes.

Ergueu o corpanzil com facilidade da cadeira e seguiu na direção de uma mesa onde uma mulher visitava outro homem.

Gloria olhou fixamente para Harry.

— Aquele gordo fodido! Vive lambendo o rabo das enfermeiras...

— Gloria, foi ótimo ter estado com você, mas a viagem foi longa e eu preciso descansar um pouco. E acho que o doutor está certo. Pude notar sua melhora.

Ela deu uma risada. Mas não uma risada pura, foi mais como uma daquelas gargalhadas de palco, como se fizesse parte de um papel decorado.

— Não fiz nenhum progresso. Pra falar a verdade, acho até que *piorei*...

— Isso não é verdade, Gloria...

— *Sou eu* a paciente, cabeça de peixe. Posso chegar ao diagnóstico melhor do que ninguém.

— Que negócio é esse de "cabeça de peixe"?

— Ninguém nunca lhe disse que a sua cabeça parece a de um peixe?

— Não.

– A próxima vez que fizer a barba, repare nisso. E cuidado para não cortar suas guelras.

– Tenho que ir embora... mas amanhã eu venho fazer outra visita...

– Da próxima vez, traga o condutor.

– Tem certeza de que não quer que eu traga nada?

– Eu sei que você vai voltar para o motel para comer alguma vagabunda!

– Que tal se eu trouxer um número da *New York*? Você costumava gostar dessa revista...

– Enfia a *New York* no rabo, imbecil. E aproveita o embalo e já mete junto a *TIME*!

Harry estendeu um dos braços e apertou a mão que ela usara para se golpear, deu meia-volta e se afastou em direção à escada. Quando já havia subido metade dos degraus, voltou-se e fez um leve aceno para Gloria. Ela ficou sentada, sem esboçar reação.

Estavam no escuro, tudo ia bem, quando o telefone tocou.

Harry continuou metendo, mas o telefone não parava de tocar. Aquilo era extremamente perturbador. Logo seu pau amoleceu.

– Merda – ele disse, rolando por sobre o corpo. Acendeu a luz e atendeu o telefone.

– Alô?

Era Gloria.

– Você está comendo alguma vagabunda!

– Gloria, eles deixam você ligar a uma hora dessas? Não dão uma pílula para você dormir ou algo assim?

– Por que você demorou tanto para atender o telefone?

– Você nunca vai ao banheiro? Eu estava no meio de um cocô dos bons, tudo saindo que era uma maravilha.

– Sim, eu vou... Você vai terminar depois de me atender?

– Gloria, tudo isso é culpa dessa sua paranoia extrema. Foi isso que pôs você aí onde você está.

– Imbecil, *minha* paranoia frequentemente tem sido a precursora de algo bem próximo da verdade.

– Escute, o que você está dizendo não faz nenhum sentido. Vá *dormir* um pouco. Amanhã eu lhe faço uma visita.

– Certo, imbecil, termine a sua TREPADA!

Gloria desligou.

Nan vestia camisola e estava sentada à beira do colchão, com uísque e água em sua cabeceira. Acendeu um cigarro e cruzou as pernas.

– Bem – ela perguntou –, como vai a sua querida esposa?

Harry serviu uma bebida e se sentou ao lado dela.

– Sinto muito, Nan...

– Sente pelo quê? Por quem? Por ela, por mim ou o quê?

Harry secou sua dose de uísque.

– Tudo bem, não precisamos fazer um dramalhão por causa disso.

– Ah, não? Bem, como você quer encarar o assunto? Como uma trepadinha qualquer? Quer ver se consegue terminar ainda? Ou prefere ir para o banheiro e bater uma?

Harry olhou para Nan.

– Mas que diabos, não banque a espertinha. Você conhece a situação tão bem quanto eu. Foi *você* quem quis vir junto comigo!

– Porque sabia que se eu não viesse junto você traria uma vagabunda qualquer com você!

– Caralho – disse Harry –, eis a *palavra* mágica outra vez.

– Que palavra? Que palavra?

Nan esvaziou seu copo e o lançou contra a parede.

Harry se levantou, apanhou o copo dela, encheu-o novamente, alcançou-o a Nan e depois voltou a se servir de uma dose.

Nan olhou para a bebida, tomou-a de um gole só, depositou o copo sobre a mesa de cabeceira.

– Vou ligar para ela. Vou dizer tudo o que está acontecendo entre nós!

– Nem pense nisso! Ela é uma mulher *doente*!

– E *você* é um filho da puta doente!

Neste instante o telefone voltou a tocar. Estava posicionado no centro do quarto, no chão, onde Harry o havia deixado. Os dois saltaram da cama ao mesmo tempo em direção ao aparelho. Ao segundo toque os dois já estavam ali, cada qual segurando uma das extremidades do fone. Rolaram sem parar por sobre o tapete, ofegantes, as pernas e os braços em uma justaposição desesperada, assim refletida no espelho que cobria todo o teto.

## **subindo a escada**

meu editor e (futuro) agente
encontrou-me um dia, eu era uma pilha
de caliça humana sentada entre
latas de cerveja e garrafas de uísque
nesta terra arrasada em
Hollywood leste.

ele parecia um tipo muito limpo e
decente, recusou tanto o
uísque quanto a cerveja, perguntou: "você
tem algum poema?"

terminei minha lata de cerveja,
joguei-a sobre o tapete,
arrotei, apontei na direção de
uma porta fechada do armário.

ele a abriu e uma
montanha de papel, folhas
soltas que tinham sido
amontoadas, socadas e
jogadas ali dentro, começaram
a cair.

"você escreveu tudo isso?", ele
perguntou.

"recentemente",
respondi.

ele sorriu e entrou em
um surto de
leitura.

mais ao fundo
do armário, bem escondida, havia uma
manequim que eu tinha comprado
de uma loja de
quinquilharias.

seu nome era Sadie e ela
era uma
belezura...

cerca de uma hora depois
minha visita saiu com um monte de
poemas.

duas semanas depois
ele ligou, disse que queria
publicar um volume ou dois de
meu trabalho e
que mandava uma carta com um
adiantamento.

"a propósito", ele perguntou,
"você não teria algo como um
romance?"

"vou rabiscar um para você",
eu disse...

comecei naquela tarde
e mais tarde naquela noite
peguei a Sadie e a levei para dar uma
volta, joguei-a atrás da casa
de um velho
camarada, voltei e me
servi um copo cheio de uísque em homenagem
à minha nova
vida.

Sadie tinha preenchido uma
lacuna
mas
como escritor
profissional eu
tinha pouca necessidade
dessas atividades
imaturas...

e depois não demorou muito
para que
as Sadies *reais* começassem
a chegar, nenhuma
delas
tão gentil ou pacata como
a original
e nem de perto tão fáceis de
descartar
ou
esquecer
mas muito mais fáceis,
claro, para escrever
sobre, e foi o que eu
fiz.

# o Rapto de Nossa Senhora

expor suas entranhas no papel
assusta a alguns
e
com razão:
quanto mais você escreve
mais você se
abre
para aqueles que se denominam
"críticos".
eles se ofendem com a com-
pleta folia dos
enlouquecidos.
eles preferem que uma poesia seja
codificada
suave e
quase
indecifrável.
o jogo deles permaneceu im-
perturbado por
séculos.
tem sido o templo dos
esnobes e dos
falsários.
profanar esse santuário
é para eles como
o Rapto de Nossa Senhora.

além disso, isso também
custaria a eles
suas esposas
seus automóveis

suas namoradas
seus empregos na
Universidade.

os Acadêmicos têm muito a
temer
e eles não morrerão
sem
uma luta suja

mas nós
estamos há muito esperando por isso

viemos de becos
e de bares e de
cadeias

você está cagando para como
eles escrevem o poema

mas insistimos que há
outras vozes
outras maneiras de criar
outros modos de levar a
vida

e pretendemos ser
ouvidos e ouvidos e
ouvidos

nesta batalha contra os
Séculos de Nati-
mortos

deixe-mos que saibam que
chegamos e que
pretendemos
ficar.

# **esta profissão tão delicada**

você pode pensar sobre escrever
até que não consiga mais escrever,
a armadilha estrala
e você é pego entre
lugar nenhum e um tipo
de ar puro,
o telefone toca e é
o editor:
"escute, garoto, não tenho notícias
suas..."

"não mandei nada para você
ultimamente?"

"não, nada de novo..."

"é apenas um branco, um tempo
de reorganização...
você entende, não acredito
em forçar a barra...
é a coisa mais destrutiva
que se pode fazer..."

"claro, garoto,
claro..."

o escritor desce a
escada e se senta no
sofá com sua
mulher.
está passando um filme sobre
Al Capone na

tevê.
o escritor sempre
foi fissurado por
filmes de
gângsteres.

o escritor assiste
ao filme
inteiro, diz para a
mulher: "esse era uma
verdadeira bomba..."

"era ainda pior do que
isso", sua mulher
diz.

o escritor sobe
a escada, coloca a
capa sobre a
máquina, vai até
o quarto, troca
as roupas pelo
pijama,
enfia-se na
cama
abre a *National
Enquirer*
e começa a
ler.

não devo pressionar,
o escritor pensa,
superação é o que
fode tudo...
não quero meus
miolos

espalhados por toda a
parede como os do
Ernie...

quando a mulher do
escritor sobe a escada
30 minutos
depois
ela o
encontra
adormecido,
as luzes ainda
acesas,
o tabloide sensacionalista
aberto sobre seu
peito

ele está salvo por
mais uma
noite.

# OS ESCRITORES

Harold bateu na porta do apartamento.

Nelson estava na mesa da cozinha comendo uma fatia de *cheesecake* e tomando um *espresso*.

– Sim? – perguntou Nelson. Batidas na porta o deixavam nervoso. E quando ficava nervoso desenvolvia um tique de cabeça. Sua cabeça começava a sacudir.

– Quem é?

– Nelson, sou eu, Harold.

– Ah, um momento...

Nelson enfiou o restante do *cheesecake* na boca. Seus olhos se encheram d'água enquanto mastigava. Estava vinte quilos acima do peso. Engoliu o último pedaço, correu até a pia, escorreu água sobre o prato, sobre suas mãos, então foi até a porta, abriu a corrente, girou a maçaneta, abriu a porta.

Harold entrou. Media pouco mais de um metro e meio e era magro. Tinha 68 anos. Nelson era uns trinta anos mais jovem. Ambos eram escritores, mas só escreviam poesia. Seus livros vendiam muito pouco e era um mistério como conseguiam sobreviver. Os dois contavam com pequenas fontes furtivas de renda de procedência desconhecida. Mas nenhum deles jamais falava sobre o assunto.

– Quer um *espresso*? – Nelson perguntou.

– Oh, sim, quero...

Harold sentou-se. Nelson trouxe a xícara de café e se sentou ao seu lado no sofá perto da mesa de centro.

A cabeça de Nelson começou a sacudir e tremer novamente.

– Bem, Harold, encontrei com o filho da puta. Ele me concedeu uma visita.

Harold levantou sua xícara até a metade do caminho para a boca, parou.

– Bostawski? – perguntou.

Era assim que chamavam aquele escritor.

– Sim.

Harold tomou um gole do café, pousou a xícara.

– Pensei que ele não via mais ninguém.

– Você está de brincadeira? Ele vê praticamente qualquer mulher que escreve ou liga para ele. Tenta embebedá-las, faz promessas, mente. Vai para cima delas e se elas não cedem ele as estupra.

– Como ele justifica isso?

– Diz que precisa ter algo sobre o que escrever.

– Maldito velho tarado.

Continuaram sentados falando sobre o maldito velho tarado. Então, Harold perguntou:

– Por que ele deixou você visitá-lo?

– Provavelmente para se gabar. Você sabe, eu o conheci logo depois que decidiu largar a fábrica para tentar ser escritor. Ele não tinha nem papel higiênico. Limpava a bunda com jornal amassado.

– Então, Nelson, você o viu? O que aconteceu? Ele estava bêbado?

– Claro que sim, Harold, estava podre de bêbado.

– Ele acha que isso é ser macho. Ele me dá nojo.

– Ele não é tão macho assim. Tod Winters me disse que deu uma surra nele um dia desses.

– Sério?

– Sério. Sobre isso ele nunca vai escrever.

– De jeito nenhum.

Seguiram sentados, dando goles em seus *espressos*.

Nelson apalpou o bolso de sua camisa atrás de um charuto. Levou-o à boca, rasgou o celofane com os dentes. Então cortou uma das pontas, enfiou-o na boca, pegou o isqueiro que estava sobre a mesa.

– Eu *gostaria* que você não acendesse isso, Nelson. É um *péssimo* hábito!

Nelson tirou o charuto da boca e o atirou em cima da mesa.

– E, Nelson, *além* do maldito fedor, ainda tem a porra do câncer.

– Você tem razão.

Ficaram novamente em silêncio por algum tempo, pensando mais sobre Bostawski e sobre câncer.

– *Então*, Nelson, conte-me o que ele disse!

– Bostawski?

– Quem mais?

– Bem, Harold, ele riu de mim! Disse que eu nunca ia conseguir.

– *Sério*?

– Sério. Estava lá sentado com suas calças de brim rasgadas, pés descalços, camiseta suja. Ele mora numa casa grande, dois carros na garagem. A casa fica atrás de uma cerca enorme. Tem um sistema de segurança caríssimo. E ele vive com uma garota linda, 25 anos mais nova do que ele...

– Ele escreve mal, Nelson. Não tem vocabulário, não tem estilo. Nada.

– Só despeja aquele monte de merda no papel, Harold, nunca passa disso...

– Ele odeia as mulheres, Nelson.

– Ele bate nas mulheres dele, Harold.

Harold riu.

– Por Deus, você já leu aquele poema em que ele lamenta o fato de que as mulheres nascem com *intestinos*?

– Harold, ele é um maldito de um crápula. Como consegue vender seus livros?

– Seus leitores são crápulas.
– Sim, ele escreve sobre apostas, bebedeiras... sempre a mesma coisa.

Pensaram sobre isso durante algum tempo.

Então Harold suspirou.

– E ele é famoso na Europa inteira e agora está chegando na América do Sul.

– A imbecilidade é um câncer, Harold.

– Mas ele não é tão famoso *aqui*, Nelson. Nos Estados Unidos sabemos qual é a dele.

– *Os nossos* críticos *sabem* quem é *autêntico*.

Nelson se levantou e encheu novamente as xícaras, então se sentou.

– E tem mais uma coisa, uma coisa *nojenta*! Nojenta *demais*!

– O que, Nelson?

– Ele fez um check-up completo. Pela primeira vez na vida. Ele tem 65 anos.

– E?

– Totalmente limpo. Os exames estavam debaixo de uma garrafa de vodca. Eu vi. Ele já bebeu gasolina o suficiente para acabar com um exército. A única vez que não bebeu foi quando estava na cadeia por bebedeira. A única coisa que estava fora do normal no exame foram os triglicerídeos, 264 abaixo do normal.

– Pelo menos *isso*!

– Ainda assim não é justo. Ele enterrou todos os seus companheiros de trago e algumas das suas companheiras também.

– Ele levou barato esse negócio da escrita, Nelson.

– Ele é como um cachorro que atravessa uma avenida movimentada sem olhar para os lados e sai ileso.

– Você perguntou a ele como consegue?

– Sim. Ele apenas riu. Disse que os deuses o amam. Disse que era carma.

– Carma? Ele sequer sabe o que *significa* essa palavra!

– Ele é um blefe, Harold. Eu estava em uma de suas leituras de poesia e quando um estudante perguntou o que ele achava que era Existencialismo ele respondeu: "Os peidos de Sartre".

– *Quando* vão *desmascará-lo*?

– Não vejo a hora!

Deram goles em seus *espressos*.

Então a cabeça de Nelson começou a sacudir e tremer novamente.

– Bostawski! Ele é tão *feio*! Como uma mulher consegue beijá-lo sem *vomitar*?

– Você acha que ele realmente esteve com todas aquelas mulheres sobre as quais escreve, Nelson?

– Bem, já vi algumas delas. E eram bem bonitas. Não posso entender.

– Elas sentem pena dele. Ele é como um cão sarnento.

– Que atravessa uma avenida movimentada sem olhar para os lados.

– Por que tem tanta sorte?

– Merda, não sei. Toda vez que ele sai de casa se mete em confusão. A última que ouvi era sobre um editor que levou ele e a namorada dele ao Polo Lounge. Ele saiu da mesa para ir ao banheiro e se perdeu. Ficou perambulando e dizendo a todos que eram uns impostores. Quando o maître chegou para ver do que se tratava a confusão ele puxou uma faca e o ameaçou. Agora ele está proibido de entrar no Polo Lounge.

– Você ficou sabendo da vez em que ele foi convidado para ir à casa de um professor e mijou em um vaso de flores e pôs fogo no galinheiro?

– Não tem um pingo de classe.

– Não mesmo.

Mais uma vez mergulharam num silêncio momentâneo.

Então Harold suspirou.

– Ele escreve mal, Nelson.

– *Além disso*, não tem cultura literária, Harold.

– Não tem berço nem cultura, Nelson.

– Um palhaço. Um verdadeiro palhaço. Odeio ele.

– Por que as pessoas o leem? Por que compram seus livros?

– É esse jeito de escrever simples. As pessoas gostam de algo sem profundidade, se identificam com isso.

– Enquanto *nós* escrevemos alguns dos melhores versos do século XX e aquele palhaço do Bostawski leva os aplausos!

– Ele é um sacripanta.

– Um impostor.

– Como uma mulher consegue *beijar* aquela cara *horrenda*?

– Os dentes dele são *amarelos*!

Então o telefone tocou.

– Só um momento, Harold...

Nelson atendeu o telefone.

– Alô?... Oi, mãe... O quê?... Bem, eu não sei. Acho que não seria uma boa ideia. Não, acho que não. Olha, mãe, vamos esquecer este assunto... Sei que a senhora tem a melhor das intenções. Ouça, mãe, estou numa reunião agora. Estamos planejando fazer uma leitura de poesia no Hollywood Bowl. Ligo para a senhora mais tarde, está bem? Um beijo...

Nelson desligou o telefone.

– AQUELA PUTA!

– O que foi, Nelson?

– Está tentando me arranjar um EMPREGO! ISSO É A MORTE!

– Pelo amor de Deus, será que ela não *entende*?

– Acho que não, Harold.

– Será que o Bostawski teve uma mãe um dia?

– Você está *falando sério*? Que uma criatura *daquelas* saiu de algum *corpo*? De um corpo *humano*? Sem chance.

Então Nelson se levantou e começou andar de um lado para o outro. Sua cabeça sacolejava mais do que nunca.

– POR DEUS, ESTOU TÃO CANSADO DE ESPERAR! SERÁ QUE NINGUÉM É CAPAZ DE ENTENDER A GENIALIDADE?

– Bem, Nelson, *a minha* mãe não entendia, não entendeu até morrer. Mas teve o bom senso de poupar e investir seu dinheiro...

Nelson sentou-se novamente. Segurava o rosto com as mãos.

– Jesus, Jesus...

Harold sorriu.

– Bem, *nós* seremos lembrados cem anos depois que *ele* estiver morto...

Nelson tirou as mãos do rosto, olhou para cima. Sua cabeça estabeleceu um novo recorde de sacudidas por segundo.

– MAS VOCÊ NÃO VÊ? AS COISAS SÃO DIFERENTES AGORA! O MUNDO PROVAVELMENTE TERÁ ACABADO A ESSA ALTURA! NÓS NUNCA SEREMOS APRECIADOS!

– Sim – disse Harold –, isso é verdade. Oh, maldição...

Em algum lugar de uma cidadezinha do sul, Bostawski estava bêbado diante de sua máquina de escrever, escrevendo sobre dois escritores que conhecera um dia.

Não era uma grande história, mas era uma história necessária. Ele escrevia um conto por mês para uma revista pornográfica que publicava religiosamente qualquer coisa que produzisse. Não importava o quão ruim fosse, provavelmente por conta de sua reputação internacional.

Bostawski gostava que seus relatos figurassem entre fotos ginecológicas. Imaginava algumas das modelos que apareciam nas fotos folheando a revista e se deparando com um de seus contos.

Que diabos é isso?, elas diriam.

Garotas, ele responderia se pudesse, isso é uma linha simples e direta e um diálogo realista. É assim que deve ser feito. E vocês só podem beijar minha cara feia de dentes amarelos em seus sonhos. Já tenho dona.

Bostawski tirou a última página da máquina de escrever, grampeou junto com as outras e então procurou um envelope de papel-manilha. Essa era a parte mais difícil de escrever: colocar no envelope, endereçar, pôr o selo e enviar pelo correio.

E normalmente eram necessárias umas duas taças de vinho para concluir uma das mais belas formas já inventadas de se passar uma noite.

Ele serviu a primeira.

# para a senhora que odeia isto

a máquina de escrever é como uma outra cabeça
com um cérebro sortudo
dentro:
bato nas teclas e as coisas vão
saindo.
a máquina faz toda a parte
suja do trabalho.

liguei para um cara noite
dessas
mas ele não estava,
sua namorada
atendeu.
notei uma certa infelicidade
em sua voz
então perguntei
se ela estava
bem.

"não", ela respondeu, "simplesmente *odeio*
ser escritora!"

o que ela precisa é de outra
máquina de escrever, uma que seja como
outra cabeça
com um cérebro sortudo
dentro...

então

*nada* é mais fácil do que
escrever

torna-se ridiculamente
fácil

e
enquanto você continua fazendo
isso
artigos críticos serão
escritos
sobre como você
faz
sobre por que você
faz
e
o que isso
significa.

e,
claro, você
não saberá
de que diabos
estão
falando.

porque é
a máquina
que faz

tudo o que há
a fazer
é se sentar
em frente a
ela.

ela tomará conta da
porra de quase
tudo

exceto da
morte e
das mulheres
ruins.

## **companhia**

a foto de Céline olha para
mim.
ele precisa fazer a barba.
parece um daqueles pervertidos dos
filmes.
os olhos veem através dos muros,
muros de humanidade.

a foto de Céline é boa
de olhar quando
as coisas dão muito errado
aqui.

olho para ele esta noite:

vejo seus ossos
dançarem:

o doutor do
Hades.

# **BLOQUEADO**

Eram 11h45 quando o telefone tocou. Martin Glisson estava dormindo. Ele atendeu o telefone, que estava no chão.

– Sim? – perguntou.

– Martin?

– Sim.

– Aqui é O Roedor.

Era o editor de uma revista de Nova York que gostava de chamar a si mesmo de O Roedor.

– Escuta, não recebemos nada seu. Faltam seis dias para o prazo final.

– OK, Roedor, eu vou mandar alguma coisa.

Todo mês Martin escrevia um conto para a revista *Sexerox*.

– Como vão as gatas, Martin?

– Estou me dando um tempo. Estou mantendo distância delas.

– De onde você tira seu material?

– De que importa, contanto que seja bom de ler?

– Você tem razão. Gostamos das suas coisas. Até onde sabemos, você poderia ser virgem. De qualquer forma, precisamos de alguma coisa em seis dias.

– Beleza, Roedor. Aguenta mais um pouco.

– Claro, Martin...

Martin pôs o telefone no gancho. Rolou de volta na cama, barriga para baixo, seu rosto virado para o sol nascente. Ele transpirava álcool. Havia escrito 27 livros, havia sido traduzido para sete ou oito línguas e jamais tivera um bloqueio criativo e agora tinha um maldito bloqueio criativo.

Olhou para o sol. Tinha escapado da jornada de trabalho de oito horas havia apenas treze anos. Agora, todo o TEMPO era dele. Cada segundo, cada minuto, cada hora, cada dia. Cada noite. Ele era escritor. Escritor. Escritor profissional. Havia doze milhões de pessoas na América que queriam ser escritores. Ele era escritor.

Martin levantou da cama e foi até o banheiro, deixou a água correr na banheira e então foi até a privada. Sabia qual era seu problema: não conseguia chegar até a máquina de escrever. Ela estava no outro quarto. Tudo o que ele tinha de fazer era entrar lá e sentar na frente da máquina de escrever e tudo viria. Mas ele não conseguia fazer isso. Ia até lá, olhava para a máquina, mas não se sentava. Não conseguia. Não sabia exatamente por quê.

Bem, pelo menos conseguia evacuar.

Martin se limpou, olhou para baixo, deu descarga, pensando, há uma linha muito tênue entre escrever e evacuar.

Foi até a banheira, misturou um pouco de água fria e entrou...

Escrever levava alguém para lugares rarefeitos, tornava-o estranho, um desajustado. Não foi por acaso que Hemingway explodiu os miolos sobre o suco de laranja. Não foi por acaso que Hart Crane se jogou sobre um propulsor, não foi por acaso que Chatterton tomou veneno de rato. Os únicos que continuavam eram os que escreviam best-sellers e eles não estavam escrevendo de verdade, já estavam mortos. E talvez ele também estivesse morto: tinha casa própria com sistema de segurança, uma máquina de escrever elétrica da IBM, tinha um Porsche e uma BMW na garagem. Mas até então havia resistido à piscina, à jacuzzi e à quadra de tênis. Talvez estivesse apenas meio morto?

O telefone tocou. Ele sorriu: é só entrar na banheira que toca o telefone. O telefone costumava tocar quando ele estava trepando. Já não era mais o caso. Ele era um escritor, não podia se preocupar com trepadas. Precisava de tempo para escrever contos sobre sexo.

Saiu da banheira molhado e pingando, chegou até o quarto e atendeu o telefone.

– Sim?

– Martin Glisson?

– Sim.

– Aqui é do consultório do dr. Warner. Gostaria de lembrá-lo de que o senhor tem uma consulta à uma da tarde.

– Puta merda!

– O que foi?

– Quer dizer, qual o motivo da consulta?

– É sua consulta bianual para checar seus dentes e fazer uma limpeza.

– Certo, obrigado...

Martin não voltou para a banheira. Apenas foi até o quarto, se atirou na cama e rolou sobre os lençóis para se secar. Ele ainda tinha alguma originalidade.

Então se vestiu e saiu de casa. Olhou para os dois carros e escolheu a BMW. Sentiu que precisava variar um pouco.

Mais tarde, no consultório do dentista, notificou a recepcionista de que havia chegado. A garota lhe pediu que por favor se sentasse e fechou a divisória de vidro. Ele nunca gostava quando fechavam aquela divisória de vidro. Era de fato uma afronta excluir alguém dessa forma. Ou talvez eles quisessem evitar que você ouvisse os gritos que vinham da cadeira do dentista. Fosse como fosse.

Martin foi até a poltrona, sentou-se e pegou uma revista.

O que ele gostava na *Sexerox* era que eles publicavam tudo o que ele mandava. Ele realmente deveria tentar escrever algo agora, só para deixar essa porta aberta. Talvez não estivesse com um bloqueio criativo. Talvez isso fosse coisa da sua cabeça. Mas no fim o resultado era o mesmo.

Tinha esquecido seus óculos de leitura. Ainda assim, folheou a revista. De qualquer maneira, não conseguia ler revistas, mesmo de óculos. Não se interessava por esportes, relações internacionais, filmes, entretenimento, realeza, ou se o mundo ia acabar ou não.

– Oi, moço!

Era uma garotinha de uns cinco anos que usava um vestidinho azul e sapatos brancos. Era loira e tinha uma fita vermelha no cabelo. Seus olhos eram lindos, grandes e castanhos.

– Oi! – Martin respondeu e então voltou a olhar para sua revista.

– Você vai arrancar algum dente? – a garotinha perguntou.

Martin levantou a cabeça novamente.

– Nossa, não sei. Espero que não.

Martin voltou a olhar para ela. Era realmente muito bonitinha. Mas provavelmente se tornaria uma megera quando crescesse.

– Você tem uma cara engraçada – ela disse.

Martin sorriu.

– Você também tem uma cara engraçada.

Ela riu. Era uma risadinha gostosa, gélida e limpa. Lembrava cubos de gelo no fundo de um copo. Não, essa foi braba. A risada era alguma outra coisa. O quê?

*É isso, aí está uma*, pensou Martin, *homem molesta garotinha na sala de espera do dentista enquanto sua mãe tem o siso extraído. E tem que ser realista e terrível, porém bem-humorada. O homem quer mas não quer, porém a garotinha, à sua maneira, dá corda a ele. Quando a mãe sai do consultório, ele está com a calcinha da garotinha na cabeça.*

— Onde está sua mãe? — Martin perguntou à garotinha.

— Ela está tirando o dente.

— Ah...

Martin baixou a cabeça e voltou a ler a revista.

— Por que você não vem até aqui e lê para mim? — a garotinha perguntou.

Martin olhou para ela.

— Não consigo ler direito, esqueci meus óculos.

— Venha e tente de qualquer forma — ela sorriu.

Que garotinha estranha, ele pensou, corajosa, destemida.

Martin foi até ela, pegou a cadeira que estava próxima à dela. Arrastou a cadeira até que estivessem lado a lado.

— Então, o que você quer que eu leia?

— Só leia para mim a revista que você está segurando.

Martin mal conseguia enxergar as letras. Leu para ela. Era algo sobre os problemas de segurança nos próximos Jogos Olímpicos. Era tudo muito chato. Ele não dava a mínima para os Jogos Olímpicos. Mas a garotinha parecia muito interessada nos problemas de segurança nos próximos Jogos Olímpicos. Sentiu seu braço tocar o dele, ela aproximou seu rosto do dele, como que para ouvir melhor. Ele sentiu mechas do cabelo dela roçando em seu rosto. Sua voz titubeou.

*Agora, ele pensou, o homem no meu conto esticaria o braço e agarraria a perna dela. Gentilmente. Isso seria o começo...*

Neste exato momento a porta da sala interna do dentista se abriu e uma mulher muito grande vestida com uma bata, calças compridas e sandálias surgiu lá de dentro.

– Vamos, Vera, é hora de ir para casa!

Vera sorriu para Martin.

– Obrigada, moço!

– Ela incomodou o senhor? É uma pestinha, não é?

– Oh, não – disse Martin –, ela é ótima...

A garotinha e sua mãe saíram e Martin largou a revista sobre a mesa de centro. Talvez ele escrevesse essa noite. Simplesmente entraria em casa e se sentaria diante da máquina, abriria uma garrafa de vinho, ligaria o rádio. E então tudo viria. Seu problema era uma mescla de insegurança e confiança extrema.

Então a porta da sala interna do dentista se abriu e a assistente disse:

– Senhor Glisson, o senhor poderia vir até aqui?

Ele a seguiu.

– Primeira porta à direita – ela disse e esperou que ele entrasse.

Martin sentou-se na cadeira, como um velho profissional, espreguiçou-se. A garota examinou o arquivo dele.

– Bem, vejo que tiramos alguns raios X da última vez, então não precisamos fazer isso de novo a menos que o senhor tenha tido algum problema. Sentiu dores ou pontadas ultimamente?

– Não nos dentes – disse Martin.

– Agora, abra – a garota disse.

Ela começou a usar um palito.

– Hummn, tudo parece em ordem... tem um pouco de tártaro, mas não vejo nenhum sinal de cárie.

– Que bom...

– Então, como o senhor tem passado, senhor Glisson?

– Bem. Você se lembra de mim?
– Oh, claro.
– E como você tem passado?
– Bem também, mas perdemos nosso cavalo.
– Cavalo?
– Sim, tínhamos um cavalo de corrida. Ele morreu na noite passada. Muito triste.
– É, acontece. Meu gato morreu.
– Agora, abra a boca, que vou começar. E segure isto. E, quando eu lhe disser, coloque na boca. Como se fosse um canudo.

Entregou-lhe um pequeno instrumento que aspirava o sangue e a saliva da boca.

– Sim – disse Martin –, lembro como funciona.

A assistente começou a escovar os dentes dele. Era um pouco sem graça, mas não era feia. Apenas uma boa mulher de família, de uns 35 anos, bastante inteligente, talvez um pouco acima do peso, talvez um pouco atarracada, mas em ordem: uma boa mulher.

*Agora*, pensou Martin, *que tal esta? Um homem fazendo limpeza dentária numa cadeira de dentista. Início da tarde. Uma conversinha chata. O homem está com uma ressaca pesada. Tem se sentido estranho. Não louco nem nada, só estranho. A vida tem passado sem muita distração. As Moiras não o têm incomodado. A vida tem se resumido a comer, dormir, beber. Nada grande, nada pequeno. Nada muito terrível, mas quase nada eterno também. Então, o homem simplesmente o faz, sem muito saber por quê, sem muito pensar, ele simplesmente o faz, como quem se agacha para juntar uma moeda do chão – ele se inclina e, enquanto a assistente do dentista está escovando seus dentes, ele agarra a bunda dela com uma mão, dá uma bela apertada e então solta.*

*A garota não faz nada, apenas continua escovando. Bem, ela diz "Agora", e ele pega o instrumento e o põe na boca e o instrumento suga o sangue e a saliva.*

*Ele larga o instrumento e, com as duas mãos, agarra os dois lados da bunda dela e afunda as patas pra valer ali, depois larga. A garota simplesmente continua a escovar.*

*Então ele levanta a saia engomada dela com as duas mãos, sente sua calcinha, começa a baixá-la. Ela apenas continua escovando, sem dizer nada...*

Então ele ouviu a assistente gritar:

– EI! O QUE VOCÊ ESTÁ FAZENDO?!

Martin ergueu-se na cadeira do dentista. Ela recuou para o canto da sala, os olhos arregalados. Gritou de novo:

– VOCÊ É MALUCO?

O dentista, dr. Warner, entrou correndo na sala.

– O que foi, Darlene?

– ESSE IMBECIL SIMPLESMENTE ME AGARROU!

– O senhor fez isso?

– Pode ser, não sei.

– BEM, EU SEI! ELE AGARROU A PORCARIA DA MINHA BUNDA!

– Não foi por querer, foi como num sonho...

– O senhor simplesmente não pode sair por aí fazendo esse tipo de coisa – disse o dr. Warner.

– Eu sei. Sei que foi errado. Não sei o que dizer.

– VAMOS CHAMAR A POLÍCIA! VAMOS ENTREGÁ-LO! ELE É PERIGOSO! – berrou a assistente.

– Você está certa – disse Martin –, chame a polícia. Vou esperar por eles. É provável que eu deva ser detido. O que fiz foi absolutamente estúpido. Sinto muito, mas sei que isso não é o suficiente.

– Muito bem, Darlene – disse o dr. Warner –, vá ligar para a polícia.

— Não — disse Darlene —, só tire ele daqui. Ele me dá nojo. Só tire ele daqui!

Martin mal podia acreditar no que ela estava dizendo.

— Obrigado — ele disse à assistente —, não posso lhe agradecer o suficiente. Acredite, nunca mais vou fazer algo assim, eu prometo!

— Só saia logo daqui — disse Darlene —, antes que eu mude de ideia!

— Vá, é melhor você ir logo — disse o Dr. Warner.

Martin levantou da cadeira e saiu da sala, atravessou o hall e então abriu a porta da sala de espera, saiu de lá e logo estava na rua. Viu a BMW, encontrou as chaves, abriu a porta, entrou. O carro deu partida e ele se afastou da calçada. Dirigiu até a avenida principal e parou no sinal. O sinal ficou verde e ele dobrou à direita e juntou-se ao fluxo de veículos. Martin apenas dirigiu a esmo, seguindo o tráfego. Então chegou a outro sinal fechado e ficou ali parado entre os automóveis que esperavam, pensando, eles não fazem ideia, essas pessoas não me conhecem. Então o sinal ficou verde e ele continuou seguindo o fluxo. Estava dirigindo na direção errada, no sentido oposto ao de sua casa, mas isso não parecia importar.

# a boa e velha máquina

eu tinha 50 anos quando este camarada
me tirou do mercado de trabalho
comum
para que eu pudesse ficar sentado dia
e noite a
escrever.
ele me prometeu uma soma em dinheiro
para a vida toda
independente do que acontecesse.
não que o dinheiro fosse lá essas
coisas mas era
*dinheiro.*

e seu encorajamento
dado que eu desconhecia esse tipo de coisa
certamente foi bom pra
burro
ainda mais porque ele me
editava e publicava.

chegou mesmo a me comprar
esta enorme máquina em que eu podia
bater de verdade
uma máquina antiquada
grande e poderosa.
(além disso, mandava-me pequenos
envelopes cheios de
selos, um gesto de grande
gentileza.)
e eu ficava sentado de calção

bebendo uísque e cerveja e
batendo à máquina.

e houve uma noite
acho que por volta das 2h30
em que eu não conseguia mais
escrever
então liguei para meu
benfeitor:

"ei, estas teclas estão emperrando!
há alguma coisa errada com esta
porra de máquina!"

"veja", ele disse, "a máquina está
boa, você só precisa
desenvolver uma noção de
ritmo..."

"a porra da máquina está ferrada!"
gritei e
desliguei.

bem, no dia seguinte e na noite
seguinte
descobri que ele estava
certo:

que
a máquina funcionava muito bem,
funcionava tão bem, de fato, que
o dinheiro que ele continuava a mandar
passou a vir de direitos autorais em vez de
doações.

e
depois de 14 anos a máquina

ainda funciona mas
me tornei preciosista e
comprei uma elétrica
que agora uso
e que escreve mais rápido
(se não melhor)
e a velha máquina
agora fica no andar de baixo
na mesa de minha mulher
e às vezes esqueço
disso
mas há momentos
como hoje à noite
em que penso naquela máquina
guerreira e louca lá embaixo.
tivemos tanta sorte juntos, mas
do que me lembro melhor é daquela
ligação às 2h30
reclamando de que
as teclas emperravam.

sei que isso é pouco para
expressar minha gratidão.

escritores, meu amigo, às vezes conseguem
apenas escrever.

# bêbado com Buda

a máquina agora zune e ruge como uma velha
lavadora de roupas
enquanto sigo sentado com este calção verde nesta noi-
    te quente de verão
à espera da sorte:

não sei
o quanto ainda posso esperar desta
máquina ou de
mim
mas
continuamos a trabalhar
sabendo tudo sobre morte e
extinção
continuamos a vasculhar as paredes em busca de res-
    postas a que não
chegaremos e

há este pequeno Buda
que
fica sobre a mesa
do outro lado e ele
parece estar
rindo de
mim.

tento interpretá-lo:
é como se estivesse dizendo:
nossas limitações são nossas
forças.
deixe que tudo mais se
vá.

bem,
nunca fui muito bom em
receber
conselhos
então

coloquei meu cigarro em *sua*
boca.

ele se recusou a tragar.

eu
peguei o cigarro
de volta.

disse a ele:
você percorreu um longo caminho, baby,
para ficar apenas aí sentado
olhando pra
mim

mas
por outro lado
pensei:
você está apenas tão
fodido quanto
eu...
certo?

claro, ele
ri...

sigo escrevendo
estilhaçando quaisquer possíveis
horizontes.

# **Ruivo**

ele toca uma livraria
nas imediações da Hollywood Boulevard
e agora essa parte de Hollywood
está quase tomada pela miséria,
os jovens michês dominam
as ruas à noite;
as jovens duronas, os negros,
as crianças desorientadas vindas de
famílias arruinadas, estão todos
assustados, quero dizer, desamparados e
inertes e
tudo o que restou dessa parte da
cidade são o
Musso's e a Frederick's de
Hollywood
mas o Ruivo está lá também,
velho e astuto Ruivo do Brooklyn,
bibliófilo, sobrevivente,
Henry Miller uma vez lhe
disse: "Onde você conseguiu a
porra dos meus livros todos, Ruivo?"

Ruivo tem a maior coleção de
livros de Chinaski em toda a cidade,
provavelmente no país.
eles soterraram sua mesa
em grandes pilhas
e ele guarda alguns raros sob
o vidro
e então ele me leva para a
sala dos fundos
e lá há caixas e mais caixas

de livros
do Chinaski.

"meu deus, Ruivo, espero que você não
se ferre!"

"grande porra se me ferrar..."

Ruivo conhece o cenário, ele tranca tudo
às quatro ou quatro e meia antes que as ruas
se tornem feias mas irreais, apenas
inumanas e injustas.

ele está em casa com a Mina pelas
cinco.
talvez eles comam por
ali.
talvez sigam até a
Canter's.
sábio e velho Ruivo do Brooklyn,
tinha visto bem mais
do que costumava
contar.

e Paris está morta agora
assim como Henry Miller
mas ali embaixo na Hollywood
dos marginais
onde restam apenas o Musso's
e a Frederick's,
há ainda um pouquinho
da velha
Paris
e um bom bocado de
classe:

Ruivo Stodolsky.

# **CHEGA DE CANÇÕES DE AMOR**

Caro Editor:

    Estou ciente de que perdi o prazo, mas fui afligido por trivialidades, como discussões com a mulher, carros pifados, um hóspede em casa por uma semana e várias outras coisas das quais já não me lembro. Uma das que consigo me lembrar é que tive de renovar minha carteira de motorista. Toda vez que renovo minha carteira de motorista começo a me dar conta de como estou velho, e isso é um sinal de que se está indo em direção ao túmulo, um sinal muito mais revelador do que noites de ano-novo ou aniversários, e, embora eu realmente não me importe de morrer, a certeza de que morrerei me desagrada. Então a cada quatro anos, na época de renovar a carteira, decido tomar um porre imenso. Então, isso feito, eu estava dirigindo até o Departamento de Veículos Motores de Hollywood, mas minha cabeça doía demais. Eu apagava o tempo todo. Então entrei à direita em uma rua, achei um bar lá perto do Hollywood Boulevard, acho que era na Las Palmas ou na Cherokee, estacionei, saí do carro, entrei, sentei, peguei uma Heineken no balcão, sem copo, e dei um belo trago...

    A uns dois bancos de distância estava sentada uma bruaca que parecia ter pelos de porco-espinho no lugar dos cabelos. E parecia que ela tinha pegado um lençol velho e sujo, aberto um buraco no meio, passado a cabeça por dentro e vestido o negócio.

– Oi – ela disse.

Olhei-a mais diretamente.

– Eu sou Helena, a cigana – ela disse.

– Phillip Messbell, controlador de tráfego aéreo desempregado – respondi.

– Posso ler a sua mão, Phillip?
– Sai por quanto?
– Uma cerveja.
– OK.

Helena arrastou seu lençol até o banco ao meu lado, pegou minha mão esquerda, girou-a e começou a passar os dedos na palma.

– Ah – ela disse –, você tem a linha da vida longa. Você vai viver muito...
– Isso eu já sei. Me diga alguma coisa nova.
– Ah – ela esfregou um pouco mais –, Heineken é sua cerveja favorita.
– Eu disse para parar de enrolar.
– Oh, *agora* eu vejo! – ela exclamou.
– É? O quê?
– Você vai foder dentro de uma hora.
– Com quem? Você?
– Talvez. Você tem 25 dólares?
– Não.
– Não vai ser comigo...

Ela pegou sua cerveja, eu terminei a minha e saí de lá. Entrei no carro a dobrei à esquerda na avenida, em direção ao DVM. Minha cabeça estava um pouco melhor, mas ainda me sentia um pouco tonto. Ia ter de passar no maldito teste sem ter lido o livro de instruções, mas até aí tudo bem. O que eu odiava era ficar nas filas olhando para a nuca das pessoas. A nuca não era tão feia quanto a cara, mas ainda assim aquilo era horripilante. Continuei dirigindo...

Quando arranquei no sinal seguinte, senti uma necessidade repentina de evacuar. Para distrair minha mente disso, dei uma olhada pela avenida. Vi uma jovem sentada na parada de ônibus, poderia ser a reencarnação de M. Monroe, porém um pouco mais castigada. E com flancos mais cheios e certamente um olhar mais lascivo. Sua saia, que revelava muito mais do que eu vira em meses, me fez sorrir, e ela me viu olhando para ela e sorriu de volta. Eu estava sorrindo. Ela estava sorrindo. Era um mundo sorridente. Assim que o sinal abriu, ela se levantou de um salto e correu em direção ao meu carro. Dei um chute com a perna direita, a porta se abriu e ela escorregou para dentro do carro como um cacho prestes a ser colhido.

O cara no carro de trás buzinou e berrou:

– SE ESSA VAGABUNDA NÃO MATAR VOCÊ, NADA MAIS O FARÁ!

Pisei no acelerador e dei o fora. Quando olhei para ela, estava coçando a parte interna de uma das coxas.

– Meu nome é Rosie – ela disse.

– Gordon Plugg.

– Você quer uma rapidinha – perguntou Rosie – ou serviço completo? Você quer sal de fruta, canguru perneta? Mar amarelo? A batida? Uma sucção? Um cabo de vassoura? Faço milagres, limpo sua chaminé. O que você quer?

– Quero renovar minha carteira de motorista – eu disse a ela.

– São cinquenta pratas.

– Você faz isso?

– Faço.

– Fechado...

Ela olhou para mim enquanto acendia os resquícios de uma cigarrilha.

– Você é um velho bem bizarro. Parece que já deveria estar morto, mas se esqueceu de morrer.

– Vou dar um jeito.

– Qual é o seu problema?

– As coisas me incomodam dia e noite, Rosie.

– Tipo o quê?

– Bem, pra começar, toda vez que visto minhas calças pela manhã e tento fechá-las, sempre me pergunto: *será que o zíper vai funcionar?* Ora, é claro que ele costuma funcionar. Mas o que me incomoda é por que essa ideia sempre me ocorre? Por que eu preciso dela? É um desperdício de energia, completamente inútil.

– Por que você não procura um psicólogo?

– Preciso é de um psicólogo que não precise de um psicólogo, e estes estão em falta!

– Você está me dizendo que quase todo mundo é louco?

– Bem, quase todo mundo tem zíperes. O que acontece é que seus níveis de intensidade e confusão são diferentes quando se trata de zíperes e coisas do tipo...

Rosie bocejou.

– Sua casa fica muito longe?

– Merda. Pensei que estávamos indo para a sua casa!

Rosie soltou um anel de fumaça de sua cigarrilha.

– Isso são mais dez pratas.

– Ok. Mas ainda quero o Serviço de Renovação da Carteira de Motorista.

– Você vai ter.

– Isso vai ser demais – eu disse.

– Eu *poderia* lhe fazer o banana split aqui no carro enquanto você dirige...

– Não, eu quero o Serviço de Renovação da Carteira de Motorista.

– Você está *pronto* para isso mesmo?

– A cada quatro anos...

Rosie me guiou pelas ruas e então chegamos à sua casa. A casa parecia feita de compensado, as laterais estavam um pouco tortas e o teto era inclinado. Mas tinha uma palmeira magnífica na frente.

Segui seu traseiro para dentro da casa enquanto ele balançava e rebolava e cantava, exigindo ser libertado daquela saia, exigindo a liberação daquela eletricidade das glândulas do Homem – aquela eletricidade fétida que seguia levando adiante a repugnância da espécie através dos séculos. Deixei-me levar, assim como outros antes de mim.

Rosie abriu a porta e pude ver uns quantos fedelhos se refestelando ou andando de um lado para o outro. Tinha um carinha agachado tentando montar um avião de brinquedo. Rosie foi até ele e lhe deu um chute na bunda que o fez rolar até a parede.

– DAVID, JÁ DISSE PRA VOCÊ PARAR DE CHEIRAR ESSA COLA! VAI DESTRUIR A PORCARIA DO SEU CÉREBRO!

David balançou a cabeça, mostrou o dedo do meio para Rosie e gritou:

– COMA MERDA E MORRA!

Outro carinha estava sentado usando uma camiseta do Tim Leary. Ele parecia desprovido de toda esperança e abandonado aos quatro anos de idade. Havia uma garotinha segurando uma foto do Burt Reynolds. Ela aproximava a chama de um isqueiro de sua boca sorridente e viril. A boca escureceu e se abriu.

– Burnt Reynolds – ela disse.

Rosie estava olhando para mim.

– O dinheiro primeiro...

Dei-lhe uma nota de cinquenta e uma de dez e ela guardou-as em algum lugar e começou a se despir enquanto eu assistia. Ao contrário da maioria das mulheres, ela ficava melhor nua do que vestida.

– Rosie – eu disse em voz baixa –, as crianças...

– Nada que elas já não tenham visto muitas vezes. É como um filme antigo, é entediante para elas. Para mim também...

– Mas, Rosie, eu quero o Serviço de Renovação da Carteira de Motorista!

– Eles *sempre* recebem aquilo por que pagaram.

Rosie desligou a lâmpada que estava pendurada por um fio e então deitou sobre um colchão sujo e se arreganhou toda. Fui em direção a ela, abrindo a braguilha, e mergulhei na mágica imensidão daquele corpo – os seios, as coxas. Pensei em nuvens e cataratas, em ter sorte em um jogo de dados, e então pensei, meu Deus, eu ainda nem tirei a roupa, nem sequer os sapatos. Meus dedos penetraram em seus cabelos e eles pareciam estar cheios de areia. Ela cheirava a luvas de borracha molhadas. Senti-me triste, tive vontade de chorar, mas não sabia por quê. Então a boca de Rosie se abriu sobre a minha. Ela se sente só, pensei, ela é muito solitária. Não, pensei, esse sou eu. Sua língua era fria, eu a mordi e ela cravou as unhas nas minhas costas, rasgando minha camisa. Senti um pouco de sangue. Estendi minha mão lá para baixo e comecei a brincar, estava bom, bem bom, e então entrei nela e ela era bem gostosa, não chegava a ser uma boceta dessas que prendem, mas não era nada má, e então eu não sabia mais se era dia ou noite ou onde estava, mas então voltei a mim e pensei, é só um sonho, um sonho muito bom, e descansei sobre aquele corpo mágico, então rolei para o lado e...

Eu estava na frente de uma câmera, havia uma mulher gorda e faceira com olhos que pareciam nozes, mais ou menos da minha idade, e ela disse:

– Vamos lá, sorria! Não vai doer!

Eu sorri. Houve um flash...

– Você vai receber sua licença temporária – a gorda me disse –, e dentro de trinta ou sessenta dias sua licença definitiva será enviada para o seu endereço.

Então olhei para baixo e percebi que meu zíper estava aberto. Estendi a mão para fechá-lo. Desta vez não funcionou. Estava estragado.

Saí de lá e senti o ar frio entrando pelos rasgos nas costas da minha camisa. Meu carro estava no estacionamento. Entrei, acendi um cigarro, dei a partida. Saí do estacionamento e desci a rua. Não havia sido um dia ruim e, de acordo com o relógio do carro, ainda restava boa parte dele. Talvez dirigisse até a praia ou fosse ver um filme. Eu não gostava de filmes, mas não assistia a um havia bastante tempo. Decidi fazer isso. Liguei o rádio do carro e estava tocando uma canção de amor, uma péssima canção de amor. Era um mundo repleto de canções de amor ruins. Desliguei o rádio e então alguma coisa me lembrou que eu ainda precisava evacuar.

Achei um posto de gasolina a três quadras dali, estacionei, saí do carro, andei em direção ao banheiro masculino. O frentista me viu.

– Ei, amigo, seu zíper está aberto.

– É, eu sei...

– Escuta – ele me disse –, quem usa o banheiro tem que comprar alguma coisa.

– Calibre meus pneus – eu disse a ele.

Entrei no banheiro, achei a cabine, eles tinham até protetores higiênicos para o assento. Espalhei três deles por ali, baixei as calças e deixei rolar. Foi quando vi a sua revista ali no chão, a capa rasgada e amassada e molhada, tão triste, sabe, ali no chão daquele banheiro sujo, e enquanto eu cagava lembrei que tinha perdido o prazo e decidi escrever para lhe contar, e, bem, é isso.

## **tentando apenas arrumar um servicinho**

estou bebendo uma cerveja.

peguei uma mesa de canto e
espero pelo meu
pedido.

era um desses restaurantes
de uma cadeia espalhada
por toda a
cidade.

a comida normalmente é ruim
mas há muito espaço
e tento me colocar
o mais longe
possível das outras
pessoas.

nem sempre é
possível.

na mesa mais próxima
sentam-se
dois camaradas.
um é bem feioso e
o outro é um jovem
insosso e loiro
com uma camiseta azul e
calções
brancos.

a garçonete está
curvada sobre a mesa

entre eles.
ela se curva sobre
o encosto da
cadeira
ela está
conversando e rindo
de mansinho...

a pobre coitada está
nitidamente
interessada no
camiseta
azul
mas ela fala
com os
dois.

então
ela
se afasta.

"que vagabunda", diz o
camiseta
azul.

"rabo fodido",
diz o camarada
feioso.

"gostaria",
diz o camiseta
azul, "que a gente pudesse
apenas ser servido
sem esse monte de
merda."

por um instante
nada de mais acontece
até que
*ela* volta
curvando-se sobre a
cadeira
falando e
dando risinhos.

"garçonete", eu
digo.

ela não
responde.

"EI, GARÇONETE!", eu
entoo.

ela se afasta do
encosto e
me
encara.

"sim, senhor?"

"pode me ver outra cerveja,
por favor?"

"ah,
claro..."

ela se vai em direção à
cozinha.

o loiro da
camiseta
me
olha:

"você não usa o termo
'EI!' quando se dirige a uma
pessoa."

"quando é necessário,
eu uso..."

"qual é o *problema* desse velho
fodido?", pergunta o amigo
feioso.

"ele acha que é a porra de um cara
*esperto*, é
isso..."

"lembra o que a gente fez
com o último espertalhão
que encontramos?"

a garçonete volta
com minha
cerveja.
então
sentindo que alguma coisa
está no
ar
ela
desaparece.

tomo um gole direto da
garrafa.

"ei, velhão", diz o camiseta
azul, "tenho algo aqui que
você também pode
mamar!"

olho para
ele.

"é? o que
seria?"

"quer dar uma chegada lá
fora e
descobrir?"

"quando quiser..."

"esse velho acha que é
*durão*", diz o
feioso.

"você é *durão*,
velho?"

"talvez não
mas
digo uma
coisa: dou conta de vocês
*dois* lá
fora..."

"ei, escute *isso*",
diz o camiseta
azul.

"ele deve ter
uns 70
anos", diz o seu
parceiro.

"por favor, não liguem para
minha
idade..."

"*vai se foder, velho!*"
diz o camiseta
azul.

aponto casualmente na direção da
saída e começo a
levantar.

eles olham para outra direção
começam uma
conversa
sobre
outros
assuntos.

não vão mais me
incomodar.

em qualquer circunstância
costumo ficar bem melhor
comendo em
casa –
exceto pelas louças
sujas.

tomo outro
gole da minha
cerveja:
sempre há alguma coisa
perseguindo um
homem.

# festa de aniversário

bebendo com Norman Mailer
em sua suíte no Chateau
Marmont
ele me fala sobre uma noite
em que esteve com Charlie
Chaplin.

Norman sabe como contar uma
boa história.

então é hora de ir a uma
festa de aniversário
de um produtor
para o qual nós dois estamos
trabalhando.

digo a Norman que Hollywood
me aterroriza e que
tenho medo por minha
alma para sempre
danada.

pegamos o elevador até o
serviço de estacionamento.

o manobrista traz meu
carro.

"também tenho uma BMW", diz
Norman.

"de que cor?", eu
pergunto.

"preta", ele
diz.

(a minha também é preta.)

"caras durões dirigem BMWs
pretas", digo a
ele.

entramos
e eu levo a
máquina pela
Sunset
Boulevard.

## sempre

a coisa que
importa
é
a coisa
óbvia
que
ninguém
está
dizendo.

# ELIMINAÇÃO

Fazia 34 graus, era o segundo jogo de uma jornada dominical dupla. Os torcedores na arquibancada estavam bêbados de cerveja. O time para o qual torciam, o Bluejays, tinha perdido o primeiro jogo e perdia o segundo por 6 a 2, na quinta entrada. Estavam apanhando de um time de terceira categoria, chamado Groundhogs. Os torcedores não estavam nada satisfeitos. Poderiam ter ficado em casa e se embebedado por lá mesmo, economizando algum dinheiro. Poderiam ter ficado em casa e espancado seus filhos e cachorros. Do jeito como as coisas estavam, o domingo tornara-se inútil e quente, e o trabalho de merda esperava a todos na manhã de segunda. Os torcedores estavam infelizes e enojados e o time do Bluejays se sentia do mesmo jeito.

O juiz Harry Culver se inclinou sobre a base, à espera do arremesso. Tomou seu lugar atrás do apanhador e esperou pelo maldito arremessador. Os Bluejays estavam com o taco e os Groundhogs tinham um arremessador que lançava em curva posicionado no montinho. Harry odiava ter de cantar bolas em curva. Dependia muito do instante final. Era muito mais fácil classificar bolas com pouca curva ou mesmo as rápidas.

Monty Newhall, o melhor rebatedor do Jays com .343 estava com o bastão. Homens na primeira e na terceira, duas fora. Isso deixava as coisas empatadas. O cara no órgão do sistema de som tocava AVANTE! Os torcedores bêbados gritavam e o arremessador mandou ver. A bola veio zunindo como uma abelha furiosa. No último momento, ela descendeu e desviou-se para longe da base, à altura do joelho.

– Striiiiiike! – gritou Harry Culver, enquanto indicava a marcação com o braço e a mão.

– Boa, Harold – disse o apanhador, peidando e lançando a bola outra vez para o arremessador.

– Porra – disse Monty Newhall. – Tempo!

O apanhador deu um passo para o lado dizendo:

– Ele tem mau hálito, Harry, não deixe ele beijar você.

O apanhador era Johnny Acro, que tirava 800 mil dólares por ano. Monty Newhall se aproximou de Harry. Newhall tirava 950 mil dólares por ano. O campo inteiro estava cheio de milionários. Os pobres vinham assistir aos milionários jogar. Os milionários investiam em commodities e formavam corporações. Tudo o que tinham a fazer era rebater e apanhar essa pequena bola por alguns anos, usar vários métodos de isenção de impostos e seguir em frente.

Newhall aproximou muito o rosto do de Harry:

– Minha carreira está por um fio. Cada vez que você faz uma chamada dessas de merda, é como arrancar dez mil dólares do meu bolso.

– Não vem com essa merda – disse Harry. – A chamada foi boa.

– Boa? Boa como?

– Como um buraco em uma rosquinha.

Newhall gargalhou.

– O calor pegou você, gordão. É uma coisa imbecil isso que você disse.

– Sim, foi. Estou cansado. Este dia desgraçado e quente não termina nunca.

– Cada um com seus problemas, gordão. Você não sabe cantar porra nenhuma.

– Volte lá para o seu quadradinho antes que eu elimine você do jogo!

– Vai fazer o *quê*?

– Você me ouviu!

Os torcedores gritavam e secavam suas cervejas. A cada ocasião em que Newhall falava, mais próximo ficava seu rosto do de Harry, fazendo com que este recuasse, um pouco de cada vez.

– Você é *meu*, cara – Newhall disse a Harry. – Você não vale nada.

Então Whitey Thorenson, o treinador de Newhall, saiu correndo da casamata e se meteu entre os dois. Chegou esbaforido, impondo sua cara vermelha.

– O que está fazendo com o meu garoto? Está intimidando o meu garoto?

– Seu garoto tomou um strike. Ele é quem está me intimidando.

Whitey voltou-se para Newhall.

– Esse cara está xingando você? Esse tipo de merda não é permitido, você sabe?

– Acho que esse cara me xingou – disse Newhall.

– Você é um mentiroso da porra – disse Harry.

Os outros juízes tinham chegado à base.

– Muito bem, vamos parar com isso!

– Está tudo sob controle – disse Harry.

Os torcedores começaram a gritar de verdade então, jogando tudo o que podiam encontrar para dentro do campo: copos de papel, bonés, meias encharcadas de cerveja, jornais, comida...

– Você perdeu o controle – disse o juiz principal, Tony Pietro. – Você precisa estabelecer o controle.

– Caralho, Tony, fique fora disto! Não preciso me incomodar com *você*! Já tenho problemas demais com minha esposa!

– Ah, vejam isso – disse Whitey Thorenson. – Ele canta a porra de um strike e agora quer amorcegar isso com seus problemas pessoais! Que tipo de profissional temos aqui?

– Tudo bem – disse Harry –, estou limpando o campo. Whitey, você está *fora*! Newhall, você está *fora*! *Saiam do campo!* Vamos retomar o jogo!

Ele fez um gesto dramático e amplo, apontando para a casamata.

– Não vou a nenhum lugar – disse Newhall.

Os copos de papel e todo tipo de lixo continuavam voando, atingindo-os na altura dos ombros, nas costas, na cabeça...

– Não tenho nenhuma vontade de sair daqui – disse Whitey Thorenson.

– Você ouviu o juiz – disse Pietro –, agora saia do campo para que a gente possa recomeçar o jogo.

– Isso – disse o outro juiz.

– Escute – disse Whitey. – Vocês são gente boa, mas estou dizendo que o parceiro de vocês aí não passa de um monte de merda.

– O que você disse? – perguntou Harry.

– Eu disse: você é um monte de merda!

Harry avançou e empurrou Whitey com as mãos.

A multidão foi à loucura. O cara no órgão tocou AVANÇAR!

– Ei, ei! – disse Whitey. – Olha a mulherzinha! Vai dar showzinho agora!

Os outros árbitros agarraram Harry.

– Pega leve, isso está sendo gravado.

– Está todo mundo vendo...

Então Whitey avançou e empurrou Harry. Abaixou-se e apanhou uma mão cheia com as porcarias e jogou nas calças de Harry. Então ele passou a andar em círculos ao redor de Harry, chutando as porcarias nele.

– Você não é de nada, gordão! É por isso que você é um juiz e um juiz de MERDA!

Harry se lançou para cima dele e Whitey deu um passo ao lado, rindo.

– Ei, *cagalhão*!

As arquibancadas foram ao delírio e as pessoas começaram a tentar invadir o campo, enquanto a polícia fazia o possível para controlá-las.

Então tudo aconteceu velozmente. Harry se lançou na direção de Whitey e disparou um soco em seu estômago que levou o outro a se dobrar, o que permitiu que Harry cruzasse por ele e fosse disparar um potente chute em seu rabo. Whitey caiu, agarrado à bunda, e Harry disparou na direção de Newhall, que recuava. Não conseguiu alcançá-lo. Os outros juízes o agarraram.

No escritório dos Jays, Harry respirava com dificuldade, tragando um cigarro. A imprensa fora mantida do lado de fora. Não era lá um escritório muito legal para um clube com tamanha importância. Podia-se sentir um leve cheiro de urina. Esse era o lugar onde negócios de muitos milhões de dólares eram fechados. Também era o lugar onde alguns jogadores milionários eram chamados para receber a notícia de que seus serviços não eram mais necessários.

Do lado de fora, Harry podia ouvir os torcedores gritando enquanto o jogo continuava, sem ele, sem Whitey, sem Newhall e sua média de .343, seus *home runs*, rebatidas internas, total de bases percorridas. Agora estavam todos ali sentados em torno do dono dos Jays e de outras pessoas que ele não conhecia, gente que usava pastas de executivo e cochichava entre si...

Então o Comissário do Beisebol, H. T. Faulkner, entrou.

Alguém disse: "Olá, sr. Faulkner".

Harry dirigiu de volta para sua casa de 65 mil dólares com sua hipoteca de 39 mil. Estacionou na garagem, saiu, pensando, continuo achando que foi um strike, continuaria chamando, não importa o que aconteça. Saiu da garagem e subiu os degraus da entrada, abriu a porta e entrou.

Susan assistia ao Jornada nas Estrelas na tevê. Os Klingons estavam mandando ver. Spock estava tranquilo, mas temporariamente ineficiente. Harry caminhou por trás de Susan, que estava no sofá, beijou-a no pescoço.

– Olá, doçura!

Ele deu a volta e se sentou ao lado dela.

– Por Deus, você já não viu esse episódio antes?

– Sim, mas às vezes eu perco alguma coisa. Você só pega os detalhes que perdeu assistindo uma segunda vez.

– Onde está Trina?

– Está lá fora, brincando.

– Vou trocar de roupa. E tomar um banho.

– Certifique-se de lavar debaixo dos braços e em outras partes.

– Tudo bem...

Harry entrou no banheiro, tirou as roupas. Aquilo foi bom. Entrou no banheiro e deixou a banheira encher, olhando para a água, que formava redemoinhos. Ficou assim por algum tempo.

SUSPENSO ATÉ SEGUNDA ORDEM. INVESTIGAÇÃO PENDENTE.

Ele desligou as torneiras, provou a água com a mão e entrou.

– Susan! – gritou. – Cadê o sabonete?

– Não estou ouvindo – ela gritou de volta.

– Esquece – disse ele.

Que se foda. Estirou-se na água.

# sim

acabo de ouvir um comercial
dizer que o Fazendeiro
John dos laticínios defuma seu próprio
bacon.
bem, aí está um cara
durão de
verdade.

## **dias e noites**

dirigindo para leste pela Century, com um tráfego lento e pesado,
um perdedor nas corridas, a noite chega já
bastante escura
enquanto eu penso em outros
assuntos
que também prometem perdas quase
certas.
procuro um cigarro no
painel, este idiota sorrindo
internamente: as coisas nunca foram muito
boas, talvez não tenham mesmo de
ser.

eu acendo a
fumaça, o tráfego para
o engarrafamento parece maior do que
nunca, então o sinal muda para o
verde e começamos a nos mover tão
lentamente e
percebo que todos os sinais
para pegar a faixa da esquerda piscam
à minha frente.
estou na pista de
fora e os carros à frente
movem-se em direção à pista
interna.
sigo forçando meu
motor
na frente de
outro motorista que abre caminho

centímetro a centímetro
com um ódio
firme.
então percebo a causa de nosso
descontentamento, bloqueando a
pista mais externa: um pano branco cobrindo
um corpo e
fato curiosíssimo – o sangue ensopando depressa
aquela
brancura.

o tráfego se acelera, escuto as sirenes
já longe.

chego na autoestrada Harbor
viro em direção ao sul até a
entrada, forço caminho em direção
à autoestrada
em frente a outro carro
com outro motorista
que abre espaço
polegada a
polegada.

meu rádio está sintonizado na
KNX, tenho uma última aposta
correndo na nona carreira – se
eu ganhar
todas as minhas derrotas já
eram.

tenho
Presa Verde.

o replay da carreira começa
quando chego na autoestrada
Imperial:

"aí vem Presa Verde e
Me Conduza
em direção à linha de
chegada!"

"cruzaram
juntos! teremos de esperar
pela
foto!"

a foto diz: Me
Conduza.

nada de novo por algum
tempo
então
um pouco antes da saída da autoestrada
para San Diego e a autoestrada para Harbor
Norte
um carro tinha se esmigalhado na junção
que separa as autoestradas Norte e
Sul, o tráfego estava
interrompido no sentido Norte e um tanto lento
na pista Sul.

estou defronte à
junção, vejo esse carro
espatifado contra o
cimento.

guinchos, ambulâncias, viaturas
todos em
volta.
há uma enorme luz de busca brilhando sobre o carro
esmagado.
um homem com uma alavanca tenta

abrir um espaço
na porta do lado do
motorista.
por sorte, não consigo ver o
motorista.

depois disso o tráfego
começa a andar
outra vez.

ao chegar ao fim da
autoestrada, faço um retorno
à esquerda
para tomar a Gaffey.
o tráfego é menor
mas desagradável o
suficiente.

bem, finalmente chego ao lugar onde
vivo, emboco na garagem,
apago o motor, as
luzes, saio
não ligo para a porta da
garagem, deixo tudo como
está.

subo, enfio a chave na
porta, en-
tro.

minha mulher está
lá.

"olá",
digo.

ela está deprimida.

## **as massas**

todas as pessoas solitárias, amargas e miseráveis que se
 sentem menosprezadas,
traídas pelas forças, elas culpam a vida, as circunstâncias,
 culpam os outros quando de fato
*elas*
são totalmente insossas, obedientes a sua falta de originalidade,
covardes e plácidas, seguem se sentindo enganadas, in-
 festando a Terra
com suas lamúrias, com seus ódios –
embotadas no centro de lugar nenhum, esses milhões
 de erros
humanos, indo dia após dia e noite após noite através
de seus movimentos castrados,
acabam por ferir a própria Terra, ferir todas as coisas,
esse desperdício
o horror de todo esse
desperdício.

# meu pai

era um homem realmente incrível.
ele fingia ser
rico
ainda que vivêssemos à base de feijão e mingau e salsichas
quando sentávamos para comer, ele dizia:
"nem todos podem se dar ao luxo de comer assim".

e porque quisesse ser rico ou porque de fato
pensasse *ser* rico
sempre votava nos republicanos
e votou em Hoover contra Roosevelt
e perdeu
e então votou em Alf Landon contra Roosevelt
e voltou a perder
dizendo: "Não sei o que vai ser deste mundo,
agora lá estão aqueles malditos Vermelhos e
logo mais os russos estarão em nosso quintal!"

acho que foi meu pai quem me fez decidir
ser um vagabundo.
decidi que se um homem como esse quer ser rico
então quero ser pobre.

e me tornei um vagabundo.
vivi de centavo em centavo e em quartos baratos e
em bancos de parque.
pensei que talvez os vagabundos soubessem alguma coisa.

mas descobri que boa parte dos vagabundos também
    queriam
ser ricos.
haviam apenas falhado nisso.

assim pego entre meu pai e os vagabundos
não tinha para onde ir
e cheguei lá rápido e devagar.
nunca votei nos republicanos
nunca votei.

enterrei-o
como uma bizarrice da Terra
como centenas de milhares de bizarrices
como milhões de outras bizarrices,
desperdiçadas.

# .191

A campainha tocou e Monty foi até a porta, abriu-a. Eram nove horas da noite e era Harold Sanders.

– Olá, Harry, bem na hora.

– Dizem que se você não pode ser nem pontual, não pode ser nada.

– Essa é boa. Vamos. Sente aí em qualquer lugar.

– Como está Debra? – Harry perguntou, sentando-se no sofá perto da mesinha.

– Está bem. Deve descer em um minuto.

A garrafa de vinho já estava ali. Monty sacou a rolha e serviu duas taças.

– Este tinto é dos bons, Harry, tenho certeza de que vai gostar.

– Valeu, Monty.

Cada qual tomou um gole.

Debra entrou trazendo duas tigelas grandes, uma com batatinhas, outra com um mix de castanhas, amendoins e nozes.

– Olá, Harry.

– Olá, Debra, você está ótima.

– Obrigada. Bem, vou deixar vocês conversarem, rapazes.

– Não, Debra, não há nada que você não possa ouvir – disse Monty. – Quero que você fique. Tudo bem, Harry?

– Bem – disse Harry devagar. – Está bem. Costumamos resolver essas coisas no mano a mano, mas acho que somos todos da família.

– Eu sei – disse Monty –, foi por isso que chamei você aqui em casa.

– É mais agradável – disse Harry.

– Coma uns salgadinhos – sugeriu Debra. Ela se sentou em uma cadeira próxima à mesinha. Desse modo, ela poderia ir mais facilmente à cozinha para pegar outra garrafa ou o que quer que fosse.

Harry apanhou algumas castanhas, levou-as à boca, mastigou-as e tomou um gole de vinho.

– É um grande vinho – ele disse.

– Beba à vontade – Monty disse –, há bastante.

– Harry também gosta – falou Debra. – Quero dizer, durante a pré-temporada.

– Bem, *estamos* na pré-temporada – disse Harry. – De fato, a temporada foi meio que uma pré-temporada.

– Sim – disse Monty –, catorze jogos de fora, isso é meio ruim. E logo depois de vencer o campeonato.

Harry terminou sua bebida.

– Foda-se, isso não passa de merda...

Então se voltou para Debra.

– Desculpe-me a linguagem...

Monty voltou a encher a taça de Harry, que olhou em direção à bebida. Monty terminou a própria.

Debra não estava bebendo. Acendeu um cigarro, olhou para Harry.

Então Monty falou:

– Você não tem medo desta vizinhança negra, Harry?

– Espero que minhas rodas ainda estejam lá quando eu for embora daqui.

– Você estacionou na entrada da garagem? Ficará tudo bem.

– Você não *precisa* viver neste bairro, Monty.

– Gosto de viver por aqui com meus irmãos. E algum dia talvez eu precise do meu dinheiro.

– Sim, vai precisar.

O silêncio voltou a se impor. Terminaram suas bebidas e Monty as reabasteceu.

– Talvez eu deva sair – disse Debra.

– Você fica, Debra. Tudo bem, Harry?

– Como você quiser.

– Muito bem. Debra, você poderia pegar outra garrafa para a gente?

Debra saiu e entrou na cozinha.

– Escute, Harry, você tem algum assunto ruim a tratar, desembuche agora.

– Nada ruim, quero apenas discutir alguns detalhes.

– Não há nada a discutir. Tenho ainda dois anos de contrato garantido de 800 mil dólares por ano e uma cláusula que proíbe meu passe ser negociado.

– Ganho 90 mil por ano. Me sinto como uma tartaruga diante de um elefante.

– Você pode morder minha pata.

– Nem pensar. E o seu agente, Feldstein, não vai aparecer?

– Não preciso dele *ainda*. Quero ouvir o que você tem a dizer primeiro.

– Porra, Monty. Não vim aqui para conversar. Quero chegar a algum tipo de acordo.

– A última palavra é minha. Podemos chegar a um entendimento sem Feldstein. *Se* eu gostar da sua proposta.

Debra entrou trazendo uma nova garrafa. Monty aplicou o saca-rolhas.

– Obrigado, Debra – disse Harry. – A propósito, você se incomodaria se eu acendesse um charuto?

– Vá em frente.

Debra havia trazido uma taça para si mesma. Ela a estendeu a Monty.

– Uma taça, por favor. Sinto como se eu estivesse participando de uma conferência sobre desarmamento nuclear. Uma conferência mundial.

– Também me sinto meio que metido em uma porra como essa – disse Monty.

Ele encheu as três taças.

– Bem, onde estávamos mesmo?

Harry acendeu seu charuto, inalou, exalou. Trajava um terno cinza com riscas pretas muito finas. Sapatos pretos, muito lustrosos. Uma camisa rosa com uma gravata preta. A camisa rosa tinha pequenos pontos verdes.

– Monty, você sabe como foram suas rebatidas no ano passado?

– Bem, não lembro da média com exatidão.

– Foi exatamente .191.

– Machuquei meu tornozelo em junho...

– Seivers diz que você tem ficado muito longe da base e um pouco avançado. Eles têm detonado você nas bolas em curva, tanto nas abertas quanto nas fechadas. Ele diz que já tentou fazer você mudar de posicionamento.

– É mesmo? O que o Seivers já rebateu para saber?

– Você não precisa ser um grande rebatedor para ser treinador de rebatidas.

– Não fode!

Debra terminou sua bebida. Estendeu o braço e voltou a se servir.

– Monty conseguiu fazer dezenove *home runs* – ela disse. – Essa é uma marca top para o time...

– Mas são doze a menos que no ano anterior.

– Continua sendo uma grande pontuação para esse time – disse Debra.

– Não é uma performance de 800 mil dólares. Não com apenas 67 rebatidas internas.

Tudo ficou outra vez silencioso. Trabalharam em suas bebidas. Harry deu umas baforadas no charuto.

Debra espanou o ar com uma das mãos, mas logo parou. Harry enxugou e acenou para a taça vazia.

– Importa-se de me servir mais?

Monty o serviu.

– Claro, branquelo, tudo o que você disser.

– Escuta, que porra de conversa é essa?

– O que quer dizer, Harry?

– Agora, por que veio com essa merda?

– Merda, cara?

– Sim, merda.

Houve então mais um silêncio, ainda mais pesado.

Debra saiu em busca de mais uma garrafa, retornou. Monty usou de novo o saca-rolhas.

– Tenho um contrato que me garante 800 mil a cada ano por dois anos, sem possibilidade de negociação, isso é tudo o que eu sei.

Ele serviu as taças.

Harry ergueu sua bebida, tomou um gole, então, segurando a taça em pleno ar, ele percebeu uma pintura na parede oposta. Ainda com a taça erguida, enquanto esmagava o toco de charuto no cinzeiro, ele disse:

– Bem, é uma bela... tela... o que é? Uma queda d'água? Gostei dela...

Depois voltou a beber e secou a taça.

– É da Debra – disse Monty. – Ela pinta.

Harry olhou para Debra.

– Por Deus, é um ótimo trabalho, muito bom.

– Obrigada.

– Escute, gostaria de fumar mais um charuto, certo, Debra?

– Foi por isso que falou da pintura? Para me amaciar em relação ao charuto?

– Não, Debra.

– Tudo bem. Posso aguentar.

– Obrigado.

Harry desenrolou um charuto novo, arrancou a ponta com os dentes.

– Sempre gostei de jogar avançado – disse Monty. – Gosto de ficar o mais perto que puder do arremessador. É meu estilo.

– As coisas mudam – disse Harry, acendendo o charuto. – Você já está com 35, Monty, não consegue mais manter o ritmo. Precisa mudar seu posicionamento. Precisa dessa fração extra de segundo.

– Não fode!

– .191 de média, Monty. Isso diz tudo.

– Tem que ficar repetindo esse negócio de .191? Está ficando monótono.

– Sim, sem falar nessa fumaça fedida – disse Debra.

– Assim são os negócios, Debra. Não há nada mais monótono do que conseguir menos de duas rebatidas em dez recebendo um salário de 800 mil.

Monty secou sua bebida.

– Harry, você está pegando muito pesado comigo. Muito pesado.

– Do que está falando?

– Só tive uma temporada ruim. Todo mundo passa por isso.

– Você está com 35, Monty. Quando alguém tem uma temporada como essa aos 35, as dúvidas começam a aparecer...

– Foda-se, Harry – disse Monty.

– Por que você segue xingando o meu velho? – Debra perguntou.

– Achei que era ele quem estivesse me xingando. Melhor eu ir agora.

– Não, fique – disse Monty. – Vamos passar isso a limpo. Você veio até aqui com alguma coisa em mente. Agora quero ouvir o que é.

– Esse negócio é horrível – disse Harry. – Não gosto dele. Não consigo sequer suportar meu trabalho.

– O que está querendo dizer? – perguntou Monty.

– Outra taça, por favor.

Monty a serviu.

Harry olhou para Debra.

– Realmente gostei da sua pintura. Ela não se parece com nenhuma outra.

Então ele apanhou a bebida, virou metade, depôs a taça.

Olhou para Monty.

– Suponho que eu não seja mais do que um moleque de recados da direção. E eles me deram um recado...

– Tudo o que sei – disse Monty – é que tenho 800 mil para receber nos próximos dois anos, não importa o que aconteça. Feldstein sabe disso. Debra sabe disso. Você sabe disso. E, isso é tudo.

– Bem, não exatamente.

– Não exatamente? Bem, qual é o problema?

– O problema está nessa média de .191 que você apresentou na última temporada.

– Se me disser esse número mais uma vez, encho você de porrada.

– Vou me assegurar de não fazer isso.

– É bom mesmo.

– Odeio esse trabalho, odeio mesmo.

– Não estamos interessados no seu ódio. Já sabemos o que você pensa a respeito – disse Monty.

– Podemos deixar essa merda de questão racial de fora?

– Sempre esteve dentro. Por que tirar agora?

– Talvez você esteja certo.

Monty serviu mais bebida. Harry terminou o charuto.

– Chega de charutos – disse Debra.
– Tudo bem.
Harry tomou um gole de sua bebida.
– Bem? – perguntou Monty.
– Ah, cara – suspirou Harry. – Bem, o negócio é o seguinte. Se você jogar para nós no próximo ano, já não será entre os titulares. É caso decidido. Você será um curinga contra algum arremessador canhoto ou para rebatidas específicas. Sinto muito, mas entre outras coisas os treinadores dizem que você já não é capaz de dar conta de uma partida.
– É verdade? – Monty perguntou.
– Foi o que me disseram.
Monty gargalhou.
– Porra, se não quiserem me escalar, que não escalem. Enquanto eu estiver por ali, levo os meus 800 mil.
– Você está certo.
– Eles não têm como me foder nessa.
– Não.
– Então, isso é tudo o que você tem para dizer?
– Bem, não...
– Tudo bem – disse Monty –, continue. Vamos ouvir o resto.
– Sim, vamos ouvir – disse Debra.
– Ah, bem – disse Harry –, é o seguinte: estamos negociando você com o Oakland. *Se* estiver bom para você.
– Oakland? – perguntou Monty.
– Oakland? – perguntou Debra.
– Vocês vão pagar o rompimento da cláusula que impedia negociação? – perguntou Monty. – Qual é a oferta?
– Não tem oferta.
– Não tem? Vão se foder!

– Caralho, espere – disse Harry. – Encha a taça aqui, sim?

Monty a encheu. Harry começou a beber.

– E não venha com nenhuma porra sobre a minha pintura – disse Debra.

Harry olhou para Monty.

– Tudo bem, agora escute...

– Sim, estou escutando.

– Bem, veja, no Oakland você seria titular, em todos os jogos, isso é certo. Quem sabe se você jogasse todas as vezes não conseguiria recuperar seu melhor estilo. É a sua chance.

– Hummmm... – disse Monty. – E o que eles ganhariam na minha troca?

– Dois jogadores iniciantes ainda não definidos.

– O quê? É isso o que o clube acha que eu valho?

– Não, sendo honesto com você, o que eles querem é se aliviar do seu salário.

Monty apanhou sua bebida. Olhou para Harry.

– Quanto você acha que eu valho?

– O que quer dizer com isso?

– Você sabe o que eu quero dizer.

– Sim – disse Debra.

– Bem, esse tipo de coisa foge da minha alçada. Como eu disse, não passo de um moleque de recados.

– Mas supondo que fosse seu trabalho decidir? – perguntou Monty.

– Sim, supondo que fosse? – perguntou Debra. – Quanto valeria?

– Você está falando em termos de um salário anual?

– Sim – disse Monty.

– Bem, diabos, eu não sei...

– Faça uma tentativa.

Harry pensou um pouco, concentrado.

Então ele disse:

– Duzentos mil dólares.

– Duzentos mil? – perguntou Monty.

– Bem, sim, por aí.

– Tire esse seu rabo branco da minha casa!

– O quê?

– Eu digo, *agora*!

– Antes que alguma coisa aconteça – disse Debra. Harry se pôs de pé.

– Muito bem, estou indo...

– E não enrole muito – disse Monty. – Quando eu digo para darem o *fora*, é para sair JÁ!

Harry avançou até a porta. Monty e Debra seguiram atrás dele. Ele abriu a porta, fechou-a. Então estava do lado de fora. Eles ficaram dentro da casa. O carro continuava na entrada da garagem. Ele entrou, deu a partida, depois a ré. Fez um retorno, tomou a esquerda em direção à autoestrada.

Teria sido melhor falar com o Feldstein. Isso é o que acontece quando se tenta falar direto com os jogadores. Consegue um bom de um caralho negro enfiado no rabo. É tudo o que se consegue.

A lua estava no horizonte quando ele alcançou a autoestrada. Misturou-se gentilmente ao tráfego. Dirigia com uma mão, enquanto tirava o celofane do charuto. Então mordeu a ponta, enfiou-o na boca e usou o isqueiro do carro. Que noite inútil. E o pior de tudo, ele odiava beisebol. Que jogo do cão, que celebração para os imbecis. Harry pisou fundo no acelerador e avançou em direção à lua.

# ferradura

esqueci que tinha uma consulta na dentista dia desses
e cedo da manhã
fui acordado pelo telefonema
da secretária
com o lembrete de que deveria estar na clínica
às duas da tarde.

cheguei lá a tempo
era necessário um molde para uma ponte parcial
na arcada superior.

"boca bem aberta", disse a dentista, que então deslizou
esta ferradura
para dentro
de minha boca.

a ferradura estava cheia de uma
substância cinzenta e pegajosa
que foi pressionada contra meus dentes e contra os
intervalos entre meus dentes.

então
a dentista saiu da sala

não engasgue, pensei, ó não engasgue, não
vomite, nem *pense* em vomitar...

olhei através da janela e lá fora
havia grandes árvores negras
e a sombra era poderosa
e tudo
parecia decente e suave e
apaziguante.

depois do que pareceu um longo
tempo
a dentista retornou
uma ótima dentista
e ela disse: "abra
bem!" e
puxou a ferradura
mas
a substância cinzenta tinha
endurecido e nada
tinha
descolado.

vou morrer com um pé na minha boca,
pensei.

"abra ainda mais!", ela disse e
botou mais força no movimento
e a ferradura saiu
com seu molde
cinza.

ela saiu da sala com
aquilo.

bem, pensei, sobrevivi a mais essa,
enganei a todos
mais uma vez...

a dentista retornou: "não fiquei
satisfeita com o molde, teremos que
fazer
outro... abra bem!"

ela colocou a nova ferradura em minha boca
depois

saiu da sala
para retornar logo
depois: "não se esqueça de
respirar..."

"ooooouuu", eu disse.

voltei a olhar mais uma vez para as grandes árvores
negras, pensando, será que isso não termina
nunca? todas essas coisas que acontecem e
para as quais
ninguém nunca está
preparado?

não, disseram as árvores, balançando a um tênue
vento, nunca termina até que termine de
verdade...

mas eu vou vomitar! eu
respondi.

ah, balançaram as árvores, ha ha ha!

longe ao sul o oceano
rugia
e longe ao norte
as montanhas não estavam
nem aí.

# um amigo

é curioso: ficando velho e
envelhecendo, ainda bebendo, jogando, brincando com o
poema.

a morte, claro, é um pensamento constante
mas menos do que quando
eu tinha 17.

além disso, tenho consciência de que não pode haver nada
mais chato do que
um velho parasita
nessa lenga-lenga sobre sua
idade.

preciso dizer a você, contudo, que as ressacas
demoram um pouco mais a
passar.

e, manhã dessas, tive uma particularmente
danada.

os cavalinhos não têm funcionado: não há muito a fazer senão
ponderar sobre as
dificuldades

estou do lado de fora da casa
caminhando junto à extensão da cerca
tentando reunir minhas
sensibilidades

quando
escuto uma voz:

"bom dia..."

é meu vizinho, um camarada alto, talvez um e
noventa.

"ei", respondo, "bom dia, como vão as
coisas?"

"não passo de um velho fodido", ele responde, "o bom
    Senhor não
me leva e o diabo não me
quer..."

"Charley", eu lhe digo, "nós o queremos, fique
conosco..."

ele ri, volta-se, retorna ao seu
jardim.

ele está com 93, a esposa dele com
92

às vezes é preciso mais coragem
para estar vivo
do que morto.

volto para dentro de
casa.
a esposa está
lá.

"que tal tomarmos o café da manhã?",
pergunto.

"você pode
comer?"

"ah, com os diabos que
sim..."
subo as escadas satisfeito por ter de
fazer a barba e
me
arrumar.

## **ouro em seus olhos**

entrei em minha BMW e dirigi até o banco para
pegar meu cartão American Express Gold.

disse à menina na mesa o que eu
queria.

"o senhor é Chinaski", ela
disse.

"sim, quer ver minha
identidade?"

"ah, não, nós conhecemos o senhor..."

fiz o cartão deslizar para minha carteira
retornei ao estacionamento
entrei na BMW (paga, dinheiro
vivo)
e decidi seguir até a loja de bebidas
e comprar uma caixa de bom
vinho.

no caminho, convenci-me de escrever um poema
sobre a coisa toda: a BMW, o banco, o
Cartão Gold
apenas para irritar os
críticos
os escritores
os leitores

aqueles que preferiam bem mais os velhos poemas
em que eu
dormia em bancos de parque enquanto

congelava e morria graças aos vinhos baratos e à subnutrição.

este poema é para aqueles que pensam que
um homem só pode ser um gênio
criativo
quando chega ao
limite
embora eles nunca tenham tido
coragem de ir
até lá.

## meu parceiro

sentado sob esta
luz
olhando para o
Buda.

o Buda
ri
de mim
e de
todas as coisas:

chegamos
tão longe
e fomos
a lugar nenhum.

vivemos
muito
e
tão pouco
afinal.

o Buda
está rindo.

o Buda é
esta estátua de
porcelana
diante
de mim
nesta noite

enquanto os poemas
não
chegam.

# SOZINHO NO TOPO

Marty tocou a campainha e esperou e a porta se abriu e um cara grande o deixou entrar e ele seguiu o cara grande por um longo corredor e ao final desse corredor havia uma outra peça e o cara grande abriu a porta e Marty entrou e lá estava sentado Kasemeyer atrás de uma mesa e Kasemeyer disse:

– Sente-se.

Marty sentou em uma cadeira defronte à mesa e o cara grande fechou a porta e se foi, mas não para muito longe. Kasemeyer não parecia lá essas coisas, mas era tudo (se alguma coisa fosse tudo), não apenas naquela cidade, mas em muitas cidades e em alguns países também.

– Marty – Kasemeyer perguntou –, há quanto tempo você é um pistoleiro?

– Há muito tempo, senhor. Nunca fui pego. Sempre arrumei alguém para pagar o pato.

– Fale-me de alguns que já apagou.

– O senhor sabe tão bem quanto eu. Os dois Kennedys, M. L. King, e muitos outros.

– Não foi você que queimou Huey Long?

– Não sou tão antigo assim. Aquele tiro foi meu pai quem deu.

– Você vem de uma família da pesada, Marty.

– Obrigado, senhor.

– Charuto? – Kasemeyer perguntou.

– Não, obrigado, senhor, eu não fumo.

Kasemeyer jogou um charuto em Marty, que o atingiu na altura do peito, depois rolou para o chão.

– Junte-o. Tire o celofane. Acenda-o. Fume. Quero ver você fumar.

Marty apanhou o charuto, tirou a proteção, mordeu a ponta, enfiou o fumo na boca.

– Não tenho fogo, senhor.

Kasemeyer apertou um botão na mesa. A porta se abriu e o cara grande entrou.

– Percy – disse Kasemeyer ao cara grande –, fogo aí no homem.

– Nele ou no charuto, sr. Kasemeyer?

– Por ora só no charuto.

Kasemeyer preparou para si um outro charuto, enquanto Percy levava sua missão adiante.

– Agora, gorducho, venha aqui e acenda o meu.

– Sim, sr. Kasemeyer.

Percy contornou a mesa e acendeu o charuto de Kasemeyer.

– Obrigado, gorducho, agora vá para o seu lugar.

– Sim, sr. Kasemeyer.

Kasemeyer recostou-se e deu uma boa tragada na charuto. Exalou.

– Ah...!

Então olhou para Marty.

– Que tal seu charuto?

– Bom, sr. Kasemeyer.

– Pois bem, quero que você pegue o charuto e segure a ponta contra sua palma esquerda.

– O quê?

– Você me ouviu. Ande com isso.

Marty olhou fixo para Kasemeyer.

– Não me sacaneie, sr. Kasemeyer!

– Você tem quinze segundos. Ou enfia esse negócio na sua palma ou vai perdê-la, talvez o braço também, quem sabe até mais...

Marty ficou sentado sem se mexer, enquanto Kasemeyer inalava, depois exalava uma pluma de fina fumaça.

– Cinco segundos.

Marty pressionou o charuto contra a palma da mão esquerda, fechando os olhos.

– *Jesus Cristo, Jesus Cristo!* – ele gritou.

– Cale a boca! Agora *pressione isso, seu filho da puta*!

Marty pressionou, mordendo o lábio inferior em desespero...

– Muito bem, agora pode continuar a fumar...

Marty pôs o charuto na boca. O charuto tremia entre os lábios.

– Acenda o charuto dele de novo, Percy, acho que apagou...

Percy seguiu as ordens, então recuou e se postou junto à porta. Kasemeyer olhou para Percy.

– Quando é seu aniversário, gorducho?

– Nove de janeiro, senhor.

– Lembre-me de mandar a você uma galinha morta.

– Obrigado, senhor.

Então Kasemeyer olhou de volta para Marty, que dava pequenas baforadas no charuto olhando para a mão esquerda.

– Bem, seu imbecil, você matou o cara *errado*!

– O quê?

– Queríamos que você apagasse Henry Munoz.

– Foi o que eu fiz.

– Você atirou no cara errado!

– Senhor, as fotos, os gestos, as roupas... tudo fechava. Ele estava sentado na mesma mesa no restaurante, no horário de sempre, na noite de costume. Ele chegou mesmo a pedir o de sempre no menu, sua carne favorita com seu vinho favorito!

– Você estava *ansioso* demais, imbecil, você estourou as tripas do homem errado! E não foi um bom tiro! É de espantar que não tenha ferrado com o maître também!

– Sinto muito, senhor, me dê outra chance!

– Por que as pessoas são tão fodidamente incompetentes, Marty?

– Não sei, senhor. Tenho certeza de que nunca matei o homem errado antes!

– Você sabe – Kasemeyer disse –, vou a um restaurante e peço a carne bem malpassada e sabe o que me trazem?

– Não, senhor.

– A porra de uma carne quase ao ponto!

– O senhor deveria mandar de volta.

– Faço melhor. Eu compro o restaurante e demito o chef.

– Nunca atirei no maître, senhor.

– Peço uma placa para o Departamento de Trânsito, queria uma que dissesse MORTE, e eles me escrevem dizendo que é impossível. Por que as pessoas são tão fodidamente incompetentes?

– Não sei, senhor.

Kasemeyer olhou para Percy.

– Gorducho, por que as pessoas são tão incompetentes?

– Não sei, senhor.

– Às vezes, sinto como se eu estivesse sozinho no mundo. Outras vezes, sei que isso é verdade.

Houve silêncio. Kasemeyer tragou o charuto, soprou plumas de fumaça em direção ao teto...

– Escute, sr. Kasemeyer – Marty rompeu o silêncio –, me dê mais uma chance com Henry Munoz, desta vez ele não me escapa!

– Tem certeza?

– Quero só mais uma chance de apagar o cara, senhor.

– Tudo bem, vou dar mais uma chance a você! Agora, fique de pé!

Marty se levantou.

– Agora, *chute o seu próprio rabo*!

– O quê? Como?

– Você tem quinze segundos para descobrir.

Marty ficou de pé e tentou, sem sucesso, acertar a bunda dobrando a perna esquerda para trás. Tentou com a direita. Marty seguiu tentando, primeiro uma perna, depois a outra. Seus olhos se tornaram selvagens e assustados à medida que tentava, fracassadamente, dar um chute no próprio traseiro. Kasemeyer começou a rir, ria e ria, terminando por lançar o charuto longe e por levar as mãos ao estômago. Então, parou de repente.

– Bem, já chega.

Olhou para Percy.

– Gorducho, vá você dar um chute no rabo dele! Chute-o porta afora e depois até o hall de entrada e por fim para o olho da rua!

– Por favor, sr. Kasemeyer, eu vou pegar o Munoz! Vou fazer o cérebro dele sair pelas bolas!

Kasemeyer fez um sinal para Percy.

O primeiro chute acertou em cheio. Percy guiou Marty até a porta e ali desferiu um novo chute. Depois, mais um chute que o fez atravessar o hall e mais um para expulsá-lo do local. Ao cabo da missão, retornou.

Kasemeyer acendia um novo charuto. Percy ficou parado.

– Sr. Kasemeyer, ele não devia ter pegado o cara errado.

Kasemeyer inalou, exalou.

– Diabos, gorducho, ele matou o cara certo.

– Quer dizer que ele pegou o Munoz?

— Ele fez o intestino dele sair pelo cu. Grande trabalho.

— Então, por quê...?

— Nunca me pergunte o *porquê* de nada, gorducho!

Percy piscou os olhos com tristeza.

Kasemeyer percebeu.

— Tudo bem, tudo bem, não faça drama. Vou contar para você! Já andava cansado desse cara! Além disso, ele sabe demais. Trabalhou muito tempo para mim. Porra, como posso saber se alguém não fará ele falar?

— Sim, sim, está certo. O que vai fazer?

— Um tiro no atirador. Vai ser hoje à noite. Será a última noite dele na face da Terra.

— Você cansou dele, não é, chefe?

— Sim, dá para dizer que sim.

— Chefe, será que vai cansar de mim?

— Percy, você me espanta! Cansam os gatos dos passarinhos?

— Não.

— E os peixes da água?

— Não, sr. Kasemeyer.

— Então é isso. Agora vá.

Percy foi até a porta do escritório, abriu-a e rapidamente cortou o hall até seu posto junto à porta principal. Caminhou com a máxima delicadeza permitida por seus 140 quilos.

Kasemeyer esperou um momento, então apertou um botão, ergueu o telefone.

— Bevins? Escute, precisamos dar um fim em Percy. *Por quê? Nunca me pergunte o porquê de alguma coisa, Bevins!* Tudo bem, merda, ele sabe muita coisa. Isso faz você se sentir melhor? Certo, e providencie isso para as próximas doze horas.

Kasemeyer desligou.

É preciso pagar um preço terrível para se manter no topo. Ninguém nunca chegou a compreender isso. A durabilidade. Os movimentos. A finesse.

Ele voltou a pegar o telefone. Apertou outro botão.

– Alô, Pia? Certo, quero que me traga um baldinho com duas garrafas de vinho branco. Estou a fim de uma chupada. E quero que você use uma daquelas roupas transparentes, rasgadas e furadas na secadora. E quero que você venha com o cabelo todo bagunçado. E depressa!

Kasemeyer desligou, reclinou-se na cadeira.

Então, enquanto esperava, percebeu uma mosca voando em círculos na peça. Ele abriu a gaveta da escrivaninha, sacou uma .45, liberou a trava, ergueu a arma e alçou mira na desgraçada.

# a última pessoa

minha esposa não me entende
mesmo.
dirigindo o carro por
aí
cruzarei com o olhar
de alguém que passa em outro
carro e farei um aceno com a
cabeça
ou às vezes até
abanarei.

apenas sinto vontade de fazer
isso.

"você é mesmo bizarro",
minha esposa dirá.

ou então puxarei
conversa com o caixa
do supermercado.
rirei e farei
gestos com minhas
mãos.

depois de irmos embora minha
mulher dirá:
"o homem não tinha a menor *ideia*
do que você estava
falando!"

ou então eu contaria uma piada
para ela.

depois de terminar ela
diria: "mas sobre que *porra* você está
falando?"

"era uma piada."

"uma piada? *ninguém* na face da Terra
seria capaz *jamais* de entender que *isso*
era uma piada!"

e então ela jogaria a cabeça
para trás e riria de
mim.

em lugares públicos como
correios e
cafés
normalmente trocarei pequenos
acenos ou sinais de mão
com as outras pessoas
para indicar que
o serviço está lento
ou absurdo
ou que o mundo é
hostil
e sabe-se lá o que
mais.

"o que você está fazendo?",
minha esposa perguntará.
"*pare* com isso!
não posso levar você a
*nenhum lugar*!"

bem, espero que *você*
entenda isto

quando lhe digo
que a mulher é
a *última* pessoa
a entender seu
marido,
é como se ela estivesse
olhando em um
espelho,
só que ela está tão
*perto*
(o nariz esmagado)
que ela não consegue ver
um ovo.

e isso não é uma piada.

# engraçado, não?

trocando os canais da tevê
sem cessar
você vê
um monte de rostos
e não há nunca
o rosto certo

apenas rostos

é um tipo de horror
desvelado
clic
clic
clic

mais
de
menos

rostos
que falam
aquilo
com que
foram
recheados

como
conseguiram
entrar naquela
tela?

quem
os colocou
ali?

não há
nada além
disso?

um
mundo a possuir?
um
mundo a salvar?

essas pessoas não
são como eu

onde foram
parar as pessoas
como eu?

# o último lugar para se esconder

digamos
há um homem chamado Jack e uma mulher
chamada Nadine
e Nadine vai para sua aula de
teatro
e deixa Jack com Heather
a sogra
com a missão de levá-la para
jantar

Heather está de visita e afinal é
a época
de fim de ano.

eles vão a um lugar na rua 9
e para Jack
a sorte não sorri:
eles se sentam em um reservado
próximo a uma longa mesa
e nessa mesa estão
sentados
um homem
6 mulheres
e dez crianças
com idades entre 6 meses e 7
anos.

uma das mulheres é
mais velha, é a vovó e
é aniversário da
vovó.

sim,
está barulhento
mas Heather não se
importa, ela *ama* crianças, ela
*sempre* foi famosa por amar
crianças

e ela sorri e eu digo mesmo
*sorri...*

ela diz ao Jack: "óóóó,
veja só essas *crianças!*"

"Heather", pergunta Jack, "que tal uma
bebida?"

Heather, após uma
graciosa hesitação
declara sua
preferência.

depois disso
escolhem seus
pratos.

e, é claro, será uma
longa espera.

as crianças pululam,
dançam ao redor da
mesa
correm pelo
corredor
enquanto os mais velhos
bebem um vinho dos mais
baratos.

então uma
garotinha com longos
cachos dourados
passa galopando.

Heather, enlevada,
tenta agarrar o cabelo,
deixando que os cachos
escorram por entre seus
dedos.

"ó, que *beleza* de
cabelo!"

"queria que eles tivessem conseguido
uma mesa lá no fundo para a gente",
disse Jack.

"ah, *não*!", disse Heather. "eu
*adoro* crianças!"

me pergunto onde estão os
homens, pensou Jack, de algum modo
*eles* escaparam e
*eu* estou aqui.

"sem as crianças", diz
Heather, "onde o mundo
estaria?"

"não sei", Jack
responde.

"crianças", Heather diz,
"nunca mentem, pergunte a elas
o que acham de você e elas
sempre dirão a
verdade."

eu gostaria de dizer a verdade
para um monte de gente, pensou
Jack, mas se fizer isso
me põem para fora
daqui e você ficaria bem
chateada, Heather.

o jantar está no
limbo.
Jack pede mais uma
bebida.
Heather declina.

ela se curva em direção à
longa mesa
pergunta enquanto
*sorri*
para um dos pestinhas
sentados:

"qual é *seu*
nome?"

"Jason!", a criança
cospe.

"Jason! ahhhh, que
nome *adorável*!"

Jason tem por volta de 5 mas
ainda senta no colo
da mãe.
de repente
ele fecha sua mão esquerda
em um punho e
acerta a mãe em cheio

no meio de sua
testa.

a mãe sorri na direção de
Jason, diz: "ah, seu
diabinho, o que vou fazer
com você?"

Jack estuda os
olhos da mulher. eles estão negros
de fúria, eles dizem:
se *apenas* estivéssemos em casa
eu explodiria sua bunda de
palmadas!

Heather olha para
Jack: "você teve algum
irmãozinho ou
irmãzinha?

"nã nã", Jack
responde.

ele está de olho no único
homem da mesa: sua barba
está bem aparada,
ele tem um emprego bem pago
em algum lugar, é jovem,
nem imbecil nem
brilhante, encontrou algum
lugar seguro na sociedade e
está
plenamente satisfeito, a
satisfação quase
*pinga* dele,
que

se senta bem ereto em sua
cadeira
observando tudo, por
vezes parecendo austero, por
vezes revelando uma
centelha nos olhos.
ele acredita estar no *controle*,
o controle faz dele alguém
alegre.

a família americana
pensa Jack, é uma das
coisas mais feias e fodidas que
já vi; deve ser
o último esconderijo para o
Idiota Completo.

uma garotinha corre
pula no colo do homem,
ele a abraça, beija-a na
bochecha.

"*veja*", diz Heather, "ela
*ama* o papai!"

então
por fim
o jantar chega.
Heather e Jack
começam

as crianças continuam a
demonstrar ilimitada energia
enquanto
o homem
e a mulher

não estão certos
se o vinho barato os está
deixando bêbados ou
enjoados.

Jack termina seu prato
primeiro enquanto Heather cutuca e
encara seus escalopes e
batatas fritas que ela
cobrira com uma camada de
ketchup.

Jack pede mais uma
bebida.

é quando um
bolo de aniversário é trazido,
uma coisinha de nada
mais simbólico do que
real
mas todas as crianças começam a
urrar
"QUERO UM PEDAÇO DE BOLO!
QUERO UM PEDAÇO DE BOLO!"

mas os adultos estão cantando
"PARABÉNS A VOCÊ,
PARABÉNS A VOCÊ!"
para a
avó.

e logo a meninada segue junto:

"PARABÉNS A VOCÊ!
PARABÉNS A VOCÊ!"

então Jack percebe que Heather
parou de comer,
ela também segue junto:

"PARABÉNS A VOCÊ!
PARABÉNS A VOCÊ!"

então
tudo acaba.

todos aplaudem.
Heather se levanta.
ela aplaude.
Jack percebe as lágrimas de
alegria
nos olhos dela.

Nadine, ele pensa, você
não tem ideia do quão feliz deixei sua
mãe enquanto você estava na
aula de teatro.

Heather se senta, volta a trabalhar
em seus escalopes.

o homem pede mais uma garrafa
de vinho barato
em uma voz bastante
sonora:

"QUEREMOS MAIS UMA GARRAFA DE
VINHO!"

a vovó aniversariante chora
em silêncio.
as crianças haviam chegado ao
bolo e agora o atacavam.

os
maiores pegam
tudo, os menores choram e
gritam.
os pais estão atordoados,
nada fazem para
impedi-los.

então a vela solitária no
bolo
cai sobre a toalha
ainda acesa.
a avó que está um pouco
mamada
tenta abafar a chama com
com a própria
mão.

"MERDA!", ela grita.

todos riem.

Heather desiste dos
escalopes.
Jack pede a conta, paga
com o MasterCard, ajuda
Heather a vestir o
casaco

e
enquanto se afastam da
mesa grande
Heather olha para trás
voltando o pescoço
para uma última olhada na
festa e nas

crianças.
ela está sorridente,
sorridente.

Jack a leva porta
afora e então ao
estacionamento.
e então ao
carro.

ela tem a mesma dificuldade
com o cinto de
segurança
Jack a
ajuda.

então
Jack dá a ré em direção
ao acesso, segue por ali
e depois de volta à
rua.

no primeiro sinal vermelho
Heather se vira para
ele:

"foi uma *ótima* noite,
obrigada!"

"fico feliz que tudo tenha corrido bem,
Heather…"

a luz verde se acende enquanto
Jack suavemente engata a marcha e avança para dentro
da noite.

# **COMPRE-ME UNS AMENDOINS E UMA BARRA DE CEREAL**

Era uma coletiva de imprensa no escritório dos Groundhogs. As câmeras pipocavam e o dono tinha o braço ao redor dos ombros do novo treinador. Só que ele não era novo. Clint Stockmeyer tinha contratado Larry Nelson duas vezes antes e o havia demitido nessas duas vezes. Stockmeyer era um homem grande, grande em caixa torácica e barriga e dinheiro. O peso dele quase dobrava Larry, mas Larry fazia brilhar um sorriso tímido em comparação com o vasto escancarar de dentes de Stockmeyer.

– Por quanto tempo vai durar? – um dos repórteres perguntou a Stockmeyer.

– Bem, fechamos com o Larry um contrato de dois anos como prova de nossa confiança nele. Consideramos Larry o melhor treinador da liga.

– Se ele é tão bom, por que foi mandado embora duas vezes antes?

Houve um gargalhar geral. Mesmo Larry Nelson sorriu um pouco enquanto se livrava do braço de Stockmeyer.

– Bem, deve ter sido uma coisa emocional, nas duas vezes. Nós dois somos cabeças-duras, vocês sabem, e há coisas sobre as quais simplesmente não conseguimos chegar a um acordo...

– Ele costuma meter o bedelho muitas vezes – disse Nelson.

– Larry está certo – sorriu Stockmeyer, recolocando o braço ao redor de Larry. – Nesta temporada, Larry terá controle total. Quem quer que ele escolha para entrar em campo, será apoiado. Negociações, estratégias, tudo caberá ao Larry.

– Tenho a impressão, sr. Stockmeyer, que é só o senhor quem está falando. O que o Larry tem a declarar?

Larry deslizou outra vez de sob o braço de Stockmeyer e deu um pequeno passo à frente.

– Bem, estou feliz em voltar aos Groundhogs. Esta é minha cidade favorita. Vou mudar o Pexa de posição, Cerritos fará a cobertura. E vou encarregar Bowers da limpeza, e aquele novato, Jack Lakewood, terá uma chance de verdade no meio-campo. Já tenho outras mudanças em vista...

– Você acha que será capaz de conviver com o sr. Stockmeyer?

– Por que não? Acho que nós dois aprendemos com o passado.

– Certo – disse Stockmeyer, avançando e colocando mais uma vez o braço ao redor do ombro de Larry. As câmeras pipocaram e a entrevista foi encerrada. Depois que o último repórter se foi, Stockmeyer se voltou para Nelson.

– Porra, Larry, você não se mostrou muito contente com o negócio todo.

– O que queria que eu fizesse? Um número de sapateado?

– Não, também não. Mas você poderia ter mostrado um pouquinho mais de entusiasmo em relação às coisas. Afinal, os Jays mandaram você embora. Estaria com as calças na mão não fosse por mim. Estou oferecendo uma nova chance a você.

Stockmeyer enfiou um charuto na boca e o acendeu com certa raiva.

– E que merda é essa de mudar a posição do Pexa?

– Pexa não consegue ir para a direita. Se jogar na terceira base, isso não será um problema.

– O que quer dizer com não sabe ir para a direita?

– Apenas isso, ele não sabe ir para a direita.

— Certo, vamos até o Blue Mule beber alguma coisa...

Tomaram um táxi. O Blue Mule era um lugar caro e àquela hora da tarde não havia muitos fregueses. Pegaram um reservado nos fundos. A garçonete se animou.

— Olá, Larry — ela sorriu. — De volta?

Stockmeyer pediu um *whisky sour*. Larry pediu uma vodca com tônica e limão.

— O que ela quis dizer com "de volta"? — perguntou Stockmeyer.

— Quem pode entender o que uma mulher diz? — Larry respondeu.

— Nada de brigas de bar nesta temporada — disse Stockmeyer. — É ruim para o jogo, ruim para a imagem.

— Mas o que posso fazer se um filho da puta vier arrumar confusão?

— Dê um jeito. Você sempre acaba com o punho na cara de alguém. Isso não é nada inteligente.

— Não gosto de ouvir merda de ninguém.

— Ninguém gosta. Use essa porra de cérebro aí. Finja que não ouviu, evite-os, ria na cara deles, qualquer coisa.

— Alguns caras não dão folga, só entendem uma coisa.

— O problema é você. Você os deixa loucos, Larry. Já vi o que você faz.

— Isso não é verdade.

— Sim, claro que é.

— Escute, dê uma folga aos meus ouvidos, sim, Stockmeyer?

As bebidas chegaram. Ficaram vendo a garçonete se afastar com um rebolado.

— Talvez eu a escale — disse Larry. — Ela deve ser boa em segurar várias bolas.

— Talvez as suas também.

— Isso é problema meu.

Larry secou sua vodca. Fez contato visual com a garçonete e acenou pedindo um segundo drinque.

– Outra coisa – disse Stockmeyer. – Se você descobrir que algum cara está cheirando coca, quero que você o mande para o banco e depois que o negocie, não o quero no meu time.

– E se ele estiver rebatendo a .340?

– Estou cagando, mesmo que rebata a .640. Quero esse cara fora daqui. Não quero nenhum viciado em pó nos Groundhogs. Isso não é bom para o jogo.

– E quanto aos alcoólatras?

– Não são tão ruins.

– É mesmo? Já tentou rebater uma bola em curva de ressaca?

A bebida de Larry chegou.

– Obrigado, doçura...

A garota se foi rebolando e estendeu o movimento ao contornar o bar.

Stockmeyer tomou um gole de seu drinque, colocou-o na mesa.

– Por que vai pôr o Bowers na limpeza? Ele só tem dezessete *home runs*. Belanski tem 32.

– *Homers* não são tudo. Bowers é constante, acerta com os homens já nas bases. Escute, Stockmeyer, pensei que desta vez você não ia entrar em campo.

– Está bem, está bem, só queria saber os seus motivos. Sou eu quem assino os cheques, você sabe.

– Sim, eu sei que você assina a porra dos cheques. Por que não se restringe a isso?

Stockmeyer terminou seu drinque e fez um sinal para a garçonete pedindo outro. Larry Nelson indicou que ela podia preparar dois. Mas isso ela já sabia.

– Sabe, Larry – disse Stockmeyer –, você logo fica violento quando começa a beber.

– É mesmo? E que tal aquela noite em que você deu um soco no motorista do táxi?

– Ele pediu.

– Por quê?

– Ele me disse que preferia comer merda a ver os Groundhogs jogarem beisebol.

– Essa foi engraçada.

– É mesmo? Não se esqueça de que *você* era o treinador naquele ano.

– Ah, aí vem Tanya!

– Quem é essa?

– A garçonete.

Tanya chegou com as bebidas. Colocou-as sobre a mesa. Larry Nelson se esticou e a agarrou, puxando-a para seu colo.

– Garota, vamos fugir juntos.

– Você tem algum dinheiro?

– Tenho dois anos de um contrato gordo.

– Talvez seja melhor eu ir com o cara que fez o contrato com você.

Larry Nelson a enxotou:

– *Femme* volúvel, pensei que nos unia o amor!

Tanya levantou-se e pegou a bandeja.

– Não pense, Larry, é algo que você não sabe fazer bem.

Ela se foi rebolando.

– Escute, Nelson, você a conhece?

– A gente já se cruzou.

Stockmeyer ergueu sua bebida.

– Veja, aceito levar adiante a mudança do Pexa, mas não foda com o Bowers.

– Você disse que eu estava no comando da porra toda.

– Você vai prejudicar a audiência.

– Não vou prejudicar a audiência.
– Você está trepando com a garçonete?
– Talvez. Alguma regra contra isso?
– Não. Pode me arranjar?
– Podemos pôr o Bowers na limpeza, como o último dos rebatedores?
– Tudo bem.
– Vou ver o que posso fazer.

Por um momento, ficaram apenas sentados ali. Então Stockmeyer perguntou:
– Quem serão os jogadores que vão começar a partida?
– Ellison, Carpenter, Mullhall e Harding.
– Não fode.
– Estou falando sério.
– Quem será o homem das longas?
– Pelling.
– Pelling? Aí concordamos. E quanto ao das curtas?
– Spinelli.
– *Spinelli*? Puta que pariu!
– Você disse que ia me deixar treinar essa porra.

Pediram mais uma rodada. A tarde caía, a noite chegava, e o Blue Mule começava a encher. Os homens chegavam e sentavam pesadamente sobre os bancos junto ao bar, dementes pelo que o dia tinha feito a eles. Procuravam por alguma coisa, mas não havia nenhuma coisa a encontrar. Bem, havia a Tanya. E alguns deles tinham esposas em casa. Era por isso que vinham ao bar. E algumas das esposas estavam em outros bares.

Stockmeyer e Nelson ficaram sentados, observando os homens no bar.

– Grupo triste – disse Larry Nelson.
– Sim – disse Stockmeyer.

Alguns dos caras perderam o interesse em Tanya e davam uma olhada ao redor.

– Acho que fui reconhecido – disse Larry.

– Bem, você é uma figura pública.

– Caralho!

– Que foi?

– Você viu isso, Stockmeyer? Aquele cara mandou eu me foder com o dedo!

– Não vi nada.

– Não vou aceitar isso. Vou dar um chute naquele rabo!

Larry começou a se levantar. Stockmeyer se ergueu sobre a mesa e o obrigou a permanecer sentado.

– SENTE-SE!

– Mas que porra você está fazendo?

– Nada de brigas de bar!

– É? Bem, mas você não precisa me conter!

– É para seu próprio bem!

– Você viu! Ele me mostrou o dedo!

– Já está tudo resolvido. Veja, ele está falando com a Tanya.

Era verdade. O homem falava com Tanya. E Tanya se inclinava sobre ele, sorrindo, como se o homem estivesse dizendo coisas charmosas e criativas.

– Essa vadia tem um cérebro de ervilha, se a pusessem em um raio X nem daria para ver – disse Larry.

– Mas que rabo! – disse Stockmeyer.

– Verdade – disse Larry.

– Acho que precisamos de um outro canhoto para o campo externo – disse Stockmeyer.

– É verdade. Me arranje um. Alguém com menos de 35, sim?

– Trabalharei nisso...

Larry secou sua bebida, assentou-a.

– Veja! Aquele filho da puta está mexendo comigo outra vez!

– Ignore. Você é uma figura pública.

– Ignorar meu cu! Vou encher ele de porrada!

Larry começou a se levantar. Stockmeyer o jogou de volta a seu assento.

Larry olhou para ele.

– Não faça isso de novo, gorducho.

– É para seu próprio bem.

– Sei o que é bom para mim. Veja! Ele está fazendo de novo!

Larry deu um salto. Stockmeyer se ergueu para segurá-lo mais uma vez, mas Larry disparou uma direita. Acertou em cheio o queixo de Stockmeyer. Ele retrocedeu para dentro do reservado, então escorregou para a esquerda e caiu no chão. Ficou com o rosto estendido no piso. Tanya gritou. Stockmeyer ficou de joelhos, ajeitou o nó da gravata, olhou para cima na direção de Larry Nelson.

– Certo, seu filho da puta! VOCÊ ESTÁ DEMITIDO!

– Acha que me importo, gorducho? Tenho dois anos de contrato!

– Você será pago, seu merda! Mas não vai treinar o meu time de beisebol!

Stockmeyer ficou de pé.

– Além do mais, vou processá-lo por agressão e lesões corporais! Você vai se entender com meu advogado!

– Se você fosse um homem de verdade, Stockmeyer, teria reagido!

– Bobagem!

Stockmeyer caminhou até a saída do bar com a máxima dignidade que pôde reunir. Então se foi. Larry deu uma olhada em volta em busca do cara que fizera o gesto com o dedo. Ele também já tinha ido.

O telefone tocou por volta das dez e meia da manhã. Tanya se ergueu da cama e foi atender.

– Alô?

Então chacoalhou Larry Nelson. Ele revirou-se nos lençóis e se sentou.

– Quem é?

Ela puxou o lençol e deixou o telefone cair sobre os genitais dele. Larry apanhou-o e atendeu.

– Alô? Ah, Stockmeyer. Como me encontrou? O quê? Sim, entendo. Bem, certo então. Mas lembre-se, eu estou no comando da porra toda. Tudo bem. Você é quem sabe. Até mais.

Larry passou por sobre Tanya e pôs o fone no gancho.

– Que está acontecendo? – ela perguntou.

– Ele me quer de volta.

– E você aceitou?

– Sim, eu preciso do emprego.

Larry saiu da cama e foi até o banheiro mijar. Então lavou as mãos e o rosto, jogou alguma água nos cabelos, penteou-os para trás com os dedos. Saiu do banheiro. Estava nu. Ficou ali parado, no meio do quarto.

– Rapaz – disse Tanya da cama –, você estava de matar na noite passada.

– Esqueça isso – ele disse. – Temos alguma cocaína ainda?

– Não, nada. Seu nariz parece uma tromba de elefante.

– Merda – disse Larry.

Ele estendeu uma das mãos e coçou o saco.

# **envelhecendo**

estou lavando o pátio da frente
quando vejo um vizinho do outro lado da
rua.

"como vão as coisas, Frank?"
pergunto.

"tudo bem, mas não sou o Frank,
sou o George. Frank é o cara mais
novo da próxima casa descendo a rua."

"ah, sim, George, desculpe, acabo
de acordar, você entende."

"tudo bem, Hank."

ele atravessa a rua.
fica me olhando lavar o
pátio.

"está se sentindo melhor, Hank?"

"sim, George, cheguei a pensar
que eles tinham me pegado mas
estou mandando uns antibióticos e
já me sinto bem melhor."

"também estou à base de antibióticos,
Hank."

George ergue sua mão, ela está
enfaixada.

"por Deus, George..."

"cortei-a com a serra
elétrica..."

"que horror, meu velho..."

"e como se não bastasse agora
são meus olhos, tenho que fazer uma
operação de
catarata."

"há sempre uma coisa nos
fodendo, George."

"estamos envelhecendo,
Hank."

"é."

"semana que vem teremos
a reunião de 55 anos de formatura
do ensino médio."

"sério, George? a minha
reunião de 50 anos foi há
pouco tempo. não consegui
ir. Verão de 39."

"onde estudou, Hank?"

"No L. A. E você?"

"San Pedro."

"sério?"

"sim."

"um velho sujeito do San Pedro,
hein, George?"

"sim... bem, fico feliz
que você esteja melhorando,
Hank."

"obrigado, George, e cuidado
com essas serras elétricas agora!"

ele ri.

"pode deixar!"

ele volta a cruzar a
rua.

recolho a mangueira, fecho
a água, caminho pela
passagem e entro em
casa.

minha mulher pergunta: "quer
uma torrada com seu
suco?"

"maravilha. estava conversando
com o velho George."

"está tudo certo?", ela
pergunta.

"sim", eu digo.

me sento e abro o
jornal matinal.

ali está:
mais assassinatos ligados
ao tráfico.

nenhuma coisa desse tipo
no meu
dia.

de jeito nenhum.

# um pouco de jardinagem

perfeitamente afinado

aqui neste calção verde
guiando o ancinho fundo por
baixo das
raízes

então faço subir os dentes
de
metal
desalojando esta erva
desgraçada verde e
amarela

um emaranhado de raízes
ainda preso a bocados de
terra...

este trabalho de jardinagem é algo a
fazer: o hipódromo continua fechado
hoje

meu carro está na
garagem
enquanto o filho do vizinho brinca
com uma bola de
basquete
quicando-a
depois jogando-a
através do
aro

Jesus, penso, ele tem provavelmente
muitas
*décadas* ainda de
vida.

chuto a erva para um
lado, me apoio no
ancinho: todas as esperas
não são nada de
mais: apenas parte do
espaço entre as
agonias.

um vizinho
do outro lado da rua
acena.

aceno
de volta

– ele é um bom velho
garoto

eu também
sou

nós somos os
liquidados
sinalizando através do
tempo – aquelas montanhas ao
norte – enquanto
o espaço se
fecha.

## no Sizzler

no meio do inferno
no meio do inferno
no inferno do inferno
enfiado aqui
perfurado aqui

vendo um jovem
digamos de 19
de pé com seus tênis
nesta birosca

esperando na fila com seus amigos
com sua bunda
mole
com seu corpo
mole
sua
completamente superprotegida
vida

nenhum filme de horror
como este
aqui

viro minha cabeça
olho para outro lugar.

onde estão as pessoas reais?

ainda existem?

são para existir?

o que eu quero?
enquanto o mundo oscila para a
direita
e os cães latem dentro do meu
cérebro.

# imortal bebedor de vinho

Li Bai, sigo pensando em você enquanto
esvazio estas garrafas de
vinho.

você sabia como passar os dias e as
noites.

imortal bebedor de vinho,
o que você faria com uma máquina de escrever
elétrica,
chegando depois de dirigir pela
autoestrada Hollywood?

no que você pensaria ao assistir à
tevê a cabo?

o que você diria sobre os arsenais
atômicos?

o Movimento pela Liberação das
Mulheres?

Terroristas?

você assistiria ao futebol nas noites de
segunda?

Li Bai, nossos hospícios e cadeias estão
superlotados
e os céus raramente estão
azuis
e a terra e os rios
fedem às nossas
vidas.

e por fim:
começamos a detectar onde Deus
se esconde e nós vamos
expô-Lo e
perguntar:
"POR QUÊ?"

bem, Li Bai, o vinho segue
bom, e apesar de tudo há
ainda algum
tempo
para
sentar sozinho
e
pensar.

gostaria que você estivesse
aqui.

digamos,
meu gato acaba de entrar
e aqui
neste quarto bêbado
nesta noite bêbada

há estes
grandes olhos amarelos
olhando para
mim

enquanto sirvo uma
taça cheia
deste belo vinho tinto

para
você.

# **Paris**

nunca
mesmo em tempos mais calmos
cheguei
a sonhar em
andar de bicicleta por aquela
cidade
usando uma
boina

e
Camus
sempre
me
deixou
irritado.

# **O VENCEDOR**

Era o sexto round e Tony Musso disparava golpes duros contra o corpo de Bobby Barker. Bobby tinha grandes manchas vermelhas nos dois lados do corpo. A cada vez que levava um novo golpe, dava para ver que ele queria dar o fora daquele ringue, mas não sabia como. Havia um jeito: uma vez em Philly vi Cão Vermelho Jensen, depois de já ter levado porrada o suficiente, escapar por entre as cordas e desaparecer.

Doía em *mim* cada novo golpe que Bobby sofria. Musso era um touro, um sádico. Seu cérebro era do tamanho de uma bola de golfe, mas ele sabia BATER. Musso nunca seria campeão, mas ainda faria muitos caras abandonarem a profissão. Bobby estava muito preocupado com o rosto. Gostava de dançar e de soltar uns *jabs* e de estar bonito para as garotas próximas ao ringue. De vez em quando vinha com uns pequenos ataques, seus *punches* eram certeiros e rápidos, mas ele não tinha a força necessária. Entre as lutas, tentávamos mantê-lo longe das garotas, das festas, da coca, mas ele, com frequência, escapava à nossa vigilância. Uma pena. De muitas maneiras, ele era um bom rapaz.

Bobby recebeu um duro gancho de esquerda nas costelas, contraiu o rosto, então soou o gongo.

Subimos o banco, ele se sentou e retiramos o protetor de dentes, passamos a esponja nele, levamos a garrafa de água até sua boca, deixamos que bochechasse e cuspisse, pusemos o pacote de gelo em seu pescoço. Então, antes que eu pudesse falar alguma coisa, ele disse:

– Vá se foder... Eu sei: firmeza e movimento... firmeza e movimento... entre na guarda dele, dispare uma sequência, afaste-se. Vá se foder.

– Não fale – eu disse. – Escute. Você não precisa seguir com isso. Na próxima que ele acertar na sua costela, caia, abra contagem.

– Mas que porra de treinador é você? – Bobby perguntou.

– Estou apenas tentando salvar a sua pele. Você jamais vai conseguir pegar o Musso. Escute, vamos para a Cidade do México e começamos tudo de novo por lá.

– Não fode, não vou lutar com nenhum mexicano. Eles lutam para matar.

O aviso soou. Buzzard, nosso segundo, colocou o protetor em Bobby. Apanhamos o banco, o gongo tocou e Musso já veio para cima de Bobby. Bobby acertou-o com uma esquerda lateral. Bobby tinha sete vitórias consecutivas, mas nunca tinha enfrentado ninguém como Musso. Musso tinha 22-7-1 e chegara a estar entre os melhores. As vitórias de Bobby tinham sido em lutas de seis assaltos, era a primeira vez que encarava uma luta de dez, e que ainda estava sendo transmitida em rede nacional. Bobby, o galãzinho, contra Musso, o touro italiano.

Eu tinha feito Bobby subir muito rápido. Ele ganharia um bom prêmio, muito provavelmente o último bom. Mas eu tinha um garoto no ginásio, Rickey Munson, adorava lutar, não ia atrás de mulheres, tudo o que mais gostava de fazer era ver tevê. Nele estavam minhas esperanças.

Estava quente ali dentro e eu bebi um ou dois goles da água da garrafa. Havia bastante para mim e Bobby.

– Bobby não pode com o Musso – disse Buzzard.

– Bem, não há nada que a gente possa fazer – eu disse.

Naquele instante, Musso disparou uma poderosa esquerda contra as costelas de Bobby. Deu para ouvir o som do impacto em toda a arena. Bobby fez uma careta, inclinou-se um pouco para a frente, lançou um *jab* fraco de esquerda, recuou. Musso o seguiu. O boxe nem sempre era uma profissão agradável, mas não há muitas profissões agradáveis. Pegue um advogado, por exemplo. O salário é bom, mas quanta lama. E que tal um dentista? A boca de uma pessoa é pior do que o cu dela. Pegue um mecânico. Mãos escalavradas, graxa que nunca poderá ser lavada, e ainda há todo aquele peso a levantar, de um jeito ou de outro. Além disso, as pessoas são umas verdadeiras cretinas quando o carro delas está envolvido. E um guarda de zoológico? Tem de lavar as jaulas todos os dias e responder a questões como: "As girafas dormem?". Não há muitas profissões agradáveis, mas o boxe pode ficar feio. Uma luta pode ficar verdadeiramente desequilibrada antes que seja interrompida. Enquanto você responder aos ataques, mesmo de vez em quando, e ainda que não tenha chance, eles, em geral, deixam o combate seguir. E os espectadores, eles querem ver um dos dois cair *morto*. Isso é o que de fato eles querem.

Escutei alguém gritar, olhei para cima: Bobby estava no chão. O árbitro afastou Musso até o corner neutro e abriu contagem.

– Levante, Bobby – gritou uma boneca na primeira fila. O que ela sabia? A coisa mais difícil que ela já enfrentara tinha sido pegar um bronzeado. Parecia uma prostituta. Bem, aí está uma profissão. O único problema era a carreira ser curta. Era preciso fazer uns bons pontos e rápido.

Bobby, o imbecil, levantou no 8. O árbitro esfregou suas luvas, verificou seus olhos. Bobby fez que sim com a cabeça, e o árbitro sinalizou para a luta continuar. Musso voltou à carga e Bobby se encolheu ao receber uma direita maldosa, no exato instante em que o gongo soou.

Subimos o banco. Buzzard tirou o protetor. Despejei um pouco de água nos ombros de Bobby, coloquei a garrafa em sua boca.

– Seu otário – eu lhe disse. – Por que se levantou?
– Vou pegar ele, Harry – ele disse.
– Não estamos no filme do Rocky, Bobby. Não é assim que as coisas funcionam. Isso é um monte de merda fantasiosa. A única coisa que você deve querer agora é dar o fora daqui vivo! A esta altura, você já deve estar com um par de costelas quebradas. Da próxima vez que cair, fique no chão! A plateia não está nem aí pra você. Você tem que se preocupar é com você mesmo!
– Porra, Harry, você devia ser meu treinador, devia me dizer para quebrar o cara! Harry, você é um treinador de merda.
– Estou tentando salvar o seu rabo, Bobby, e você deveria levar isso em consideração. Não estou tratando você como um pedaço de carne.

A campainha soou para que tirássemos as coisas dali. Então o gongo soou.

– Harry, você disse a coisa certa para ele – Buzzard falou.

Round 8. Musso veio correndo de seu corner. Aí estava um cara que eu adoraria ter sob contrato. Durável. Burro. Ele ainda vivia com a mãe e doava parte de seus ganhos para um orfanato católico. Mulheres? Com os diabos, para ele mulher era alguma coisa com que você tinha de casar. Não bebia. Não fumava. Drogas eram algo sobre o qual lia a respeito. Tudo o que fazia era esmigalhar os adversários. Era muito, muito bom olhar para ele...

Mas percebi que ele estava desacelerando. Parecia hesitar antes de entrar na guarda do outro. Ainda parecia bem, no entanto, se comparado com Bobby, que tinha aquelas manchas vermelhas nas costelas e perdera todos os sete rounds. Bobby lançou um beijo para uma das bonecas ao lado do ringue. Ela gritou como se fosse uma soprano bêbada com meio litro de conhaque.

Bobby começou a jabear e se afastar. Então avançou, disparou três esquerdas e duas direitas em direção à cabeça e ao corpo. Então se afastou. Fez um pequeno volteio. Musso lançou carga. Bobby disparou sua primeira boa direita da luta, que pegou Musso de surpresa. Ele parou, piscou os olhos. Tinha-o atingido bem à altura do nariz. Começou a escorrer sangue por suas narinas. Musso esfregou o nariz com a luva e Bobby o pegou com um gancho assim que entrou em sua guarda. Poucos lutadores usam o gancho, mas não há nada de errado nisso. Esse veio das profundezas da terra e teve um grande impacto. Musso retrocedeu um pouco. Bobby avançou com um-dois em direção ao queixo. Musso ficou apenas ali parado, tentando manter a guarda alta. Ficou ali, olhando para Bobby.

Então Bobby buscou forças em algum lugar nos pés, a força que estivera faltando a noite toda. Começou a disparar direitas e esquerdas, parecendo ganhar intensidade a cada golpe. Musso caiu de costas nas cordas. Bobby parou, como se estivesse em busca de um ponto no alvo. Ele endireitou Musso com a esquerda, mantendo-o ali. Depois, disparou a direita. Musso ficou parado por um momento, as luzes do ringue brilhando em seus olhos. Então caiu, o rosto para a frente, e permaneceu estendido. A jovem garota gritou. Todos gritaram. Bem, eu não gritei. Saltei para dentro do ringue e agarrei Bobby e o abracei, ergui-o no ar. Depois o passei a Buzzard e Buzzard o ergueu no ar.

Estávamos a caminho de uma luta pelo título. Musso seguia apagado. Tinham rolado seu corpo. Ele tremia ali estendido sobre a lona, envolto pelo ar esfumaçado. Era uma noite das grandes, inigualável.

Eles finalmente conseguiram acordar Musso, fizeram-no caminhar até o corner, sentaram-no. Continuava sem saber onde estava.

Bobby seguia correndo ao redor do ringue. Tinha enlouquecido. Então ele parou, escorou-se nas cordas. Começou a gritar para a garota da primeira fila. Avancei até ali e o agarrei.

– Largue elas de mão. Todas têm herpes.

– Parecem uma boa razão pela qual morrer.

– Nenhuma é.

Tirei-o dali, dei uma chacoalhada nele, disse:

– Agora vá até o corner do Musso, cumprimente ele com a luva, mostre um pouco de espírito esportivo.

– Não fode! Odeio aquele filho da puta! Ele tentou me matar!

– Ele estava fazendo aquilo pela mãe. Agora vá até lá e o cumprimente, uma demonstração de que o vencedor pode ser educado.

Bobby seguiu até o corner de Musso e deu um pequeno golpe com a luva bem entre seus olhos. O sangue que havia parado de correr do nariz de Musso começou a jorrar mais uma vez. Bobby retornou fazendo esquivas até o centro do ringue.

O locutor entrou e o microfone foi baixado.

– SENHORAS E SENHORES, COM UM MINUTO E NOVE SEGUNDOS DO OITAVO ASSALTO, O VENCEDOR, POR NOCAUTE, É BOBBY "GALÃZINHO" BARKER!

A aclamação foi inacreditável. Bobby fez seu característico mortal de costas e caiu de pé. Ele estava mesmo nas nuvens. Eu continuava pensando naquelas costelas.

– SENHORAS E SENHORES, TEMOS OUTRA LUTA NO PROGRAMA!

Buzzard e eu tiramos Bobby do ringue e então o locutor da tevê nos agarrou. Era Henry Chamberlain e ele não sabia porra nenhuma sobre boxe. Além disso, ele tinha essas bochechas que pendiam dos dois lados da cara. Como ele tinha conseguido esse emprego era algo que estava muito além da minha compreensão, mas havia equívocos no topo de cada profissão.

Ele enfiou o microfone na cara do meu garoto.

– Bobby – ele disse –, isso é o que eu chamo de voltar para a luta! Pensei que você já tinha perdido! Como conseguiu?

– Bem – disse Bobby –, eu...

Peguei o microfone.

– Tínhamos tudo planejado. Decidimos deixar o Musso bater até cansar. Bobby recebeu a maior parte dos golpes nas luvas e nos cotovelos. Percebemos também que a idade acabaria por pegar o Musso, um grande lutador, mas também já bastante calejado. A juventude estava a nosso favor. Juventude e um bom plano de luta *mostraram* seu valor.

Chamberlain retomou seu microfone.

– Qual o próximo passo, Bobby? – ele perguntou.

– Gostaria de enfrentar Hanson Mão de Martelo.

– Não – eu disse –, Hanson tem 13-3-0, um lutador de clube. Queremos Pettis Liso.

– Mas ele está entre os dez melhores!

– Você ouviu o que eu disse, Chamberlain.

– Escute, Bobby – ele voltou a colar o microfone no meu garoto –, alguma declaração da sua parte?

– Claro. Esta luta é dedicada a todas as lindas garotas que acompanham minhas lutas ao lado do ringue. Também gostaria de mandar um alô para todos os meus camaradas e amigos de Riverside, Califórnia...

Chamberlain afastou o microfone.

– Obrigado, Bobby.

Tiramos Bobby dali e o conduzimos pelo corredor em direção ao vestiário.

Bobby seguia olhando por sobre os ombros como se quisesse mais. Ele ia conseguir. Não havia dúvida disso. Buzzard estava em um lado do garoto e eu do outro.

Senti-me bem.

Todos nos sentimos bem. A América era um grande lugar para estar quando se era um vencedor.

Avançamos em direção ao vestiário e, no caminho, comecei a me sentir rico, e deixem-me dizer uma coisa: quando você começa a se sentir rico, você passa a caminhar de um jeito um pouco diferente, falar um pouco diferente, até os dedos de suas mãos começam a se sentir um pouco diferentes.

Era como eu me sentia e eu disse ao garoto:

– Bobby, você vai subir até o topo.

E Bobby sorriu para mim.

Buzzard empurrou a porta com um movimento do braço esquerdo e nós entramos ali com pompa.

## **anemia perniciosa**

eu poderia viver do passado
há muitos livros
nas estantes,
as estantes estão
transbordando.

poderia dormir o dia inteiro
com meus gatos.

poderia falar com
meu vizinho
sobre a cerca,
ele está com 96 e
também teve um
passado.

poderia apenas dispensar
o resto de vida,
esperando serenamente pela
morte.

ah, que horror
isso seria:
juntar-se ao jeito do
mundo.

preciso galgar um
caminho de volta.
devo rastejar
centímetro a centímetro
de volta pa-
ra o sol da
criação.

deixe que haja luz!
deixe que haja eu!

vou vencer
as adversidades
mais uma
vez.

## **o atendente**

estou sentado em uma cadeira de latão do lado de
fora do laboratório de raio X enquanto a
morte, em fétidas asas, flutua através dos
corredores eternamente.
lembro dos fedores do hospital de quando
era um garoto e de quando era homem e agora
já homem velho
me sento na cadeira de latão para esperar.

então um atendente
um jovem entre 23 ou 24
surge empurrando um tipo de equipamento.
o negócio parece um cesto
de roupas recém-lavadas
mas não posso ter certeza.

o atendente é bisonho.
não chega a ser deformado
mas suas pernas funcionam
de um modo desordenado
como se dissociadas do
sistema motor do cérebro.

ele está de azul, vestido todo de azul,
empurrando,
empurrando sua carga.

desajeitado garotinho azul.

então ele vira sua cabeça e grita para
a recepcionista na janela do raio X:

"se alguém precisar de mim, estarei no 76
por cerca de 20 minutos!"

seu rosto fica vermelho enquanto grita
sua boca forma um crescente voltado
para baixo como uma boca
de abóbora de halloween.

então ele desaparece atrás de alguma porta
provavelmente a do 76.

um camarada de fato não muito *dotado*.
perdido como ser humano,
há muito enfiado em uma
estrada paralisada.

mas
ele é saudável

ele é saudável.

ELE É SAUDÁVEL!

## **as enfermeiras**

no hospital que tenho
frequentado
as enfermeiras parecem estar
acima do peso.
parecem corpulentas em seus
vestidos brancos
gordas acima dos quadris
e também abaixo
nos traseiros e nas pernas
pesadas.

todas parecem ter
47 anos
caminham de pernas abertas
como os velhos zagueiros
dos anos
1930.

parecem distanciadas
de sua profissão.
atendem às suas tarefas
mas com uma
falta de
contato.

cruzo com elas nos
pátios
e nos
corredores.
nunca olham diretamente nos
meus olhos.

perdoo-lhes o modo
de caminhar
pesado,
pelo espaço que
devem forjar
entre si mesmas e
cada paciente.

porque essas senhoras estão realmente
empanturradas:

elas têm visto
vezes demais
a morte.

# AUSÊNCIA DE NEGÓCIOS

Manny Hyman estava no *show business* desde os dezesseis. Quatro décadas nisso e ainda não tinha onde cair morto. Trabalhava em um dos lounges do Hotel Sunset. O lounge pequeno. Ele, Manny, era a "Comédia". Vegas já não era o que costumava ser. O dinheiro tinha ido para Atlantic City, onde as coisas eram mais frescas e novas. Então, também, chegou por lá a desgraçada da recessão.

– Uma recessão – ele lhes disse – é quando sua mulher foge com alguém. Uma depressão é quando alguém a traz de volta. Alguém trouxe a minha de volta. Agora, há uma risada lá em algum lugar e quando eu descobrir onde está eu avisarei a vocês...

Manny se sentou no camarim, bebericando uma garrafa de vodca. Estava sentado em frente ao espelho... o cabelo bem puxado para trás... a testa brilhante, um nariz adunco e curvo para a esquerda... olhos negros e tristes...

Merda, ele pensou, acho que não é fácil para ninguém. É preciso engolir sapo depois de sapo. É isso ou seu pescoço sobre os trilhos da ferrovia.

Houve uma batida na porta.

– Entre – ele disse –, não há nada aqui além de um espaço silencioso e alguma vegetação judaica...

Era Joe. Joe Silver. Joe agendava as atrações do hotel. Puxou uma cadeira, virou-a e se sentou de modo invertido, descansando os braços e o queixo contra o encosto, os olhos em Manny. Joe vinha agendando os shows desde que Manny trabalhava neles. Tinham um aspecto bem semelhante, exceto pelo fato de que Joe não parecia pobre.

Joe suspirou, coçou e esfregou a nuca.

– Você passou dos limites, Manny, e suas coisas andam amargas demais. Talvez você esteja no jogo há muito tempo e ele tenha se voltado contra você. Consigo lembrar de quando você era engraçado. Você costumava me arrancar boas gargalhadas. Chegava mesmo a fazer a plateia gargalhar. E nem parece fazer tanto tempo assim...

– Ah, é? – escarneceu Manny. – Você quer dizer ontem à noite, não é, Joe?

– Quero dizer ano passado. Quero dizer, nem lembro quando.

– Ah, corta essa, Joe. Não estava assim *tão* ruim – Manny disse, sem tirar os olhos do espelho.

– Não havia *ninguém* lá fora, Manny. Você não atrai mais ninguém. Sua atuação é tão rasa que dava para passá-la debaixo de uma porta.

– Mas você poderia passá-la sob uma porta de correr?

– Estamos diante de uma porta *giratória*, Manny. Ela faz você girar e se não se der conta do que está fazendo, vai acabar pondo você outra vez no meio da rua...

Manny se voltou e olhou para Joe.

– Do que você está falando, Joe? Sou um dos Grandes Comediantes! Tenho os recortes de jornal para provar. "Um dos Grandes Comediantes de nossa era!" *Você* sabe disso!

– Isso foi na era do gelo, Manny! Estamos falando de agora! Você precisa de mais gente nas mesas. Eu poderia sair agora e lançar três quilos de arroz cru e não atingiria ninguém.

– Talvez as pessoas não gostem de arroz, Joe. Talvez gostem de comer arroz cozido...

Joe balançou a cabeça.

– Manny, você entra no palco sendo esse velho amargo. As pessoas sabem que a vida é uma merda! Elas querem *esquecer* isso!

Manny tomou um gole de vodca.

– Você está certo, Joe. Não sei o que há comigo. Você sabe, estamos de novo em uma época de debiloides. É como voltar aos anos 30. Eu entro em cena e vejo aqueles porcos comendo e bebendo, e eles são uns *idiotas*, uns verdadeiros idiotas. Com que direito eles têm toda essa grana? Não consigo entender nada disso.

Joe estendeu a mão e tocou o braço de Manny.

– Veja, tire isso da sua cabeça. Seu trabalho não é melhorar as coisas. Seu trabalho é fazer as panças balançarem de rir.

– Sim, eu sei disso...

– Você sabe que gosto de você, Manny, como pessoa. Sei que você gasta o seu cachê nas mesas e com garotas. Não ligo para isso. É preciso ter uma válvula de escape. E também não ligo para a vodca... enquanto você seguir produzindo. Mas A. J. me disse que precisamos das mesas cheias ou serei demitido da produção. Você não está fazendo eles rirem, Manny! E agora é o meu que está na reta! E eu também não estou rindo. Estou pensando em investir naquele garoto, Benny Blue. Ele não é bom apenas nas piadas, mas faz uns truques também com bolhas de sabão.

– Esse rapaz é de última, Joe, de última qualidade. Ouviu o que ele fez dia desses? Encheu a cara de cocaína e mijou em uma das camareiras. Então deu a ela cinco pratas e pediu para que voltasse na noite seguinte para um bis!

– Eu soube. Mas o cara é bom de bilheteria. E isso é o que me preocupa no momento!

– Eu não uso cocaína, Joe.

– Não dou a mínima para o que você usa! Me importa o que você faz! Seu nome está no letreiro lá fora e não tem ninguém nas mesas...

— *Porra*! Será que não entendeu? Há uma *recessão*, Joe!

— E, *por favor*, Manny, chega de piadas sobre a recessão. Todas as noites, só dá recessão nas piadas! Você faz as pessoas se sentirem mal! Elas *querem rir*! Há alguma coisa *errada*, Manny, elas não têm vindo mais!

Manny tomou outro gole de vodca, voltou-se e encarou Joe.

— Bem... deixe eu dizer uma coisa a você. São as malditas dançarinas. São as *mesmas* garotas, com as *mesmas* roupas, há três ou quatro temporadas! Seus peitos já estão caindo! Suas bundas estão maiores que a dívida do tesouro americano! E... elas se prostituem depois do expediente! "As Cisnetes", diabos! Você deveria rebatizá-las de "As Irmãs Herpes"! Ninguém quer ver uma turma de vadias doentes erguendo suas pernas em uma coreografia!

— Não temos como comprar novas fantasias, Manny. Sabe quanto sai uma dessas?

— Bem, pelo menos arrume uma coisa nova para pôr nessas velhas fantasias.

— Manny, não é esse o problema. *Você* é o problema. Ou você dá uma *subida* no show, ou terei de trazer o Benny Blue e suas Bolhas Sujas.

— Dar uma subida? Dar uma subida?

— É só um jeito de dizer. Escute, quero que você levante sua atuação. E, se a questão chegar em quem será enrabado, prefiro que seja o seu rabo e não o meu...

— Valeu, Joe.

— Acho que você já sabe, Ginny está com câncer de mama. As contas do hospital estão entaladas no meu cu.

— Sim, eu sei...

Manny estendeu a garrafa para Joe.

— Tome um pouco de vodca.

– Obrigado, Manny...

Joe tomou um gole.

– Escute, Manny, como você foi nas mesas ontem?

– Você não vai acreditar, mas faturei um pau e meio.

– Maravilha! Mas escute, Manny...

– Sim?

– Guarde essa grana.

Joe se levantou.

– Bem, merda para você, merda em dobro. Um monte de merda!

– Até entupir a privada?

– Por aí.

Manny se sentou diante do espelho, mergulhou na garrafa. Podia ouvir o cantor solo lá fora, cantando uma balada vagabunda. Eles nunca cortavam esses imbecis. As mulheres os adoravam e os homens resistiam, felizes o suficiente por não serem aquele cara. Esse cara, o cantor, Manny o conhecia. Era um sujeito que tinha largado a City College de Pasadena, costeletas que desciam até o cu. O fodido bebia maltes de baunilha e jogava nos caça-níqueis com as velhotas. Tinha tanta classe quanto um vira-lata.

Soou uma nova batida na porta.

– É sua vez, Manny...

Tomou um bom gole, olhou-se no espelho e mostrou a língua para si mesmo. A língua tinha um tom claro de cinza. Ele logo a puxou de volta.

Lá fora estava iluminado e quente. Manny deixou que seus olhos se ajustassem, viu cerca de cinco ou seis casais nas mesas. O lugar tinha 26 mesas. Todos os casais pareciam entediados. Os casais não falavam entre si. Não se moviam, exceto para apanhar as bebidas, devolvê-las à mesa, pedir mais.

– Bem, olá... meus amigos.

Manny começou a improvisar.

– Vocês sabem que não há muita diferença entre mim e o Johnny Carson. Carson usa um terno novo por noite. Você nunca o vê usando duas vezes o mesmo terno. Fico me perguntando o que ele faz com todos eles? Uma coisa eu sei: ele não os dá para o Ed McMahon...

Silêncio.

– Ed McMahon é muito grande para as medidas do Carson, entendem? Claro que vocês entendem. Mas acho que isso não foi engraçado, não é? Bem, eu gostaria de dar uma aquecida nos motores, começar devagar, vocês sabem...

– *Tomara que você aqueça antes do nascer do sol!* – gritou um bêbado gordo, sentado ao fundo do salão.

Manny saiu da linha das luzes e mergulhou na escuridão.

– Ah, posso ver você, meu amigo. Nossa, você é um cretino dos GRANDES. Sua bunda é tão grande que eles poderiam enfiar o Queen Mary no seu rabo e ainda haveria espaço para a Parada de Páscoa!

– Você não é de nada! – gritou de volta o enorme bêbado. – *Será que não pode fazer um pouco de sapateado?*

– Eu... – tentou continuar Manny.

– *Ou melhor ainda, um número de desaparecimento!* – gritou outro bêbado.

A pequena audiência aplaudiu com selvageria.

Manny esperou até que parassem.

– Bem – ele disse –, sei que vocês, meus camaradinhas, estão tristes porque suas namoradas estão dormindo com os árabes e vocês tiveram que vender seus fuscas para pagar a prestação da hipoteca, mas estou aqui para fazer vocês rirem, apesar de vocês mesmos...

– *Vá em frente, então, judeu chupa-piça!* – gritou o bêbado gordo.

– Obrigado por me ensinarem como fazer meu serviço – Manny disse sem ênfase. – Agora, se vocês puderem parar de enfiar o dedo nas suas senhoras debaixo da mesa, eu continuarei o meu espetáculo.

– *É melhor se apressar! O sol logo vai nascer!*

– Tudo bem. Então, já ouviram aquela do soldado de chocolate que foi para a cama com a menina de chocolate dos correios?

– Já!

– Certo, e já ouviram aquela da grande surpresa que a Nancy fez para o presidente Reagan?

– *Você contou essa ontem!*

– Estavam aqui ontem à noite?

– Sim!

– E estão hoje de novo?

– *Sim!*

– Bem, seu otário, isso faz de *nós dois* uns retardados. A única diferença é que *eu* estou sendo *pago*!

– *Se eu vier aqui amanhã à noite e você ainda estiver aqui, sou eu quem tem que ser pago!*

A plateia aplaudiu. Manny esperou até que parassem.

– A única diferença entre vocês e as pessoas que estão enterradas é que *vocês* estão sentados – ele disse com suavidade.

– *A única diferença entre você e um enterro é que no enterro não cobram couvert!*

Houve algumas risadas. Manny piscou.

– Ei, de onde vocês saíram? De um útero ou de um manicômio?

– Nós viemos do útero. Qual a sua desculpa?

Manny pegou o microfone sem fio e se sentou na borda do palco, as pernas soltas no ar. Tirou a vodca do bolso, entornou-a, jogou a garrafa longe.

– Realmente gosto de vocês. Vocês estão fodidos. Sabem, costumava correr com Lenny Bruce.
– *Não é nenhuma surpresa que ele tenha tido uma overdose!*
– E todas essas mulheres tão *adoráveis*! De onde vocês vieram? Parece que vocês saíram de algum *museu de cera*. Precisam de umas velas para suas bocetas?
– *Isso não teve graça, judeuzinho! Você não pode falar assim da minha mulher!*

Era outra vez o bêbado gordo no fundo do salão. Ele se ergueu de sua mesa. Era gigantesco em seu tamanho. Como uma maré de carne, avançou em direção a Manny, que não parecia se mover.

As luzes do palco piscaram. Então voltaram a piscar. A orquestra atacou. As dançarinas entraram no palco, com seus grandes traseiros e os peitos murchos. Começaram a dançar e a música subiu.

O bêbado gordo avançou em direção a Manny cortando o som. Assim que chegou perto, Manny desferiu um poderoso chute em suas bolas. O grandalhão gemeu, mas não caiu. Segurou-se e, assim que Manny se pôs de pé e correu para dentro do palco, o bêbado deu um jeito de agarrá-lo, tomando-o pela barra de uma das pernas da calça, e o arrastou pelo palco. Manny caiu estatelado. O grande bêbado o colheu do chão, ergueu Manny sobre a cabeça, depois o jogou sobre uma mesa vazia enquanto os seguranças entravam correndo. A banda seguiu tocando. As meninas erguiam as pernas o mais alto que podiam em seus passos.

Benny Blue havia entrado um pouco antes. Tinha ficado parado na boca da cena. Como sempre, trazia seu kit de bolhas. Retirou-o e começou a soprar. Tinha o formato de um pau mole com bolas caídas. As bolhas flutuavam sobre a comoção. Nascia uma nova estrela.

# **celebrando isto**

você nunca vai tirar sarro da minha cara porque veja bem
já estive em muitos outros trabalhos, da pior qualidade, então eu sei que
escrever é um dos mais fáceis de se
levar: muitas horas para jogar fora, muitas mulheres para
se meter em
confusão.
e a *melhor* parte é que
quase todo o tempo
você nem pensa sobre ser um
escritor
você apenas esvazia a mente e vaga como um zumbi
e
aí está a razão de ser da
vida: evitar ao máximo qualquer
desgaste antes de sua
morte (prefiro momentos de calma do que a ocasional dádiva da felicidade).

claro, o que alguém prefere nem sempre chega e
ainda que escrever seja uma das mais abençoadas
profissões
você descobrirá
que mesmo quando já tiver algum êxito
nela
a dor e a confusão e o horror da
vida
não haverão de parar

mas continuar,
prodigamente

dando à sua máquina elétrica IBM mais e
mais
para mascar
e refletir
enquanto você contém o IR, as mulheres, bebida,
 drogas,
o jogo... as manhãs suicidas e assim por diante...
sempre com
esse
último ano de sua vida voando contra você feito um
disparo de rifle...

sim, escrever é o melhor jeito
de ir:

prefiro ser encontrado
morto
sobre esta máquina
como
(ha! ha! ha!)
alguns dos críticos pensam
que já
estou.

não importa:
não preciso de nada mais que meus dedos
para bater à máquina

e de uma
mínima
quantidade de
dor.

# **buraco**

meu editor
nunca reclama
quando estou no
buraco.
ele sabe que
conseguirei
me reerguer e
sair,
que o som da rebatida do taco
voltará a soar como um
tiro de rifle
assim que
a bola voar forte
e reta uma, duas,
três vezes, e até mesmo
prodigiosos
*home runs*
se
seguirão,
e eu
serei
Di Mag
eu
serei
Cobb,
eu
serei
Paul Waner,
eu

serei
Ted Williams

eu
serei
o Babe,
impassível,
circulando pelas
bases
com
pequenos e delicados
passos

mais uma
vez.

# o último trago

sempre, às altas horas da noite, eu
chego ao último trago e
olho para ele com uma especial
afeição.
é normal que tenha tido alguma sorte na
máquina e
reservo o último trago
como
um brinde aos deuses
que me permitiram ter
sorte.

e hoje à noite, quero dizer, neste início
de manhã
pensei pela primeira
vez: último trago?
que tal o último trago
para sempre?

isso vai acontecer: os tragos
cobram seu preço de todo mundo.

que curioso pensar naquele corpo
lá deitado, sem vontade de um
trago...
você pode virá-lo em minha boca
e
*nada...*

Chinaski?
não, ele não se juntou ao A. A., ele
apenas desistiu de
súbito: *bingo!*

simples
assim!

ah, é? como ele irá
escrever? sempre escreveu
bêbado.

ele já não escreve
mais...

jogou a toalha, hein? aquele fodido, eu sempre
disse que ele não passava de um
farsante!

enquanto isso, este trago aos
deuses...

olho para a madrugada lá fora que termina e
conto 8 fios telefônicos
69 anos
duas árvores
e isso é tudo que posso
ver...

resta meio copo agora: um gole para
os deuses, outro para
mim...

*isso!*

que belo arranjo! que
triunfo enquanto as paredes se fecham ao meu
redor
e eu sigo em direção ao quarto
seguido por música e alegria
em meus calcanhares: o último
e perfeito trago
uma vez
mais.

# **SUFICIENTEMENTE LOUCO**

Não tenho muito claro como tudo começou. Houve um adiantamento de cinco contos e então um ano ou mais se passou e depois disso ouvi de Harry Flax que eles estavam rodando o filme na Itália. Harry Flax era uma espécie de agente, de gerente, de promotor de uma editora de San Francisco chamada Waterbed Press. Harry Flax metia a mão em tudo, incluindo minha prateleira, de onde desapareceram algumas de minhas edições raras, mas isso é outra história, e H. F. não foi o único que levantou coisas da minha prateleira. Seja como for, descobri que eles estavam rodando *Canções de um suicida*, Luigi Bellini estava na direção, Ben Garabaldi ia me interpretar e Eva Mutton seria a minha mulher. Eu raramente assistia a filmes, porque eu bem podia aniquilar minhas próprias horas sem precisar de ajuda. Mas os meus poucos conhecidos me disseram que Bellini era dos grandes, havia feito alguns filmes bizarros e ousados. Assim disseram. E ao longo dos anos topei com algumas atuações de Garabaldi. Não era mau. Nada de mais, mas nada mau. Tinha olhos suplicantes, como os de um homem que estivesse com prisão de ventre sentado em uma privada. Gostava daquele olhar. Mas, tirando isso, ele ficava na zona de conforto. Um bom machão, mas satisfeito consigo mesmo, longe da insanidade. É bem provável que a grande oferta de rabos tenha terminado por acalmá-lo. Não sabia muito sobre Eva Mutton, mas me tinham dito que ela era uma fulana fogosa e insinuante, que todos os italianos sonhavam em meter o pau nela.

Tudo certo, ouvi de Flax, ouvi de Hans Weiner, meu agente na Europa, de modo que tomei conhecimento de que o filme estava sendo rodado. Meus contos da Waterbed Press estavam sendo contados de outra maneira. Então tirei isso da cabeça. Eu estava trabalhando no romance sobre minha infância, *O cachorro Band-Aid*, e pensava em meu pai e em todos aqueles merdas do ensino fundamental que foderam a minha vida, o que, convenhamos, já era o bastante.

Então eu batia à máquina e ia às corridas, e quando não estava escrevendo bebia com Sarah, e ainda que ela pesasse apenas cinquenta quilos e eu já passasse dos 115 quilos, bebíamos taco a taco. Uma pessoa estranha para ser dona de um café de comidas saudáveis. De todo modo, os cavalos corriam afortunados e as linhas também vinham bem, e quando já ia com três quartos do romance escrito recebi a ligação de Flax. Disse-me que os italianos estavam na cidade, tinham que filmar algumas cenas em Venice Beach e queriam me encontrar. Eu disse que sim, e um lugar e um horário foram combinados. Sarah gostava do meio cinematográfico. Preparei-me para o pior: ponha o seu pau para fora da janela e um tordo irá surgir e pousar nele.

Estacionamos na frente do lugar em West Hollywood. Sarah e eu saímos do carro e Flax e sua garota, Sunday, saíram do deles.

– Espere um pouco – eu disse –, não podemos entrar ainda.

– Por que não? – Flax perguntou.

– Eles não devem ter nada para beber.

– Claro que devem.

– Não quero correr o risco.

Havia uma loja de bebidas do outro lado da rua e eu fui garantir a pisada...

Era um salão grande com uma fila de mesas unidas e cobertas por uma longa placa de madeira. A equipe toda estava lá, Bellini, Garabaldi. Mutton estava na

Itália. Não frequentava a cena de Venice. Fizeram-se as apresentações. Muitos italianos, a maior parte magros e pequenos. Exceto Bellini, que era bem baixinho e largo, e tinha um rosto interessante, bom e humano. Garabaldi usava jeans e barba, para se parecer comigo, e eu estava bem barbeado, com um casaco da Brooks Brothers, calças novas e sapatos lustrosos.

Alguém me passou um copo de papelão cheio de vinho branco. Bebi. Estava quente.

– Isso é tudo o que vocês têm? – perguntei.

– Sim, sim, mas temos muito.

– Porra, esse negócio está QUENTE! Ninguém bebe vinho branco quente! Qual é o problema de vocês?

– GELO! – alguém gritou. – ARRUMEM GELO! GELO!

Desensaquei minha garrafa de vinho tinto, peguei o saca-rolhas, servi Sarah e a mim, passei a garrafa para os italianos.

– Vocês têm que ir de tinto – eu disse.

– VINHO TINTO! – alguém gritou. – ARRUMEM VINHO TINTO!

Bellini me olhou. Estava do outro lado da mesa.

– Chinaski – ele disse –, faremos uma competição de trago.

Eu ri.

Fez girar a perna direita e a colocou sobre a mesa.

– Mas que diabos está fazendo? – perguntei.

– É assim que eu bebo.

– Certo.

Coloquei minha perna sobre a mesa.

Bellini secou sua bebida. Sequei a minha. Fomos reabastecidos e voltamos a enxugar. Seria uma grande tarde.

Um dos italianos meteu um microfone na minha cara.

– E a mãe vai bem – disse a ele.

Era um cara bacana. Ele riu.

Ben Garabaldi estava próximo a mim. Ficava apenas parado ali, o copo na mão. Em uma entrevista, um ano depois, ele diria às pessoas que havia me chupado por debaixo da mesa. Suponho que atores imaginem o que lhes der na telha.

– Assisti ao filme em que você comanda um clube noturno – eu disse a ele. – Nada mau.

– Estou lendo seus livros – ele sorriu.

– Tive uma namorada, uma época, que era escultora. Ela conhecia um ator que conhecia você e esse ator já havia armado para que ela fosse esculpir sua cabeça, mas não deixei ela ir por medo de que você passasse a vara nela.

Ele voltou a sorrir. Tinha um bom sorriso, cheio de sabedoria. E aqueles olhos. Mas não era o cara certo para interpretar Chinaski. Ele estava morto por dentro.

Dado que o microfone seguia ali, respondi a algumas perguntas e contei algumas histórias e segui bebendo. Os italianos riam nas horas certas enquanto eu falava. Sarah estava desligada, cansada de ouvir as minhas mesmas merdas. Continuávamos bebendo. Tirei meu casaco e comecei a fazer furos com o cigarro em minha camiseta. Não era bem uma competição de trago: os copos de papelão eram muito pequenos e precisavam ser reabastecidos. Em casa eu bebia em um cálice de prata que comportava 250 ml. Logo não restava nada além de vinho branco e cerveja quente. Peguei Sarah, Flax e Sunday e saímos dali.

Meses se passaram. Talvez um ano. O romance foi terminado e eu me perguntava se chegaria a escrever outro. Bem, isso não importava. Ainda havia os cavalinhos, os poemas e os contos.

Por volta dessa época, comecei a receber cartas das pessoas dizendo que *Canções de um suicida* estava pronto, que já passava na Itália. Depois, soube que passava na Alemanha e a seguir na França. Recebi o retorno de uma meia dúzia de pessoas que o haviam visto. O escritor é sempre o último a saber. Quem é o escritor, afinal? Um escritor é como uma puta. Você a usa e depois a joga fora. Eles pensam que se o escritor sofre sua obra ficará melhor. Isso é lixo. Sofrer é como tudo o mais: muito de alguma coisa logo o fará sucumbir. Fugir ao sofrimento, é isso que gera grandes escritores: é uma sensação tão boa que logo os leitores também se sentirão bem.

Bem, esqueça isso. O filme finalmente desembarcou em Hollywood, era para estrear em um cinema na Melrose. O telefone começou a tocar. Em demasia. Mas não eram Garabaldi ou Bellini, e sim o distribuidor e os amigos do distribuidor. Era uma turma novinha em folha. Um sujeito, um divulgador do distribuidor, Benji, queria me entrevistar. Ele tinha um talento para ligar às oito da manhã.

– Não, Benji, nada de entrevista...
– Vai ajudar na divulgação do filme!
– Não estou apoiando o filme. Ouvi dizer que é um lixo.
– Não, é demais! É demais! Deixe eu fazer umas perguntas sobre o seu processo de escrita de *O suicida*. Isso vai ajudar...
– VÁ PARA A PUTA QUE PARIU, BENJI, JÁ DISSE DUAS VEZES QUE TRABALHO ATÉ TARDE DA NOITE E QUE NUNCA ATENDO O TELEFONE ANTES DO MEIO-DIA!
– Mas ao meio-dia você já foi para o hipódromo!
– Na mosca.
Clic...

Descobri que era assim que as coisas funcionavam. Ao menos neste caso. O distribuidor compra os direitos de exibir o filme, seja os direitos ingleses ou os direitos americanos ou os direitos europeus do realizador do filme. Então o distribuidor tenta empurrar o filme para os cinemas para conseguir recuperar seu investimento. Tudo o que ele consegue depois de recuperar o investido é seu lucro. Mas há percentagens nesses negócios. Me parece pressão demais e um jogo muito arriscado.

Certa tarde, o distribuidor apareceu, com Benji e mais três outros. O nome do distribuidor era George Blackman e ele era de Nova York e eu gosto de pessoas de Nova York quando as encontro em San Pedro, é quando as encontro em Nova York que me sinto confuso. Era um cara grande em um terno cinzento, trajando gravata, e Benji estava em um terno cinzento, também de gravata, e eu conheço esses tipos, seus sapatos estão sempre um pouco desgastados e as pontas dos colarinhos, puídas. A namorada de Blackman se chamava Angel e o cabelo de Angel era completamente branco e seu rosto parecia ter mil anos, ainda que o resto do corpo aparentasse dezenove. Isso se chamava resistir, e todos eles tinham resistido com bravura, tinham um charme sólido, mas eu não sabia muito bem o que fazer com eles. Trouxeram um vinho de garrafão medonho com eles e o guardei no armário, mandando ver no meu bom tinto. Sarah estava curiosa e fez a eles um monte de perguntas que tiveram o benefício de os manter afastados de mim. Negócios como este sempre envolviam beber e comer e talvez usar drogas e uma certa atmosfera de descontração enquanto lá fora, em algum lugar, aproximava-se a pressão contínua e o desespero de estar vivo através de qualquer inferno que eles pensassem estar cruzando.

– Você tem uma percentagem neste filme? – Blackman me perguntou.

– Suponho que sim, e não me pergunte se é uma percentagem da renda líquida ou bruta. Não sei.

– Tudo bem – disse Blackman –, não perguntarei...

Mais tarde eles nos seguiram em seu carro e nós fomos até as docas, a um lugar onde servem caranguejos lançados vivos na brasa. Gosto de lá porque é frequentado por trabalhadores e trabalhadoras. Raros yuppies que conseguem estragar qualquer refeição, se você tiver de olhar para eles. Caminhamos por ali e fomos dar uma espiada no tanque dos caranguejos.

– Agora – eu disse a Blackman –, quando vocês virem um caranguejo de que gostem, apenas apontem a um dos garotos e eles o levam até o cara do fogo.

Escolhemos nossas belezas e esperamos na mesa com nossas cervejas. Alguém meteu um gravador na minha cara. Era o Benji.

– Diga alguma coisa – ele ordenou.

– Tudo bem – eu disse –, quem está pagando por isso tudo?

– Blackman.

– Bom, então tente isto: estamos todos presos pelas circunstâncias e nos tornamos aleijados ao tentar escapar.

– É?

– É. E tem sempre algum filho da puta para ferrar com o cara e ele nem sabe quem você é e também não dá a mínima para isso. Pior do que não se importar: ele está à beira de matá-lo.

– É?

– É. Tudo conspira contra nós e muito pouca coisa importa. E as grandes coisas raramente importam...

– É? E o que importa?

– O que importa são as pequenas coisas, como ter certeza de que há água suficiente no radiador do carro, de que as unhas dos pés estão cortadas, de que há papel higiênico no banheiro, ou uma lâmpada sobressalente, coisas desse tipo.

– Isso não parece grande coisa.

– É o suficiente. Lide com as coisas triviais e as questões gigantescas vão todas para o seu devido lugar.

– Mesmo a morte?

– Mesmo a morte assumirá um caráter de lógica perfeita.

– Gosto disso – disse Benji.

– Eu também – eu disse –, mesmo que talvez não seja verdade.

Então os caranguejos ficaram prontos e tomamos mais cerveja, e aquilo estava tão bom que pedimos mais caranguejos na brasa e mais cerveja. Parecia luxuriante e abençoado e retornamos para o carro e de volta a minha casa.

Voltamos a nos encontrar, todos, uma vez mais depois disso. Blackman apareceu e fez peixe branco com cebolas e trouxe um bom vinho tinto e conversamos ao longo de toda a noite até o amanhecer, era algo a fazer enquanto esperávamos. Então o filme ficou pronto. NOITE DE ESTREIA...

Sarah e eu jantamos em frente ao cinema. Lá estava, acima da marquise: *Canções de um suicida*. Bebemos vinho enquanto esperávamos pelo jantar. Já garantíramos nossas próprias garrafas para o filme. Tive a impressão de que seriam necessárias. Muitas coisas haviam se infiltrado entre o livro mesmo e a transformação do livro em filme. Em especial esses grandes egos incapazes de deixar as coisas como eram, tinham que interpretar tudo de acordo com suas próprias visões e suas visões não eram lá essas coisas ou a bem da verdade não seriam burros o suficiente para desperdiçarem suas vidas na indústria cinematográfica.

Terminamos de comer e nos pusemos em direção ao cinema. Havia uma enorme multidão na frente. Entramos no saguão e então eles me cercaram com suas cópias de *O suicida*. Todos queriam um autógrafo. Não fazia ideia de que tivesse vendido tantos exemplares. Onde estava a porra dos meus royalties? Fazia calor lá dentro e as pessoas me empurravam seus exemplares. Sarah estava esmagada contra mim.

– Isto é pior do que um sarau de poesia – ela me disse.

– Nada – eu disse – é pior do que um sarau de poesia.

Um cara me alcançou uma garrafinha de uísque e eu dei um bom gole.

– Fique com ela – o cara disse –, as merdas que você escreve já me renderam boas risadas.

Então dei mais uma bicada e segui autografando. Muitas garotas com meus livros. Pude imaginar que os enfiavam debaixo do travesseiro à noite. Segui com a caneta e com a garrafinha. Uísque e vinho fazem uma boa mistura: extremamente estupidificante.

Agora Benji já se aproximava. Agarrou meu braço.

– Eles não vão começar o filme enquanto você não parar de assinar.

– ESTE É O ÚLTIMO LIVRO! – gritei.

Forçamos a passagem. Nossos assentos nos esperavam. Sentamos e eu abri o saco e saquei a rolha da garrafa de tinto. Então tudo ficou escuro e o filme começou.

Ben Garabaldi estava em um sarau de poesia. Lia um poema. Usava óculos escuros. Aquilo era um mau começo. À medida que o filme avançava, revelava-se muito pior do que eu poderia esperar. Garabaldi desempenhava seu papel como eu temia que ele fizesse: relaxado e terrivelmente sadio. À progressão das cenas, tudo ia ficando ainda mais ruim. Garabaldi seguia mamando na garrafa de vinho, mas ele não bebia como se precisasse e também nunca ficava bêbado. A razão de ser do vinho é deixar alguém bêbado para que a pessoa possa esquecer. Então ele encontra Eva Mutton em um bar. Já estive em centenas de bares, mas nunca vi uma mulher como aquela em nenhum deles. Ela simplesmente não era esse tipo de mulher. Ela parecia mais umas dessas modelos que quer ser atriz e que é incapaz de abrir a boca.

O filme ficou tão ruim que não pude mais me segurar. Comecei a gritar coisas para os atores, dirigindo-os. Mas eles não me obedeciam. Segui tentando.

Por fim, alguém gritou para mim:

– POR QUE VOCÊ NÃO CALA A PORRA DESSA SUA BOCA?

– SOU CHINASKI – gritei de volta. – SE ALGUÉM TEM O DIREITO DE GRITAR ALGUMA COISA CONTRA ESSE FILME, SOU EU!

O filme continuou e Garabaldi nunca ficou bêbado. Ao final, ele está ajoelhado em uma praia e está agarrado às pernas dessa adolescente descolada de maiô. As ondas quebram atrás deles e o vento sopra através dos cabelos de Garabaldi. Ele começa a recitar um poema sobre a bomba atômica que escrevi algumas décadas atrás. Ele segue falando sobre como somos desapiedados e estúpidos por termos criado o monstro atômico. Ele infere que já tínhamos feito isso a nós mesmos em um passado remoto, que em mais de uma vez reduzimos à merda nossas chances, e o que foi que aprendemos? Então ele ergue a cabeça e olha para as pernas da garota enquanto as ondas arrebentam e as gaivotas voejam.

– AO INFERNO COM ESSA PORRA! – gritei e o filme terminou entre aplausos tímidos.

Saímos e quando dei por mim estávamos em um bar com Blackman, Benji e a equipe. Ocupávamos uma mesa e Sarah sugeria que eu calasse a boca. De algum modo, tentando ser gentil, eu tinha insultado o garçom. As pessoas me cansam, estão sempre se sentindo insultadas. Se você não as alimenta com o que elas querem ouvir, logo tomam tudo como uma afronta.

Ficamos algum tempo sentados e eles seguiam bombeando o assunto do filme e eu comecei a falar de outras coisas, de cavalos e lutas de boxe, mas eles insistiam naquilo, no filme, desejosos de que não fosse um fracasso porque isso também seria o fracasso deles. Dureza.

A próxima coisa de que me lembro é de que Sarah e eu estávamos fora de lá, dirigindo pela autoestrada perdidos. Eu não fazia a mínima ideia de que rodovia era aquela. Mas ainda tínhamos vinho e cigarros. Começou a chover. A visibilidade estava ruim, mas não tão ruim a ponto de ser incapaz de reconhecer as súbitas luzes vermelhas que surgiram no espelho retrovisor. Encostei.

Falhei no teste do bafômetro e quando dei por mim já estava com as mãos às costas e algemado. Então eles me puseram estendido na estrada. As algemas mordiscavam meus pulsos. Eu me achava imerso em um rio de água. Corria pelas minhas calças e cuecas. Havia quatro, cinco ou seis policiais com capas de chuva amarelas. Dois deles giravam suas lanternas. Eles falavam com Sarah, que também não estava sóbria.

– EI! – eu gritei do asfalto. – SOU O MAIOR ESCRITOR DO SÉCULO XX! É ASSIM QUE VOCÊS TRATAM SEUS IMORTAIS?

Um dos policiais se aproximou e pôs o foco da lanterna sobre mim.

– Você escreve, então? O que você escreve?
– Histórias de sacanagem. Estou indicado ao Prêmio Nobel.

Depois disso me puseram no banco de trás de uma das viaturas com Sarah. Um dos policiais levou o meu carro.

– Isso é horrível – disse Sarah. – O que vai acontecer com a gente?

Ela não estava tão acostumada quanto eu aos policiais.

– Vai ficar tudo bem – eu disse a ela...

A seguir, aconteceu algo bastante estranho. Eu apaguei. Quando recobrei a consciência, as algemas tinham sido retiradas. Sarah e eu estávamos nos bancos dianteiros do meu carro. Encontrávamo-nos em um imenso estacionamento atrás de uma delegacia qualquer.

– Sarah – eu perguntei –, onde estão os policiais?
– Não faço ideia.

Procurei as chaves. Elas tinham desaparecido. Eles levaram minhas chaves.

– Sarah, você está com as chaves?
– Não. Eles também levaram as minhas.

Eu não conseguia entender que tipo de procedimento era aquele.

– Talvez tenham dado um tempo para a gente – eu disse. – Talvez nos deixem aqui sentados até ficarmos sóbrios.

– Seria uma boa – ela disse.
– Vão se foder – eu disse.

Eu era um obsessivo com minhas chaves. Sempre carregava uma chave sobressalente no bolso de trás das calças. Torcia apenas para que ela continuasse ali. Enfiei a mão no bolso molhado e lá estava ela!

– Estamos salvos – eu disse. – Vamos dar o fora daqui!

– Não, não! Não quero você dirigindo nesse estado! Você vai nos matar!

Ela estava pirando. Os policiais a tinham feito pirar.

Coloquei a chave na ignição e dei a partida. Caralho, me senti muito bem!

– Não, não! Não faça isso! – disse Sarah.

– Senhor, esses caras terão a surpresa da vida deles!

Saí dali e voltamos à estrada e logo avistei uma entrada para a autoestrada e foi para lá que seguimos.

– Você está indo rápido demais! – Sarah gritou.

– Tolice – eu disse.

– ESTÁ MUITO RÁPIDO! MUITO RÁPIDO!

Ouvi um grito absurdo e terrível e Sarah já avançava sobre mim, arranhando minha cara com suas unhas, sem parar de gritar. Não conseguia afastá-la. Seguia chovendo e eu tinha de manter as mãos firmes no volante. Ela continuou me arranhando cheia de fúria, até que por fim se cansou, e nós avançamos pela estrada. Então comecei a ver saídas que fui capaz de reconhecer. Não estávamos mais perdidos. De fato, estávamos muito próximos de onde queríamos estar. Não demorou até que chegássemos à entrada da garagem. Então, na condição de maníaco por chaves que sou, abri o porta-luvas, apanhei as chaves de casa e entramos. Sarah foi direto para a cama. Sentei-me nas escadas, dando palmadinhas no rosto com uma toalha úmida, ainda me sentindo excitado pela escapada...

No dia seguinte, enfiei o dedo na lista telefônica e marquei um horário para tomar uma antitetânica. Havia um longo saguão cheio de bêbados e caras espancados. Era um reduto da marinha mercante. Uma garota me estendeu um enorme formulário para preencher. Devolvi para ela.

– Você não é um marinheiro? – ela perguntou.

– Sabe soletrar isso? – perguntei.

Pronto, ela se sentiu ofendida. Eu tinha feito de novo.

Fiquei sentado em uma salinha por trinta minutos. Então uma enfermeira entrou e me deu a injeção.

– Foi uma mulher quem fez isso, não? – ela perguntou.

– Na mosca.

– Você vai voltar para ela, vai ver só.

– Nem cheguei a deixá-la.

Tudo isso se passou há um ano. Não ouvi mais nada sobre *Canções de um suicida*. Suponho que acabará em uma prateleira empoeirada. A verdade, no entanto, é que arrecadou uma quantia tremenda de dinheiro na Itália, embora eu não tenha visto nem de perto a cor dessas verdinhas. Enquanto isso, outro produtor apareceu. Ele é da Espanha. E pagou um adiantamento. Quer filmar cinco dos meus contos, e cada um deles com um diretor diferente, um da Espanha, outro da Alemanha, outro da França, outro do Japão e outro dos EUA. Cada um em sua própria língua. Ele veio uma noite e conversamos sobre isso. Fiquei ali sentado, bebendo ao longo da noite. Ele, não. Foi um negócio bem estranho. Manterei vocês informados das novidades.

## **cansado depois do pôr do sol**

fumando um cigarro e notando um mosquito que foi
prensado contra a parede e
morreu
enquanto uma música de órgão de séculos atrás toca no
meu rádio preto
enquanto no andar de baixo minha mulher assiste a uma fita alugada
no videocassete.

isto é o espaço entre os espaços, isto é quando a
guerra perene dá uma trégua por um momento, isto é quando
você considera os anos inconsiderados:
a luta tem sido desgastante... mas, às vezes, interessante, como estar
descansando mansamente aqui depois
do pôr do sol enquanto o som dos séculos corre através de meu corpo...
este
velho cão
descansando à sombra
apaziguado
mas pronto.

## **veloz e lento**

por certo, o círculo
se fecha.

mando sinais de luz.
nenhuma
resposta.

isso não é nenhuma
surpresa.

apenas que eu continue
é

especialmente
por saber
que o fim
está
ali

e
aqui.

## Sorte

certa vez
fomos jovens
nesta
máquina...
bebendo
fumando
escrevendo

foi o tempo
mais
esplêndido e
miraculoso

ainda
é

só que agora
em vez de
nos movermos em direção ao
tempo
ele
se move em direção a
nós

faz com que cada palavra
perfure
a superfície do
papel

clara
rápida

dura

preenchendo um
espaço que se
fecha.

Livros de Bukowski publicados pela **L&PM** EDITORES:

*Ao sul de lugar nenhum: histórias da vida subterrânea*
*O amor é um cão dos diabos*
*Bukowski: 3 em 1* (*Mulheres*; *O capitão saiu para o almoço e os marinheiros tomaram conta do navio*; *Cartas na rua*)
*O capitão saiu para o almoço e os marinheiros tomaram conta do navio* (c/ ilustrações de Robert Crumb)
*Cartas na rua*
*Crônica de um amor louco*
*Delírios cotidianos* (c/ ilustrações de Matthias Schultheiss)
*Escrever para não enlouquecer*
*Fabulário geral do delírio cotidiano*
*Factótum*
*Hollywood*
*Miscelânea septuagenária: contos e poemas*
*Misto-quente*
*Mulheres*
*Notas de um velho safado*
*Numa fria*
*Pedaços de um caderno manchado de vinho*
*As pessoas parecem flores finalmente*
*Pulp*
*Queimando na água, afogando-se na chama*
*Textos autobiográficos* (Editado por John Martin)

Poesias, contos e todos os romances em mais de 20 títulos

**L&PM** EDITORES